# O Jovem Templário

Livro Um

Guardião do Graal

Michael P. Spradlin

Tradução
Rafael Mantovani

**ROCCO**
JOVENS LEITORES

REINO DA INGLATERRA

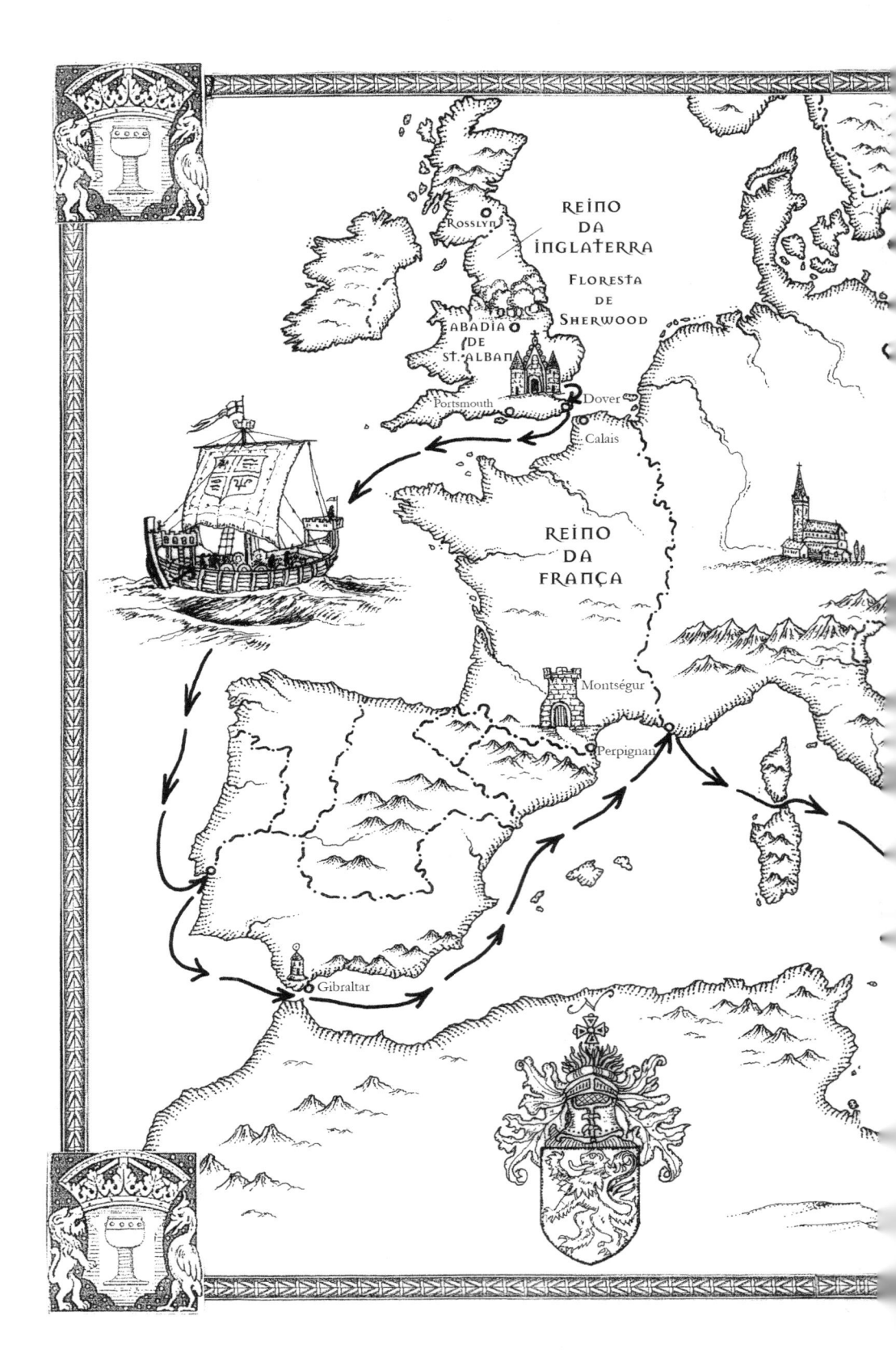

Rosslyn

Floresta de Sherwood

Abadia de St. Alban

Portsmouth  Dover
Calais

REINO DA FRANÇA

Montségur

Perpignan

Gibraltar

# EUROPA E ULTRAMAR
## (A TERRA SANTA)
### CERCA DO ANO DOMINI 1191 D.C.

REINO DE CHIPRE

Tiro
Acre
Jerusalém

MAR MEDITERRÂNEO

DOMÍNIO DE SALADINO

Título Original
THE YOUNGEST TEMPLAR
Book#1
KEEPER OF THE GRAIL

Copyright © 2008 *by* Michael Spradlin

Todos os direitos reservados. Nenhuma parte deste livro pode ser usada ou reproduzida no todo ou em parte sem a autorização do editor.

Direitos para a língua portuguesa reservados com exclusividade para o Brasil à
EDITORA ROCCO LTDA.
Rua Evaristo da Veiga, 65 – 11º andar
Passeio Corporate – Torre I
20031-040 – Rio de Janeiro – RJ
Tel.: (21) 3525-2000 – Fax: (21) 3525-2001
rocco@rocco.com.br
www.rocco.com.br

*Printed in Brazil*/Impresso no Brasil

Cip-Brasil. Catalogação na fonte.
Sindicato Nacional dos Editores de Livros, RJ.
S752j    Spradlin, Michael P.
O jovem templário, livro um: guardião do Graal/Michael P. Spradlin; tradução de Rafael Mantovani. – Rio de Janeiro: Rocco Jovens Leitores, 2011.
(O jovem templário)
Tradução de: The youngest templar: book 1: keeper of the Grail
ISBN 978-85-7980-049-8
1. Literatura infantojuvenil. I. Mantovani, Rafael. II. Título. III. Série.
10-4176        CDD – 028.5        CDU – 087.5

O texto deste livro obedece às normas do Acordo Ortográfico da Língua Portuguesa

*Este livro é para meu filho,*
*Michael Patrick Spradlin Jr.*
*Você fez de mim um homem rico em filhos.*

# Agradecimentos

É preciso muita gente para criar um livro, e este não teria sido possível sem a ajuda, o apoio e os esforços dedicados de diversas pessoas.

Primeiro agradeço a Timothy Travaglini, meu editor, pela paciência e amizade, e por acreditar na história desde o começo. Também agradeço ao meu agente, Steven Chudney, por sua orientação e conselhos. Aos meus amigos escritores Christopher Moore, T. Jefferson Parker, Mary Casanova e Meg Cabot, obrigado pelos conselhos, pela sabedoria e pelo incentivo. E por me deixar testar minhas ideias com todos vocês, quando provavelmente prefeririam estar escrevendo seus próprios livros em vez de me ouvir tagarelar.

Também gostaria de agradecer a Naomi Williamson e aos funcionários e voluntários que coordenam o incrível Festival de Literatura Infantil na University of Central Missouri todo ano. Eles fazem um trabalho muito importante: aproximar autores e crianças numa celebração dos livros e da escrita. Deram-me uma maravilhosa oportunidade de atingir e incentivar centenas de jovens leitores, e fico lisonjeado e honrado por participar do evento todo ano.

Minha família é o maior sistema de apoio do mundo. Minha mãe me incentivou a vida inteira, em tudo o que escolhi fazer, com um sorriso e um "Que maravilha, querido!". Obrigado, mãe. Minhas irmãs Connie e Regina provavelmente afugentaram todos os seus conhecidos, amigos, colegas e estranhos na rua com relatos das aventuras literárias de seu irmãozinho. Até onde eu sei, ninguém ainda prestou queixa. Aos dois melhores filhos que qualquer pai poderia querer, agradeço a Mick e Rachel. E para minha mulher, Kelly, a maior esposa de toda a história das esposas, com todo meu amor e minha gratidão, por ficar junto deste irlandês bobão nos últimos vinte e seis anos. Amo todos vocês.

# O Jovem Templário

# Prólogo

Esta época em que vivemos será um dia chamada de Idade das Trevas. É um nome apropriado. Fiz o possível para resistir à escuridão, embora ainda a sinta se acercando de mim. Esperava encontrar segurança, mas isso acabou se revelando um sonho ingênuo. Vim até aqui. Agora não vou muito mais longe. Posso pôr um fim nisto?

Estou sozinho agora. Sir Thomas me fez partir de Acre com umas poucas moedas, e guardei sua espada e seu anel. Sendo cauteloso, tenho o bastante para cumprir esta missão, mas pode chegar o dia em que terei que vender o que ele me confiou.

Sinto falta de Sir Thomas. Ele era gentil, e com ele sempre havia comida. O trabalho era duro e perigoso; afinal, o que é uma cruzada senão outro nome para a guerra? Ele me treinava bem e não era devoto demais, como tantos de seus colegas.

Agora preciso decidir que caminho tomar. Viajei muito e enfrentei muitas coisas para cumprir uma promessa a um cavaleiro condenado. Devo continuar e enfrentar os que desejam minha morte pelo que possuo? Nos últimos meses, aprendi muito sobre o destino. Pois Sir Thomas não era um cavaleiro qualquer. Meu mestre e suserano, Sir Thomas Leux serviu seu Deus como membro dos Cavaleiros Templários. E com a bolsa simples de couro que nunca sai de meu ombro, eu, um mero órfão, uma alma indigna, sou agora o guardião do Santo Graal, a relíquia mais sagrada de toda a cristandade.

Há séculos corre a lenda de que esse simples cálice côncavo recebeu o sangue de Cristo, quando este morreu na cruz. E por já ter guardado o sangue do Redentor, alguns creem que ele possui propriedades mágicas. Encontrá-lo fora a meta de vida de inúmeros homens.

Ouvi alguns Templários dizerem que aquele que possuir o Graal será invencível; seus exércitos não poderão ser derrotados em batalha. É por isso que os cavaleiros eram tão obcecados em mantê-lo oculto, para que não caísse nas mãos de Saladino. Para dizer a verdade, não acredito muito nessas histórias. Se o Graal realmente torna um exército invencível, então por que os Templários não o levaram para a batalha e não puseram Saladino e seus guerreiros para correr? Será que os sarracenos têm sua própria relíquia sagrada que cancela o poder do Graal?

Que quer que diga a lenda, mesmo a ideia do Graal é poderosa. Sendo ou não sendo o verdadeiro cálice de Cristo, é um símbolo. E em minha curta vida, se aprendi alguma coisa, foi o poder dos símbolos — das cruzes vermelhas nas túnicas dos Templários ao crucifixo pendurado na capela da abadia. Os símbolos podem levar os seres humanos a agir de maneiras não tão honradas.

Agora preciso, a qualquer custo, levar esse valioso objeto até um lugar seguro. Sir Thomas considerava isso meu dever.

Eu considero minha maldição.

# Abadia de St. Alban, Inglaterra
## Março de 1191

# I

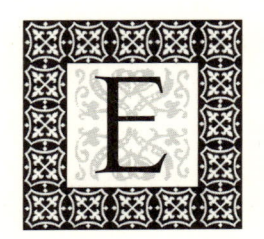

Embora me chamem de Tristan, não tenho um nome próprio de verdade. Foi o irmão Tuck quem me achou no dia de São Tristan, quase quinze anos atrás. Ele é um homem bondoso e gentil, porém é surdo-mudo, e incapaz até mesmo de me contar por escrito como vim parar aqui. O abade, um tipo muito mais austero, me diz que fui encontrado naquela noite de agosto na escada da abadia. Eu tinha no máximo uns poucos dias de vida, estava faminto e chorando, embrulhado num cobertor de lã sujo.

Disseram-me que se ouviu o som de cavalos partindo a galope naquela noite, mas já que foi o irmão Tuck quem me encontrou, não sabemos se ele viu os cavaleiros, mesmo de relance. O abade disse que dois dos irmãos seguiram as marcas dos cascos para dentro da floresta, porém logo perderam o rastro.

Ele também acha que eu devo ter sangue nobre. Nenhum camponês possuiria cavalos assim, e é improvável que um pobre fazendeiro abandonasse um bebê que um dia talvez ficasse forte o bastante para ajudá-lo a cuidar da fazenda. Um camponês analfabeto também não seria capaz de escrever o bilhete que foi cuidadosamente enfiado nas dobras do meu cobertor. Num simples pedaço de pergaminho enrolado, preso com fita vermelha, lia-se: "Irmãos, deixamos em suas mãos esta criança inocente. Sua vida é uma ameaça para muitos. Lembrem a ele que foi amado, porém estará mais seguro longe dos que desejam seu mal. Estaremos velando por ele até que chegue a hora."

Então a pessoa que deixou o bilhete deve considerar que estou mais seguro agora que tenho quase quinze anos. Pois até onde se sabe na abadia, ninguém jamais veio aqui e perguntou a meu respeito ou "velou por mim" de modo algum. Talvez meus pais, quem quer que sejam, tenham sido incapazes de cumprir sua promessa.

Os monges sempre foram gentis comigo, mas eram cistercienses e acreditavam que nunca se é jovem demais para trabalhar. Fiz valer meu sustento aqui. No entanto, não guardei rancor contra eles, pois os monges trabalhavam tão duro quanto eu. Morei em St. Alban minha vida inteira, e minhas lembranças mais antigas não eram dos nomes e rostos dos monges, mas sim das tarefas. Éramos uma abadia pobre, mas cultivávamos plantações e criávamos ovelhas e cabras suficientes para sobreviver. Nossas necessidades eram poucas. Havia madeira na floresta ao redor para nos aquecer durante o inverno. As hortas nos forneciam verduras e legumes em abundância, e os campos nos davam trigo, que transformávamos em pão. Nas poucas vezes em que precisávamos de algo além disso, os irmãos obtinham por troca, em Dover ou em uma das vilas próximas.

Era uma existência tranquila e silenciosa; o trabalho, interminável. A horta era minha principal contribuição à abadia. O irmão Tuck e eu cuidávamos dela, desde o plantio na primavera até a colheita no outono. Trabalhar o solo com a enxada era uma tarefa silenciosa, e me dava muito tempo para pensar. A horta ficava num ponto ensolarado atrás da abadia e, após o fim da primavera, chuvosa; geralmente, fazia tempo bom.

Nossa abadia ficava na estrada dos viajantes, a um dia de cavalgada a noroeste de Dover. Havia trinta monges vivendo ali. Construída muitos anos antes, a abadia despontava da floresta em volta como um pequeno castelo de madeira. Seu desenho era simples, pois os cistercienses não são frívolos, acreditando que o homem está aqui para servir a Deus, não para enfeitar suas construções com luxos.

Mesmo assim, era um lugar confortável, convidativo e aconchegante para os poucos viajantes que passavam por ali. O salão principal, onde os irmãos se reuniam para jantar e rezar, era bem iluminado pelas janelas postadas no alto das torres. Os terrenos em volta eram limpos e bem cuidados, pois os irmãos acreditavam que manter as coisas em ordem deixa a mente livre para se concentrar em Deus.

A não ser pela floresta em volta da abadia, e por uma viagem a Dover três anos antes, eu não tinha visto mais nada do mundo — embora soubesse algumas coisas sobre ele. Os monges ofereciam abrigo a viajantes que seguiam a estrada para Dover, e deles eu ouvia coisas. Coisas emocionantes acontecendo em lugares longínquos que me faziam desejar uma oportunidade de ir embora e vê-las com meus próprios olhos. Alguns contavam histórias de maravilhas e aventuras, de grandes batalhas e lugares exóticos. Nos últimos tempos, quase só se falava na Cruzada. O rei Ricardo, chamado por alguns de Coração de Leão, liderava a terceira Cruzada à Terra Santa, e não estava indo bem. Estava no trono havia quase dois anos, e passara a maior parte do tempo longe da Inglaterra, lutando nas Cruzadas. Era chamado de Coração de Leão porque diziam ser um guerreiro feroz, corajoso e galante, determinado a expulsar Saladino e seus sarracenos da Terra Santa.

Saladino era o líder das forças muçulmanas que se opunham ao rei Ricardo. Dizia-se que era um guerreiro tão corajoso e feroz quanto Coração de Leão, decidido a livrar a Terra Santa dos cristãos. Mesmo os que diziam que Deus estava do nosso lado admitiam que derrotar Saladino não seria fácil.

Os monges estavam especialmente interessados nas notícias vindas do leste. Para eles, a ascensão de Saladino era um sinal de que o fim dos dias estava próximo. Talvez o Redentor voltasse em breve.

Era nisso que eu estava pensando, num dia claro e ensolarado, enquanto trabalhava ao lado do irmão Tuck na horta. O irmão Tuck era um homem grande, forte e robusto, de coração generoso. Embora não conseguisse falar, murmurava baixinho entre os lábios enquanto abria o solo com a enxada, seguindo algum ritmo que só ele sentia. Ele não ouviu os cavaleiros se aproximarem, nem o som dos cascos dos cavalos batendo no chão duro, nem o retinido metálico de cotas de malha e espadas quando os cavaleiros pararam no portão da abadia.

Cavaleiros vestindo brilhantes túnicas brancas, com cruzes vermelhas estampadas no peito. Os Monges Guerreiros. Os famosos Pobres Soldados de Cristo do Templo de Salomão. Conhecidos por todos como Cavaleiros Templários.

# 2

Os cavaleiros entraram pelo portão da abadia e ficaram à sombra das árvores altas que ladeavam o pátio. Contei vinte no grupo, bem montados, suas cotas de malha reluzindo ao sol da manhã. O abade desceu a escada da frente para cumprimentar os viajantes.

— Bem-vindos, soldados de Deus — ele disse.

Parei de trabalhar, apoiando-me na enxada para observar da horta. Dei um tapinha no ombro do irmão Tuck e apontei para os Templários montados em seus cavalos no pátio.

Um cavaleiro alto e magro, vestindo um manto dourado, desceu do cavalo, retirando seu elmo, e cumprimentou o abade.

— Obrigado, padre — ele disse. Sua voz era fina, e parecia não combinar com um guerreiro. Os Templários são proibidos de raspar a barba, porém a deste cavaleiro era esparsa, como se ele não pudesse ter uma barba inteira. Seu rosto era marcado, como se seu elmo fosse apertado demais e tivesse moldado seus traços numa careta permanente. Trazia na túnica um emblema de marechal da Ordem, e portanto estava no comando.

— Meu nome é Sir Hugh Monfort; estamos cavalgando rumo a Dover e à Terra Santa. — Ele apontou para outro cavaleiro, que apeou e ficou segurando as rédeas do cavalo. — Este é Sir Thomas Leux, meu vice-comandante. Percorremos um longo trajeto hoje, e queremos descansar aqui esta noite.

— Podem desfrutar de tudo o que temos, senhor — disse o abade. — Somos uma abadia pobre de recursos, porém rica em espírito. Vou pedir que alguns dos irmãos os ajudem com os cavalos, e então poderão jantar conosco esta noite.

Sir Hugh deu ordem para seus homens apearem. Os cavaleiros desceram dos cavalos. Alguns começaram a se espreguiçar, sacudindo pernas e braços, cansados da jornada.

— Tristan! — ouvi o abade chamar meu nome.

— Sim, padre? — perguntei enquanto ia da horta até lá.

— Abra espaço para as montarias de nossos visitantes no estábulo, depois volte com cordas para ajudá-los a amarrar o resto aqui no pátio. Pode servir nossa ração e feno — ele disse.

— Sim, padre — eu disse.

Sir Thomas, que havia escutado nossa conversa, deu um passo à frente, retirando o elmo e segurando as rédeas do cavalo. Ele era uma cabeça mais alto que eu, e uma grande espada de guerra pendia de seu cinto. Embora seu rosto estivesse coberto de pó, vi uma longa cicatriz em sua face que ia desde o olho direito, descendo pelo rosto, até desaparecer no emaranhado da barba. Seu cabelo era castanho-avermelhado, e em seu rosto havia um sorriso tranquilo.

— Pode ir na frente, rapaz — ele disse.

Conduzi-o até o outro lado do pátio enquanto Sir Hugh ficou para trás, conversando com o abade. Os outros cavaleiros se entrosaram com alguns dos irmãos, esperando que eu voltasse com corda. Contornamos o prédio principal até os fundos, onde ficavam nossos anexos. Mantínhamos ali um pequeno estábulo com uns poucos cavalos de tração, duas vacas leiteiras e algumas cabras.

Além dos meus deveres na horta, eu tomava conta da maior parte dos animais da abadia.

Enquanto andávamos em direção ao estábulo, o cavaleiro se apresentou.

— Meu nome é Sir Thomas Leux — ele disse.

Parei e virei-me para me curvar, mas ele me dispensou com um gesto. Um cavaleiro era um nobre, e era minha obrigação me curvar para ele.

— Ah, não precisa se curvar. Não fazemos caso dessas formalidades em tempos como estes — ele disse. — É Tristan, não é?

— Sim, senhor — eu disse, ainda me curvando, um pouco por hábito.

Notei que a túnica de Sir Thomas estava puída e que suas botas tinham bolos de terra e lama. Sua cota de malha estava sem brilho, com ferrugem brotando em vários lugares. No entanto, o cabo lustroso da espada que pendia de seu cinto brilhava à luz do sol.

— Perdão, mas você parece meio novo demais para ser um irmão — ele disse.

— Eu não fiz votos, senhor — eu disse. — Sou um órfão. Os monges me criaram desde que eu era bebê.

— Ah! Bem, que você cresça forte e direito. Parece que estão cuidando bem de você — ele disse.

Quando chegamos ao estábulo, abri a porta, tomando as rédeas do cavalo dele e conduzindo-o a uma das baias vazias.

— Sua função é cuidar do estábulo? — perguntou Sir Thomas.

— Sim. Entre outras — respondi. — Também trabalho na horta, ajudo o cozinheiro com as refeições da manhã e da noite, e toda semana preciso catar um feixe de lenha da floresta, para termos o bastante para cozinhar e acender a lareira no inverno. Também ajudo com a colheita. E se é preciso fazer mais alguma coisa, geralmente quem faz sou eu.

— Uma impressionante lista de tarefas. Tem certeza de que não esqueceu nada? — perguntou Sir Thomas com uma sobrancelha erguida.

— Não, senhor, tenho certeza de que é só isso — disse, envergonhado por ter fornecido informações demais a um cavaleiro que provavelmente não tinha interesse em meus afazeres diários.

— Bem, quanto ao estábulo — ele disse, olhando ao redor — parece que os irmãos escolheram sabiamente. Este talvez seja o estábulo mais arrumado e limpo que já vi — ele acrescentou, dando risada, enquanto eu levantava a sela do cavalo e a punha na cerca da baia. Retirando a manta da sela, esfreguei de leve as ancas do cavalo. Então enchi a manjedoura de feno e esvaziei um balde d'água no bebedouro para o cavalo se saciar.

— Vou precisar ajudar os outros com as montarias — eu disse —, mas quando tiver terminado, terei prazer em cuidar do cavalo para o senhor.

Um olhar de cansaço mesclado com gratidão surgiu no rosto de Sir Thomas.

— Não precisa se incomodar, rapaz — ele disse.

— Não é incômodo algum. Vejo que o senhor não tem escudeiros nem criados, por isso deve precisar de ajuda. Além disso, o abade diz que temos o dever de ajudar os cruzados o máximo que pudermos.

— Ele diz isso? — Sir Thomas perguntou. — Então muito bem, aceito sua gentil oferta.

— Posso lhe mostrar onde os hóspedes dormem na abadia, se o senhor quiser me seguir — eu disse.

Saindo da baia, peguei um rolo de corda de um gancho na parede e o pendurei no ombro. A porta do estábulo se fechara com a brisa, e quando eu a abri com um empurrão, ela foi pega por uma lufada de vento e bateu de volta com um estrondo.

Bem em frente à porta, com horror vi o cavalo de Sir Hugh empinar alarmado, relinchando bem alto, assustado com o barulho.

— Eia, eia! — ele gritou, agarrando um pedaço das rédeas e chicoteando o cavalo, que se sacudia e dava coices perto dele. Isso só fez o garanhão empinar de novo e depois pular para o lado. Quando o cavalo caiu, Sir Hugh perdeu o controle das rédeas e desabou no chão. O cavalo empinou-se outra vez, aterrissou nas quatro patas e tropeçou, batendo na cerca. Sua perna da frente acertou uma das vigas e começou a sangrar de um pequeno corte.

Sir Hugh jazia no chão, e enquanto a cabeça do animal estava abaixada, pulei para a frente, abraçando-o com força pelo pescoço antes que ele pudesse empinar de novo. Sussurrei com calma para o cavalo, segurando-o firme enquanto ele tentava se livrar de mim. Em alguns segundos o cavalo parou de se mexer e ficou parado, com a perna da frente tocando de leve o chão. Continuou relinchando, porém finalmente se acalmara.

Soltei o pescoço do cavalo e segurei as rédeas. Sir Thomas estava parado na porta do estábulo com um sorriso no rosto.

— Muito bem, rapaz — ele disse.

— Muito bem? Muito bem? — gritou Sir Hugh enquanto lutava para ficar de pé. — O descuido desse garoto imbecil deixa meu cavalo manco e quase me mata... e você diz a ele que foi muito bem?

Contraí o rosto ouvindo aquelas palavras. Sir Thomas olhou feio para Sir Hugh, mas não disse nada.

— Seu garoto estúpido! — Sir Hugh veio andando a passos largos até onde eu estava. — Seu imbecil! Este cavalo custou à Ordem trinta peças de ouro. Trinta! E a perna dele está arruinada.

Sir Hugh bufava, seu rosto parecia uma máscara de fúria.

— Foi só um pequeno corte, senhor — eu disse. — Duvido que o cavalo fique manco. O irmão Tuck tem vários...

Sir Hugh ficou parado ali e, com movimentos exagerados, começou a calçar suas luvas de malha metálica.

— Como você ousa? — ele sibilou, dando um passo em minha direção. Recuei quando ele agarrou minha camisa. Tentei me libertar, mas não tinha coragem de soltar o cabresto do cavalo, temendo que ele empinasse outra vez. Seu punho coberto pela malha de metal primeiro recuou para me bater, e eu fiz o possível para me abaixar, sabendo muito bem que aquilo ia doer.

# 3

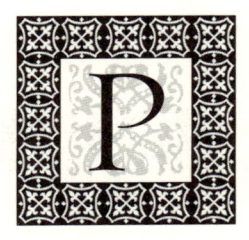

Porém não doeu. O golpe não veio.

— Espere! — disse uma voz. Endireitei-me e vi Sir Thomas segurando o braço de Sir Hugh por trás. Sir Hugh lutou em vão para libertar o braço, mas não conseguiu se soltar da mão do cavaleiro mais forte.

— Solte-me! — Sir Hugh cuspiu. — Exijo que você me solte agora mesmo! Como ousa atacar o marechal do Regimento?

— Ser marechal não lhe dá o direito de bater num garoto inocente — Sir Thomas respondeu com calma.

— Esse *garoto* arruinou meu garanhão premiado.

Sir Thomas soltou o braço de Sir Hugh, interpondo-se entre nós. Eu não sabia o que fazer. Tudo tinha acontecido tão depressa. Agora eu estava no meio de um conflito que de repente não parecia ter muito mais a ver comigo.

— Terei prazer em cuidar eu mesmo do cavalo, Sir Hugh... — comecei a dizer, porém Sir Thomas virou-se para mim com a sobrancelha erguida. Imediatamente me arrependi de ter aberto a boca. Ele virou-se outra vez para Sir Hugh.

— Exijo que você saia da frente, senão vou prestar queixa contra você! — Sir Hugh estava enraivecido, perdigotos voavam de sua boca. Parecia que a qualquer momento ele sacaria a espada e derrubaria Sir Thomas.

— Faça isso e eu apresento uma réplica contra você, de conduta prejudicial à Ordem. Se o cavalo tivesse empinado de novo você poderia ter morrido ou se ferido bastante. O menino provavelmente salvou sua vida. O cavalo não parece estar muito machucado. Tenho certeza de que os monges podem aplicar um bálsamo e uma atadura no corte. Agora você precisa se controlar e ir embora.

Notei que Sir Thomas falava com muita calma. Sua voz era firme e, seu tom, resoluto.

O rosto de Sir Hugh estava vermelho. Achei improvável que ele fosse desistir de me dar um soco. Seus traços de gavião estavam contraídos, e as veias em seu pescoço e testa saltavam enquanto ele fazia uma careta de raiva.

— Sir Hugh, estou avisando, se você encostar neste menino vou fazer com que seja convocado diante do Mestre da Ordem — Sir Thomas disse.

— Você não ousaria! — disse Sir Hugh. Porém seu tom de voz tinha mudado. Ele parecia inseguro. Sua postura mudou e ele pareceu encolher.

— Então experimente — disse Sir Thomas em voz baixa.

Sir Hugh olhou de relance por cima do ombro. Os outros cavaleiros agora haviam se reunido atrás da abadia e estavam parados observando o confronto. O irmão Rupert segurava os braços do irmão Tuck em suas costas enquanto ele lutava para correr até mim. Fiz um gesto para que ele ficasse onde estava.

Sir Hugh olhou outra vez para Sir Thomas. Seu rosto estava frio. Um olhar de puro ódio ardia em seus olhos, porém Sir Thomas não vacilou. Ficou ali parado, desafiador, aguardando o próximo gesto de Sir Hugh.

— Um dia, Sir Thomas. Estou avisando, um dia... — Ele deixou que as palavras pairassem soturnas no ar. — Faça esse menino insolente cuidar do meu cavalo — disse, enquanto saía pisando duro em direção à abadia, desaparecendo na escada do salão principal com o abade logo atrás.

— Senhor, sinto muito por ter ferido o cavalo do marechal — eu disse.

Sir Thomas virou-se de onde estava, estendendo a mão para afagar o pescoço do garanhão.

— Não tem problema, Tristan. Muito barulho por nada. Com certeza não foi culpa sua. Os cavalos se assustam. Sir Hugh só tem um péssimo temperamento. Não vamos mais pensar nisso. Mas talvez fosse melhor você cuidar do cavalo.

— Senhor, não quero que você arranje complicações pelos meus atos, vou explicar ao abade...

Sir Thomas ergueu a mão para me impedir de falar.

— Você não fez nada de errado. Sir Hugh é marechal do Regimento, mas sou eu quem comanda estes cavaleiros. Sir Hugh sabe que não é respeitado nem por sua própria tropa. Ele tem alguns amigos poderosos e bem colocados dentro da nossa Ordem e da corte do rei. Mas eu também tenho. Isso não vai dar em nada. Não pense mais nisso.

Um pouco tranquilizado pelas palavras de Sir Thomas, conduzi o garanhão para dentro do estábulo, colocando-o na baia ao lado da de Sir Thomas. Ele ainda estava agitado, mas acalmou-se um pouco depois de beber água e comer. Alguns instantes depois, o irmão Tuck entrou correndo no estábulo. Segurando minha cabeça entre as mãos, examinou-me como se quisesse conferir se eu estava machucado. Garanti a ele que estava bem, então lhe mostrei o pequeno corte na perna do garanhão. Ele examinou o ferimento, então andou até uma prateleira do outro lado do estábulo e me trouxe um pequeno pote de cerâmica.

Dentro do pote havia um preparado lamacento que ele criara com diversas plantas e raízes encontradas na floresta ao redor da abadia. Esfreguei um bom punhado da mistura sobre o corte na perna do garanhão, segurando por alguns minutos enquanto secava. Para garantir, o irmão Tuck me entregou um pedaço de pano limpo; com ele enfaixei a perna do cavalo.

Com os cavalos acomodados, Sir Thomas voltou para a abadia enquanto eu ajudava os outros cavaleiros a cuidar das montarias. Terminei assim que soou o sino da refeição vespertina.

No jantar daquela noite no salão principal, tomei meu lugar de sempre na ponta da mesa comprida. Os monges tinham trazido mesas e bancos a mais para acomodar os hóspedes. Sir Hugh estava sentado ao lado do abade, e por um instante nossos olhos se encontraram e o olhar de ódio que eu tinha visto antes no estábulo transpareceu em seu rosto. Rapidamente desviei o olhar. Quando estava começando a comer minha refeição, senti alguém do meu lado, ergui os olhos e vi Sir Thomas de pé com um prato e um copo.

— Posso sentar com você, Tristan? — ele disse.

— É claro, senhor, não precisa perguntar — disse, enquanto ele se sentava à minha frente.

— Então, jovem Tristan, você parece ser um garoto capaz. Mente ágil e mão boa em suas numerosas tarefas — Sir Thomas disse.

— Obrigado, senhor. — Enrubesci, pois não estava acostumado a receber elogios. Os irmãos eram até gentis a maior parte do tempo, porém não tinham o hábito de elogiar.

— Fico imaginando quando você pretende fazer seus votos — ele disse.

— Votos, senhor? Ah! Não. Não pretendo entrar para a ordem.

— É mesmo? Interessante. Então quais são seus planos? Você deve ter que idade? Quase quinze? Se você não tem interesse no sacerdócio, o que vai fazer?

A franqueza de Sir Thomas me deixou um pouco apreensivo. Como ele adivinhara tão fácil a minha idade? Por que estava tão interessado em meu futuro?

— Bem, senhor. É claro que já pensei sobre isso. Quer dizer, gostaria de viajar para ver lugares. Digo, outros lugares além daqui. Ainda não sei direito como vou fazer isso, mas... Senhor, com licença. Por que a pergunta?

— Só estou curioso. Viajar, você diz. Isso eu entendo. Queria ver o mundo com meus próprios olhos quando tinha a sua idade. No entanto, você vai precisar de algum jeito de se sustentar, algum tipo de emprego — ele disse.

— Sim, senhor. Imagino que seja verdade — disse.

— Bem, talvez eu possa ajudar. Estamos rumando para Dover pela manhã, para encontrar o resto do regimento. Assim que nossos navios voltarem, vamos nos reabastecer e partir para o Ultramar.

— Ultramar, senhor? — perguntei.

— Sim, nós Templários nos referimos à Terra Santa como Ultramar. Significa "a terra além-mar". Então, fico imaginando, rapaz, o que você acharia de vir comigo a serviço, como meu escudeiro — ele me olhou com expectativa.

Por um instante, não assimilei as palavras. Devo ter parecido um bobo enquanto encarava Sir Thomas, estupefato, boquiaberto. Ele me oferecera uma coisa que eu mal conseguia compreender: uma vida fora da abadia.

— Perdão... senhor... Desculpe... O quê? — eu perguntei.

Sir Thomas deu risada.

— Acho que você ouviu o que eu disse, rapaz. Não vi sinal de surdez em você hoje à tarde. Então, o que vai ser? — Seus olhos brilharam enquanto ele me via em conflito com a magnitude de sua oferta.

Olhando mais longe na mesa, vi Sir Hugh nos observando, seu rosto contraído de concentração, como se ele estivesse tentando descobrir o que Sir Thomas me dissera.

— Senhor, eu agradeço — eu finalmente respondi — mas não posso sair de St. Alban.

— Por que não? Falei com o abade e ele deu sua aprovação, se você concordar. Descobri muitas coisas sobre você, meu jovem. Já que você não vai se juntar à ordem, terá que ir embora daqui em breve, de qualquer modo. Que melhor jeito que como escudeiro de um Templário? Você vai viajar, ver o mundo e servir a uma causa nobre. Não são muitos os que têm esta oportunidade. — Sir Thomas continuou comendo seu ensopado e seu pão, sem olhar para mim enquanto falava.

— Sinto muito, senhor, mas tenho deveres. Tem muito trabalho a fazer na horta e...

Sir Thomas interrompeu:

— E a ocasião é perfeita, pois estou precisando de um escudeiro. O meu deixou a Ordem faz pouco tempo, voltando para a casa da família para ajudar seu pai doente. Você me faria um grande favor se aceitasse.

Eu estava sem palavras. Como podia tomar uma decisão daquelas? Abandonar a única vida que conhecera?

— Não será fácil — ele continuou. — O trabalho é duro e perigoso. Estamos partindo para a guerra. Não se engane quanto a isso, rapaz. Mas você será bem treinado. Vou lhe ensinar tudo o que sei sobre a arte da batalha. Será uma bela aventura.

Os irmãos muitas vezes me diziam que Deus age de maneiras misteriosas. Que sua presença divina nos rodeia sempre, e que ele nos concede aquilo de que precisamos no momento em que mais precisamos. Será que ele mandara Sir Thomas à abadia quando eu mais precisava daquela oportunidade?

Os olhos de Sir Thomas brilhavam, e seu sorriso era sincero. Naquele momento, senti que ganhara um amigo para a vida inteira. No entanto, olhando de relance para o outro lado da mesa, e vendo Sir Hugh encarando-me maldosamente, percebi que também ganhara um inimigo.

# 4

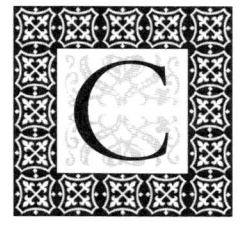

Comecei minhas tarefas noturnas com a limpeza da cozinha. Queria terminar logo meus deveres, pois prometera cuidar do cavalo de Sir Thomas e não pretendia decepcioná-lo. O irmão Rupert era o monge que fazia a maior parte dos serviços de cozinha em St. Alban. Ele viera da França e era um excelente cozinheiro. Também era a pessoa de quem eu me sentia mais próximo, depois do irmão Tuck.

Estávamos de pé junto a uma mesa de madeira na cozinha, jogando as sobras de comida da refeição vespertina num balde de lavagem que seria servida aos porcos e às cabras. Nada era desperdiçado na abadia.

— Ouvi dizer que você tem novidades, Tristan — ele disse. Não fiquei surpreso. As fofocas se espalhavam depressa entre os monges.

— Eu tenho — eu disse, contando a ele sobre a oferta de Sir Thomas. — O que devo fazer, irmão Rupert?

— Primeiro, aconselharia você a rezar. Peça orientação a Deus. Mas no fim você só pode fazer o que estiver em seu coração.

Eu gostava muito do irmão Rupert, mas na maior parte das vezes a resposta dele para todas as questões da vida era rezar mais.

Não confiava muito que rezar tornaria minha decisão mais fácil. Nem fazia ideia do que meu coração estava dizendo.

Terminado o serviço na cozinha, fui para o estábulo. Embora tivesse passado o grosso das chuvas de primavera, às vezes ainda fazia um friozinho à noite. Perguntei-me como seria o tempo no Ultramar.

A oferta de Sir Thomas me deixara inquieto. Minha primeira reação tinha sido de relutância em abandonar a abadia. O que os irmãos fariam sem mim? Eu já tinha quase quinze anos. Na verdade, deveria ter saído da abadia no ano anterior. Foi só a bondade dos irmãos que me permitiu ficar ali. Se eu fosse embora junto com Sir Thomas, estaria por conta própria pela primeira vez. Não tinha medo do trabalho, mas a incerteza me deixava apreensivo. E se eu descobrisse que não gostava de ser escudeiro? Voltaria para a abadia como um fracassado?

A não ser que me ordenasse, não podia ficar ali para sempre. E eu não tinha vontade de me tornar um monge. Queria algo mais. Ideias aventurescas e emocionantes começaram a infiltrar-se em minha mente.

E tinha também o perigo. Sir Thomas mencionara essa parte. Um Templário lutava, e o trabalho sem dúvida seria arriscado. Estaria eu à altura da função? Todos estes pensamentos rodopiavam dentro da minha cabeça.

No estábulo escuro, a pequena lamparina a óleo que eu trazia gerava apenas luz suficiente para que eu não tropeçasse no escuro. Deixei-a num barril perto da baia ao lado do cavalo de Sir Thomas. Pegando um pano macio, comecei a esfregar os flancos do cavalo. Ele jogava a cabeça de um lado para o outro, como se apreciasse meus esforços. Depois de cuidar de cada lado, ofereci-lhe mais feno.

O garanhão de Sir Hugh enfim estava calmo e satisfeito. Tentei esfregá-lo também, mas ele não gostou da atenção. Talvez ainda não estivesse totalmente domado.

Conferi a atadura em sua perna e achei que estava firme. Então senti que estava sendo observado. De repente a lamparina apagou-se e o estábulo caiu na escuridão completa.

Primeiro achei que uma lufada de vento tivesse apagado a chama, mas no silêncio sepulcral do estábulo eu sentia com certeza a presença de mais alguém.

— Olá — disse para o escuro. — Quem está aí?

Ninguém respondeu.

Sem a luz da lamparina era impossível enxergar qualquer coisa. Pensei ter ouvido o rangido de uma bota de couro e uma batidinha de metal.

— Sir Thomas? É você?

Ainda não houve resposta. A pele de minha nuca e meus ombros começaram a formigar. Alguma coisa estava errada.

Quando meus olhos se ajustaram à escuridão dentro do estábulo, achei ter visto o contorno de uma figura na porta.

Embora conhecesse o estábulo de cor, fui andando com cuidado pelo chão de terra em direção à porta. Tateando na escuridão, recolhi a lamparina, pretendendo voltar à abadia para reacendê-la no forno da cozinha. Quando estava prestes a sair, senti um golpe forte atrás dos ombros, que me botou de joelhos. Gritei de agonia, caindo de cara na terra.

Tentei ficar de quatro, porém, ao fazer isso, senti uma bota acertar minhas costelas. Então soltei um berro, chamando os irmãos. Mas o estábulo ficava longe da abadia, e era improvável que alguém me ouvisse.

O próximo golpe me derrubou de lado no muro, tirando o ar de meus pulmões. Gemi, tentando gritar, porém não conseguia recuperar o fôlego.

Ainda sem ver nada além de sombras, e sentindo que vinha outro golpe, levantei-me, usando a parede como apoio. Sabendo que meu adversário também não estava enxergando direito, o fato de eu conhecer o estábulo era minha única vantagem. Pensei em tentar sair correndo pela porta, mas senti que ele bloqueava a rota de fuga. Então, em vez disso, caí de quatro e fui engatinhando pelo chão até a baia onde estava o cavalo de Sir Hugh.

Ele não gostou de eu ter invadido o espaço dele, e começou a empinar e fazer barulho. Já esperava que isso fosse acontecer. Se eu conseguisse atiçar os cavalos o suficiente, o barulho que eles fariam me daria cobertura para fugir do estábulo no escuro. Levantei-me perto do cavalo e imitei um relincho. Isso o deixou maluco, pois ele achou que outro garanhão entrara em seu território. Começou a relinchar e a bufar, escoiceando as laterais da baia.

Senti uma movimentação no estábulo, mas com o barulho não sabia dizer em que direção meu agressor estava indo. Os outros cavalos, atiçados pelo garanhão, também começaram a fazer barulho e a bufar.

Tinha certeza de que o agressor achava que eu ia pular de baia em baia até alcançar a porta da frente. Eu de fato fiz isso, mas em vez de avançar até a porta da frente, fui pulando cerca por cerca em direção aos fundos do estábulo, tentando me mexer em silêncio enquanto o barulho dos cavalos ajudava a encobrir meus movimentos.

Da última baia, a que ficava nos fundos do estábulo, podia-se alcançar um pequeno sótão onde guardávamos feno durante os meses de inverno. Os fardos eram erguidos com uma corda e uma polia e levados para dentro do sótão, após a colheita, através de uma grande janela. Eu sabia que meu agressor me escutaria quando eu atravessasse, mas, em silêncio, subi da baia até o sótão.

Cruzei o sótão com uns poucos passos e encontrei a outra parede. Agarrei a maçaneta da janela e abri com força. Desenganchando a corda, balancei-me no ar. Então ouvi passos que recuavam no estábulo, e pensei que ele tentaria contornar até os fundos para me apanhar antes que eu conseguisse chegar ao chão. Soltei outro grito forte, esperando que alguém ouvisse. Então desci depressa, escorregando pela corda.

Alcançando o chão, não sabia ao certo em que direção correr. Qualquer caminho podia me levar direto para os braços do inimigo. Decidindo arriscar, corri para a esquerda, outra vez gritando a plenos pulmões, contornando o estábulo. Por um instante achei ter ouvido passos atrás de mim, e talvez um xingamento sibilado, mas estava correndo tão depressa quanto minhas pernas e costelas doídas permitiam, e não parei para ouvir.

Contornando o estábulo, enxerguei a abadia à frente. Era quase hora das vésperas, e luz de velas tremiam em algumas janelas. Gritei outra vez, mas sabia que se os hinos tivessem começado, provavelmente ninguém me ouviria.

Meu único pensamento era alcançar a abadia antes que ele conseguisse me capturar. Mas outro golpe me acertou entre os ombros, e eu caí atordoado, encolhido, torcendo para que a agonia terminasse logo.

Então ouvi um barulho conhecido, de alguém falando ao longe. Erguendo os olhos vi uma lamparina que se mexia, vindo em minha direção. Reconhecendo imediatamente o som, com um último esforço consegui ficar de pé e corri em direção à luz. Ouvi um xingamento entre mim e o som de passos em retirada. Em alguns segundos alcancei o portador da lamparina. E desabei inconsciente nos braços do irmão Tuck.

# 5

A sensação de água fria em minha testa me tirou do sono. Estava deitado em meu quartinho no sótão, bem acima do piso principal da abadia. Cinco anos antes, em meu décimo aniversário, os generosos monges tinham me concedido meu próprio espaço ali nos caibros, aonde se chegava subindo uma escadinha do dormitório principal que os monges compartilhavam. Era iluminado apenas por uma janelinha redonda perto do telhado, e mal tinha espaço para eu ficar de pé. Mas aquele espaço era meu, e eu gostava dali.

Irmão Tuck estava molhando minha cabeça com um pano frio. Eu não estava totalmente acordado, mas ouvia vozes conforme perdia e recobrava a consciência.

— Isto é inaceitável. Não vou permitir que ele vá se não me garantirem sua segurança — achei ter ouvido o abade dizer, numa voz irritada.

— Eu sei. Mas já discutimos isso e você concordou que ele vai ficar mais seguro comigo — retrucou uma voz que eu não reconheci. Então adormeci de novo, esperando que da próxima vez que acordasse não sentisse tanta dor.

Quando abri os olhos outra vez, o irmão Tuck sorriu para mim e eu vi o abade conversando com Sir Thomas, de pé ali perto. Tentei lembrar qual era o assunto que falavam, mas percebi que não conseguia.

— Depois do que esse repreensível Sir Hugh fez, não tenho certeza...

Sir Thomas ergueu a mão para interromper.

— Padre, não é Sir Hugh a ameaça com a qual precisamos nos preocupar. Deixe Sir Hugh comigo.... — Então perceberam que eu estava acordado.

— Tristan, como está se sentindo? — perguntou o abade.

— Estou bem, padre — respondi.

— Pode nos contar o que aconteceu? — Sir Thomas perguntou.

Eu não disse nada por um tempo. Era estranho ver todos aqueles homens amontoados em meu pequeno espaço. Percebi que nem o abade nem Sir Thomas conseguiam ficar de pé sob o teto baixo, e por algum motivo — talvez tenha sido a dor — achei aquilo muito engraçado. Dei uma risadinha.

— Tristan? — o abade perguntou outra vez.

— Não sei direito. Estava trabalhando no estábulo, prestes a terminar minhas tarefas, quando a lamparina apagou. Quando tentei sair do estábulo, alguém me atacou — contei.

— Você faz alguma ideia de quem foi?

— Não, senhor, ideia nenhuma. Não consegui ver. Fui atacado pelas costas primeiro. Então só tentei fugir — respondi.

— Você terá que interrogar Sir Hugh — o abade disse a Sir Thomas.

— Não posso interrogar um marechal da Ordem sem ter provas nem testemunhas da agressão. Além disso, tenho certeza de que Sir

Hugh tem um álibi. Ele não sujaria as mãos deste jeito – Sir Thomas disse, bufando.

– Isso é abominável – disse o abade. – Somos uma ordem pacata. É inaceitável que Sir Hugh ataque este menino por causa de um pequeno ferimento num cavalo. Alguma coisa precisa ser feita.

– Concordo, mas não posso fazer nada com base em suposições – Sir Thomas disse.

Depois de perguntar outra vez se eu estava bem, o abade e o irmão Tuck saíram do quarto.

– Sinto muito que isso tenha acontecido com você, Tristan – disse Sir Thomas.

– Não é culpa sua, senhor.

Ele concordou com a cabeça.

– Tristan, considerando o que aconteceu, percebo que este não é um momento oportuno para pressionar você. No entanto, vamos partir ao raiar do dia. Será que por acaso você pensou em minha oferta? – Havia esperança no rosto de Sir Thomas.

– Sim, senhor, eu pensei, mas ainda não tomei uma decisão – respondi. O que era verdade. Não tinha tido tempo de refletir a respeito.

– Bem, graças aos céus você não se machucou muito. Talvez seja melhor você dormir primeiro e me dizer amanhã – ele disse.

– Sim, senhor.

Ele assentiu com a cabeça e saiu do quarto.

Levantando da cama e gemendo com o esforço, andei até a mesa. Erguendo a vela, olhei meu rosto no espelhinho preso ao castiçal. Tinha um pequeno arranhão numa das bochechas e uma mancha roxa na testa, mas de resto era o mesmo de sempre: um rosto quadrado com olhos azuis que espiavam por trás de um emaranhado de cabelos castanho-claros.

Parado à luz bruxuleante da vela, pensei em minha vida em St. Alban. Em como os monges haviam me ensinado a ler e escrever. Como o irmão Rupert me instruíra em sua língua nativa, o francês. E como o abade, por mais ríspido que fosse, tinha um gosto por números, ensinando-me tudo o que sabia de matemática. Lembrei como os irmãos trabalharam ao meu lado nos estábulos e no jardim, tratando-me exatamente como um igual.

No canto havia um pequeno baú de madeira que guardava todos os meus pertences: duas camisas sobressalentes, um outro par de calças de lã e o cobertor azul em que eu estava embrulhado quando os irmãos me encontraram. Abrindo a tampa da caixa, tirei o pequeno pedaço de pergaminho escondido embaixo das camisas e calças. Era o bilhete que tinha sido enfiado nas dobras do meu cobertor de lã, na noite em que fui deixado na abadia.

O pergaminho estava gasto e vincado, de tanto ser dobrado e desdobrado. Porém fazia algum tempo que eu não o lia. Além do cobertor, aquele bilhete com umas poucas palavras misteriosas rabiscadas nele, proclamando minha "inocência", era a única conexão com minha verdadeira identidade.

Tirei o cobertor do baú, segurando-o junto ao rosto como fizera tantas vezes antes. Ele estava já deformado e a cor desbotara com o tempo. Quando era garotinho, tentara memorizar o cheiro, perguntando-me se o cobertor ainda trazia o perfume de minha mãe ou de meu pai. Mas agora ele não tinha cheiro algum. Era só um cobertor velho, um tecido frouxo tingido de azul, desfiado nas bordas com um pequeno triângulo rasgado num canto. Era o pano simples e puído de um camponês. Mas era meu.

Devolvendo o cobertor ao baú, soprei a vela. Não sabia se Sir Thomas e seus cavaleiros me levariam aos lugares onde podiam ser encontradas as respostas às minhas perguntas. Quem eu era? Meus pais ainda estavam vivos? Por que eles me abandonaram? Ansiava por saber, mas tinha certeza de que nunca descobriria nada se ficasse ali. Na calada da noite, revirei-me na cama até sentir meus olhos pesados e o sono me dominar.

Ao raiar do dia, os Templários estavam prontos para partir. Eretos em seus cavalos, esperavam por mim no pátio da abadia. Os irmãos estavam parados na escada quando passei pela porta. Trazia todos os meus pertences numa trouxa pendurada em meu pescoço, de viés. Tivera um sono agitado, ainda incerto de minha escolha, mas no fim decidira que precisava aproveitar a oportunidade. Os irmãos diriam que se fazia a vontade de Deus, porém sentia que era minha própria vontade, e achava que se não tentasse finalmente encontrar as respostas que buscava, nunca teria paz.

Vi Sir Thomas e Sir Hugh parados de pé junto à coluna de cavaleiros. Falavam muito baixo, mas pareciam discutir. Sir Hugh por fim jogou as mãos para o ar enquanto me olhava com uma cara feia, depois seguiu em direção a seu cavalo. Imaginei que ele acabara de saber que eu acompanharia o regimento, e não ficara contente com a notícia. Sir Thomas apenas sorriu e me cumprimentou com a cabeça, então montou também.

A testa do abade estava franzida, e seus olhos escuros me fitavam com intensidade. Irmão Rupert abriu um sorriso largo e juntou as mãos na minha frente, e pude ouvi-lo murmurando uma prece. Achei aquilo reconfortante, pois percebera que, naquela jornada, precisaria mesmo que rezassem por mim.

Desci a escada devagar, ainda dolorido e rígido, mas sem nenhum estrago permanente dos ataques da noite anterior.

— Tristan — disse o abade. — Parece que você tomou uma decisão.

— Sim, padre. Resolvi aceitar a oferta de Sir Thomas e acompanhar os cavaleiros à Terra Santa.

— Tem certeza de que está se sentindo bem o bastante para viajar? — ele disse.

— Sim, padre, estou bem melhor. Não me machuquei muito.

— Entendo. — O abade ficou em silêncio por um instante enquanto me examinava. Então deu um raro sorriso. — Nós sabíamos que este dia ia chegar. Admito que não esperávamos que fosse acontecer tão cedo. Mas percebemos que algum dia você nos deixaria. Este é um dia triste para St. Alban.

Fiquei emocionado com as palavras do abade.

— Obrigado, padre — disse.

O irmão Rupert deu um passo à frente, me estendendo um saquinho de couro. Pegando o saquinho, ouvi um tilintar característico.

— São só algumas moedas — ele disse. — Fizemos uma coleta entre os irmãos. Você talvez precise de algumas coisas básicas quando chegar a Dover. Não é muito, mas deve ajudar.

Estava emocionado demais para falar. Todos os irmãos haviam feito voto de pobreza, e qualquer dinheiro que ganhavam ia direto para a abadia. A "coleta" devia ter vindo da tesouraria. O que provavelmente explicava o olhar de dor no rosto do abade.

— Irmão Rupert — eu disse. — Aprecio o gesto de vocês, mas não posso aceitar isto... — Fiz menção de devolver o dinheiro, porém suas mãos se fecharam em torno da minha.

— Tristan, você é um de nós. Não mandaríamos um irmão cair no mundo de mãos vazias. Você fez por merecer este dinheiro com seu suor e seu bom coração. Pegue e não pense mais nisso — ele disse.

Antes que pudesse dizer alguma coisa, Sir Hugh interrompeu:

— Se você vem conosco, *garoto*, decida logo. Estamos partindo agora, e você não tem montaria, por isso vai ter que acompanhar o passo. Diga adeus e comece a andar depressa. — Sua voz era fria, e com algo de perturbador.

Irmão Rupert fez para Sir Hugh uma cara bem feia para um monge. Ele apertou minhas mãos e me deu um tapinha no ombro.

— Onde está o irmão Tuck? — eu perguntei. — Não posso ir embora sem me despedir...

Nesse instante, ouvi um barulho à minha esquerda, virei-me e vi o irmão Tuck surgindo pelo lado da abadia, trazendo Charlemagne, um de nossos cavalos de arado, com a antiga sela que os irmãos às vezes usavam. Irmão Tuck me abriu um sorriso enorme quando fez o cavalo parar na minha frente.

— Este é seu último presente — disse o irmão Rupert. — Ele vai levar você até Dover... Devagar, mas você deve conseguir acompanhar o passo. Lá você pode deixá-lo no estábulo da igreja de St. Bartholomew. Os padres tomarão conta dele até nossa próxima viagem para lá.

Olhei para o abade, que assentiu com a cabeça. Irmão Tuck sorriu, sufocando-me num tremendo abraço de urso que tirou meus pés do chão. Largando-me, tomou meu rosto em suas mãos gigantes, beijando minhas bochechas. Era dele que eu sentiria mais falta. Embora fosse surdo-mudo, irmão Tuck tinha uma estranha habilidade de descobrir o que estava acontecendo à sua volta. Ele entendeu que eu estava indo embora, e seu gesto de afeto me emocionou profundamente.

Olhei para o resto dos irmãos. Eles eram minha família.

— Adeus, vou sentir saudade de todos vocês. Prometo que voltarei algum dia. Em breve, espero.

Com isso, o irmão Tuck me levantou e me pôs nas costas de Charlemagne. Quando me acomodei na sela, entregou-me as rédeas. Sir Hugh deu o comando de partir. Os cavaleiros conduziam esplendidamente os cavalos, que trotavam à frente em harmonia. Sir Thomas tomara um lugar no fim da coluna, e ao passar por mim puxou as rédeas de leve, fazendo um gesto para que eu cavalgasse ao seu lado.

Cutuquei gentilmente Charlemagne com os calcanhares e ele começou a se mexer, devagar, pois estava acostumado ao arado e não à sela. Tinha uma alma meiga de cavalo, porém a velocidade não era seu forte. Ia ser difícil acompanhar o passo dos cavalos de batalha do regimento.

Aquele cavalo dócil me levando para uma vida nova era meu último presente dos corações dos melhores homens que eu conhecera.

# Dover, Inglaterra

# 6

Depois de muitas horas na sela, senti o sol baixando no céu ocidental. Atravessamos uma colina e abaixo de nós jazia a cidade de Dover. Do topo do monte consegui sentir o cheiro do oceano. A cidade, que era apenas uma pequena vila quando eu a visitara três anos antes, tinha mudado muito.

Numa colina ao norte, um grande castelo estava sendo reformado. Vi homens nos andaimes de madeira que rodeavam a torre central do castelo, subindo e descendo escadas como formigas. Via cordas se mexendo, levantando barris de areia enquanto as pedras eram assentadas no topo das muralhas.

Abaixo de nós, Dover se estendia sob os penhascos brancos que se erguiam tão belos acima do oceano. Um grande mercado apinhado de barracas e tendas ocupava o centro. Enquanto descíamos a serra rumo à rua principal que levava para dentro da cidade, fui percebendo cada vez mais o barulho.

Vendedores no mercado chamavam clientes aos berros. Passando em frente a uma pequena taverna, ouvi a gritaria e cantoria de alegres beberrões. Os golpes de um ferreiro martelando uma peça de aço quente se alastravam no ar. Fomos varridos por uma onda de tumulto. Até Charlemagne começou a balançar a cabeça, bufando de desgosto com a nuvem de atividade que nos rodeava.

— Você já viu uma cidade antes? — perguntou Sir Thomas, percebendo minha cara de espanto.

— Sim, senhor, eu vim aqui com os irmãos alguns anos atrás. Mas naquela época parecia muito menor. Não tinha tanta gente. Nem tanto barulho.

— Sem dúvida — disse Sir Thomas. — A guerra fez bem para Dover. Muitos dos cruzados se reúnem aqui para embarcar em navios para o Ultramar. O rei Ricardo quer que o castelo seja reforçado. O rei Felipe Augusto da França é aliado por enquanto, mas aliados podem rapidamente virar inimigos. Qualquer força que ataque a Inglaterra por mar teria Dover como um alvo provável, por isso o castelo precisa estar pronto para deter quaisquer invasores até que cheguem reforços. Da primeira vez em que vim aqui, quando era garoto, Dover era uma vila pacata de pescadores. Agora tem muito menos pescadores que mercadores e taverneiros.

Cavalgando mais para dentro da cidade, acabamos chegando a um grupo de prédios grandes, protegidos por uma cerca com portão. Acima da entrada tremulava um estandarte de duas cores, com a metade de baixo negra e, a de cima, branca.

— Está vendo o estandarte dos Templários, Tristan? — disse Sir Thomas. — Todas as comendadorias dos Templários têm o *beauseant*. O branco simboliza a vida pura na Ordem, e o negro representa a escuridão do pecado que deixamos para trás. Para onde quer que você viaje, só precisa procurar essa bandeira e será bem recebido como um irmão.

Entramos pelo portão principal. Conforme paramos os cavalos, cavaleiros e escudeiros saíram depressa do prédio, gritando saudações. Quando apeamos, começaram a conversar entusiasmados uns com os outros.

— Nossa ordem possui uma comendadoria como esta na maioria das grandes cidades e vilas em toda a Europa. Qualquer Templário pode descansar aqui, treinar ou se reabastecer de provisões — disse Sir Thomas.

Ele foi interrompido pela chegada de um homem grande, com uma barba cheia que descia quase até o peito.

— Thomas! — ele gritou, andando a passos largos até o amigo, dando tapas vigorosos em seus ombros. Ele era no mínimo uma cabeça mais alto que Sir Thomas, quem sabe o maior homem que eu já vira, ainda maior que o irmão Tuck. Seus braços tinham a grossura de pequenas árvores, e suas mãos eram cada uma do tamanho de um pernil.

— Você está com cheiro de cavalo suado, e uma cara ainda pior — ele disse em voz alta.

Sir Thomas riu.

— Sir Basil, você emagreceu. Tem se alimentado desde a última vez em que nos vimos? — perguntou, com um sorriso maroto.

Sir Basil deu uma gargalhada, batendo em sua enorme pança.

— Tenho, depois que tive uma palavrinha com o cozinheiro. A comida era quase intragável quando cheguei. Nós Templários precisamos comer para lutar, e essa cozinha estava uma miséria. A pior de todas as comendadorias que já vi. Agora temos uma despensa decente para guerreiros, eu cuidei disso. Chega de sopa de repolho com pão. Temos comida de verdade. Uma fartura de carnes e queijos! Mas é um sufoco manter o cozinheiro na linha!

Sir Thomas sorriu.

— É bom ver você, irmão Basil. Deixe apresentar-lhe o mais

novo membro de nosso regimento. Este é Tristan de St. Alban. Ele morava com os monges, e se juntou a nós para servir como meu escudeiro.

— Ora, ora, ora — disse Sir Basil. — Monges, é? Bem-vindo, jovem Tristan, bem-vindo! Escudeiro de Sir Thomas? Ele não explicou direito? Você só pode ser escudeiro se estiver servindo um cavaleiro de verdade! Sir Thomas bebe como um filhote de camelo, e luta como uma mulher. Pois é, ele não é soldado! Na nossa última batalha, precisei amarrá-lo a uma árvore para impedir que ele fugisse correndo como um gatinho assustado. Derrubei uns doze sarracenos sozinho enquanto ele se escondia no mato. Se está interessado em ser escudeiro, talvez devesse acompanhar a mim. Aí você vai ver como vive um cavaleiro de verdade!

Olhei para um e para o outro, confuso. Eles pareciam amigos, e no entanto Sir Basil acabara de insultar gravemente Sir Thomas.

Sir Thomas viu a cara que eu fiz e começou a rir.

Então Sir Basil caiu na gargalhada também, batendo nas minhas costas.

— É brincadeira, garoto, brincadeira! Ora, não existe melhor cavaleiro que Sir Thomas. Preste bem atenção no que ele diz, e você vai chegar a Mestre da Ordem! Bem-vindo, rapaz! Bem-vindo!

Nunca tinha conhecido uma pessoa com tanta energia. Sir Basil apertou minha mão com força outra vez, então foi depressa cumprimentar os outros cavaleiros do nosso grupo. Sua voz suplantava todas as outras, enquanto ele andava entre os homens gritando insultos bem-intencionados.

Sir Thomas sorriu vendo Sir Basil abrir caminho na multidão. Então virou-se para mim.

— Bem, Tristan, tem muita coisa a fazer. Primeiro você devia devolver o cavalo dos irmãos no estábulo da igreja. Então volte para cá o mais rápido que puder. Temos que equipar você. Nossos navios partem em breve para o Ultramar, e antes disso já precisamos ter avançado com seu treinamento. Por isso, vá logo.

A igreja de St. Bartholomew não era muito longe, e na verdade eu conseguia enxergar a torre ali do pátio onde estávamos. Sir Thomas conduziu seu cavalo pelas rédeas até o estábulo, e eu virei Charlemagne na direção do portão.

O robusto cavalo estava cansado, e continuou andando sem reclamar muito. Dover fervilhava de atividade, e senti que nunca me acostumaria com o barulho e a confusão. Passei por lojas e tavernas abarrotadas, por vendedores aos berros no mercado. Fui assaltado por cheiros de carne assada e pela fumaça das forjas de ferreiros que margeavam a rua. Por baixo daquilo tudo, havia o odor desagradável de centenas de seres humanos vivendo amontoados.

Na verdade, eu não estava olhando por onde estava indo, e por isso fui quase atropelado por uma coluna de cavaleiros que surgiu num cruzamento da rua quando eu estava prestes a atravessar. Nunca tinha visto soldados tão imponentes, e enquanto eu fazia Charlemagne parar depressa, um deles gritou rispidamente para mim:

— Cuidado, moleque. Mexa esse seu pangaré e abra caminho para a Guarda do Rei!

Quem quase tinha me atropelado era um destacamento montado da Guarda do Rei! E não era um destacamento qualquer, pois, encabeçando a coluna, um cavaleiro portava um estandarte vermelho brilhante, onde estavam bordados três magníficos leões dourados. Nunca tinha visto aquela bandeira antes, porém ouvira viajantes na abadia descreverem-na. Era o brasão de armas do rei, e enquanto eu olhava incrédulo, lá estava ele, passando diante de mim, montando o cavalo branco mais majestoso que eu havia visto.

Ricardo Coração de Leão tinha chegado a Dover.

# 7

A notícia de que o Coração de Leão tinha chegado se espalhou depressa pela cidade. O apinhado de gente no cruzamento forçara a Guarda do Rei a avançar mais devagar, e o atraso me dera um breve momento para estudar o rei Ricardo. Seu cavalo era impressionante, branco feito uma nuvem. Ele vestia uma cota brilhante de malha e, por cima dela, uma túnica de um vermelho vivo, bordada com os mesmos três leões dourados que tremulavam em seu estandarte. Não levava nada na cabeça, — coroa nenhuma, nem mesmo um elmo. Sua barba era cheia, mas cuidadosamente aparada, como não era comum entre os Templários. Trazia no cinto uma grande espada de batalha, e vestia calças de couro.

Conforme as pessoas de Dover percebiam que o rei estava cavalgando na rua principal, davam gritos e ele as saudava, acenando. Porém, antes que se juntasse uma multidão, os cavaleiros já tinham ido embora, e eu segui o avanço deles com os olhos enquanto se encaminhavam rumo ao portão do castelo.

Se Dover já era barulhenta antes, a chegada do rei dera a seus habitantes ainda mais motivo para sonoros gritos e risadas. Enquanto eu retomava o caminho para a igreja, a notícia avançava visivelmente de pessoa para pessoa e de loja para loja. As pessoas gritavam para mim, perguntando se eu sabia que o rei chegara, e eu respondia que sim, que o tinha visto com meus próprios olhos.

Quando cheguei a St. Bartholomew, um dos padres gentilmente me mostrou o caminho até o estábulo que a igreja usava, ali perto. Ele conhecia os irmãos da abadia e concordou em tomar conta do cavalo até eles chegarem para levá-lo para casa. Conduzi Charlemagne até uma baia e cuidei para que ele recebesse comida e água. Estava relutante em abandoná-lo, sabendo que ao fazer isso cortava meu último laço com St. Alban.

Charlemagne pareceu sentir a mesma coisa. Enquanto ele mastigava o feno em silêncio, fiz carinho nele e ele retribuiu, esfregando o focinho em meu pescoço. Era como se ele soubesse que não íamos nos rever e quisesse dizer adeus.

O padre esperava enquanto eu acomodava o cavalo no estábulo, e começou a se mexer e a tossir baixinho. Percebendo que já tomara bastante de seu tempo, agradeci outra vez e voltei para a rua. Torci para que houvesse uma refeição me esperando assim que eu voltasse à comendadoria, pois eu também estava com fome e sede. Quem sabe, teria uma chance de ver as maravilhas que Sir Basil fizera com a cozinha? Sir Thomas mencionara que meu treinamento como escudeiro começaria imediatamente, mas eu esperava que fosse depois de termos tido a chance de descansar um pouco da viagem.

Estava começando a escurecer, e o sol dançava nos topos das colinas que se erguiam a oeste. As ruas e casas pareciam banhadas em ouro. E o cheiro das refeições vespertinas estavam em toda parte, tanto que meu estômago roncou.

Chegando perto da comendadoria, notei Sir Hugh parado em frente ao portão junto com outro Templário, um que eu não tinha visto antes. Os dois conversavam aos sussurros com dois outros homens vestindo o uniforme da Guarda do Rei. Eu não sabia dizer se pertenciam ao mesmo destacamento que acabara de atravessar a cidade, ou a algum outro estacionado ali em Dover, porém Sir Hugh falava com eles de um jeito agitado, como se estivesse nervoso com alguma coisa.

Afastaram-se um pouco do portão e ocultaram-se nas sombras, amontoando-se para garantir que ninguém os ia escutar.

Eu não queria que Sir Hugh me visse. Antes que ele erguesse os olhos em minha direção, agachei-me atrás de uma carroça, espiando pela lateral enquanto a conversa continuava.

Depois de observar por mais um tempo e ainda sem conseguir ouvir, vi Sir Hugh pôr a mão no cinto e tirar dali um pedaço de pergaminho, entregando-o a um dos guardas. Ele também lhes deu um saquinho, que eu imaginei conter moedas. Chegando a algum acordo, os guardas assentiram com a cabeça, montaram em seus cavalos e partiram. Não rumo ao castelo, para onde os outros guardas haviam escoltado o rei, mas em direção contrária, para o oeste, como se estivessem saindo da cidade.

Sir Hugh seguiu-os com o olhar até que sumissem de vista. Disse alguma coisa para o outro Templário, que concordou com a cabeça, e juntos desapareceram pelo portão da comendadoria. Esperei mais alguns minutos, para garantir que ele não voltaria, então saí de trás da carroça.

Entrei depressa na comendadoria, perguntando-me o que fazer com aquela informação. Meu instinto me dizia que Sir Hugh estava tramando alguma coisa. Mas ele era o marechal do Regimento. Com certeza teria algum assunto legítimo a tratar com a Guarda do Rei. Talvez estivessem discutindo estratégia militar, ou a necessidade de algum tipo de provisão ou suprimento.

Se eu contasse a Sir Thomas o que tinha visto, será que ele me acharia um tolo? Pensaria que eu estava espionando seus irmãos, metendo-me com assuntos que não eram da minha conta?

Entrando no saguão principal, fui recebido pelos sons da refeição vespertina que já havia começado. Os Templários eram muito mais barulhentos que os monges, e as mesas transbordavam de alvoroço e conversas. Sir Thomas estava sentado perto da outra parede junto com Sir Basil e alguns outros, por isso andei até lá.

— Tristan! Até que enfim — Sir Thomas disse ao me ver chegar. — Já estava me perguntando por que tanta demora.

— Ele teve que dar um beijo de despedida naquele velho pangaré! — disse Sir Basil, e a mesa de cavaleiros caiu na gargalhada enquanto eu ficava vermelho.

— Vá devagar com o garoto, Basil — disse Sir Thomas. — Dê um dia ou dois para ele se situar antes de você dar largas ao seu senso de humor.

— Sir Thomas, eu queria lhe contar... — comecei a relatar o que tinha visto na rua lá fora, porém antes que conseguisse pronunciar as palavras, ele me interrompeu.

— Você precisa encher um prato e comer depressa... Temos uma coisa importante para fazer hoje à noite, e não temos muito tempo — ele disse. Do assento ao lado Sir Thomas pegou uma roupa marrom e me entregou.

— Quando tiver terminado de comer, vista isto. É uma túnica de pajem. Você vai usá-la de agora em diante como membro da Ordem.

— Com certeza, senhor, e imagino que terei tarefas? — perguntei.

— Nenhuma para esta noite, rapaz; teremos tempo para isso amanhã. Mas coma e troque de roupa depressa. É bom que esteja apresentável para uma audiência com o rei.

Parei de examinar a roupa e encarei-o. Ele tinha aquele brilho nos olhos, mas dava para ver que estava falando sério.

— Perdão, Sir Thomas. Mas o senhor disse "uma audiência com o rei"?

— Foi isso que eu disse, rapaz. Você não é meio surdo, é? Posso mandar o médico examinar seus ouvidos se você quiser — ele disse, fingindo preocupação.

— Não, senhor, não é necessário... Meus ouvidos estão bons — retruquei. Mas fiquei ali parado segurando a túnica, com uma cara que certamente era de perplexidade.

— Tristan? — disse Sir Thomas.

— Sim, senhor?

— Não vai comer? Trocar de roupa? Não temos muito tempo. O rei está nos esperando para breve — ele disse.

Sir Thomas sorriu para mim. Sir Basil apareceu do meu lado trazendo uma montanha de comida. Pôs o prato em frente a um assento vago na mesa e fez um gesto para que eu me sentasse.

Com toda aquela emoção, esqueci-me de Sir Hugh e de seus atos misteriosos na rua. Comi depressa, pois a comida estava deliciosa, mas nem meu apetite voraz conseguia impedir que minha mente corresse solta. Eu, Tristan de St. Alban, nascido órfão, naquela noite iria conhecer o rei!

# 8

Depois de terminar a refeição, outro escudeiro chamado Quincy, que servia Sir Basil, mostrou-me nossos aposentos. Quincy era dois anos mais novo que eu, e em muitos aspectos uma versão em miniatura de seu mestre. Alto e forte para a idade dele, seu rosto era redondo e suas bochechas tinham um tom saudável de vermelho. Era dono de uma risada espontânea, e de bom grado me conduziu à minha cama a pedido de Sir Basil.

— Nós dormimos num anexo do terreno — ele disse enquanto saíamos por uma porta nos fundos do saguão principal. Eram só alguns metros cruzando o pátio central, passando por várias outras construções pequenas.

— Esta é a armaria — ele disse, apontando a primeira casa pela qual passamos no caminho. — Atrás da armaria ficam os estábulos. Nós dormimos aqui.

Tínhamos chegado a uma pequena casa de madeira, quadrada e sem adornos. Quincy abriu a porta, conduzindo-me para dentro.

O interior era escuro, iluminado apenas por velas e umas poucas lamparinas. No centro do aposento, havia uma mesa comprida de madeira com bancos dos dois lados. Dez colchões de palha estavam dispostos junto às paredes. Na outra ponta, uma lareira que ocupava uma parede inteira. Havia umas poucas janelas que deviam deixar a luz entrar durante o dia, mas agora o aposento estava úmido, encardido e com um cheiro não muito bom.

— Aqui tem sempre esse cheirinho de limpeza? — perguntei.

Quincy deu risada, outra vez me lembrando Sir Basil.

— Sempre — ele disse. — Venha. Eu durmo ali no outro canto. O espaço ao lado do meu está vazio. Pode ocupá-lo, se quiser.

— Muito obrigado — eu disse.

Pus no chão a pequena trouxa com meus pertences, tirando a camisa e vestindo a roupa que Sir Thomas me dera. Era uma túnica de lã, marrom opaco, com capuz e um cinto de corda. Uma fenda comprida na frente e uma atrás davam agilidade ao montar um cavalo.

Olhei para Quincy, que vestia o mesmo uniforme simples que eu. Admito que quando Sir Thomas me convidara a ser seu escudeiro, eu me imaginara vestindo uma túnica luxuosa com uma cruz vermelha, quem sabe minha própria cota de malha. Agora via que tinha me enganado ao pensar isso.

— Os Templários vestem belas túnicas brancas com cruzes vermelhas, e nós temos que usar isto?

Quincy apenas deu de ombros.

— É o que todos os pajens usam.

Certo. Talvez a cota de malha viesse depois.

— É bom voltarmos para o saguão principal — ele disse. — Daqui a pouco vamos partir para o castelo.

— Você também vai ver o rei? — perguntei.

— Sim. Ouvi os irmãos dizerem que o rei Ricardo parte em dois dias para aprontar sua frota. Temos mais ou menos uma semana de preparativos, então partimos de navio para encontrá-lo. Ele quer cumprimentar o regimento hoje à noite. Nada de especial, disseram-me. Quer nos elogiar pelo serviço e falar com alguns dos irmãos sobre o que talvez encontremos quando chegarmos ao Ultramar e tal – ele disse.

– Por que nós fomos convidados? Não é estranho eles incluírem escudeiros num encontro como esse?

– Talvez seja – disse Quincy. – Ouvi dizer que Sir Thomas e Sir Hugh tiveram uma baita discussão depois que Sir Thomas convidou o regimento inteiro. Mas Sir Thomas foi irredutível, insistindo que todos os membros do regimento põem a vida em risco e devem receber a gratidão do rei. Sir Hugh não ficou contente, pelo que me disseram.

– O que você sabe sobre Sir Hugh? – perguntei.

Quincy não respondeu na hora. Olhou em volta, como se quisesse ter certeza absoluta de que estávamos a sós. Então começou a falar, depois parou um instante, como se precisasse escolher as palavras com cuidado.

– Eu sei que acabamos de nos conhecer, mas se Sir Thomas escolheu você como escudeiro, vou assumir que você é um rapaz decente. Então ouça meu aviso: fique longe de Sir Hugh. Ele é malvado e cruel. Só conseguiu chegar a marechal por causa de seus amigos poderosos, mas ele comanda pelo medo. Ouvi alguns dos outros escudeiros dizerem que há suspeitas de ele infringir as leis dos Templários... executar prisioneiros indefesos, punir fisicamente os escudeiros e sargentos sem motivo algum. Mas ele é cuidadoso e calculista, ninguém nunca consegue provar nada, e suas vítimas o temem demais para se pronunciar contra ele.

Pensei na noite anterior no estábulo e me perguntei se fora mesmo Sir Hugh quem me atacara. Pelo que Quincy estava me contando agora, era provável.

— Dizem que foi o próprio Grão-Mestre quem pôs Sir Thomas neste regimento, para manter Sir Hugh na linha. Sir Hugh odeia Sir Thomas, mas tem medo dele. De qualquer modo, sugiro a você evitar Sir Hugh e seus capachos. Ele é perigoso e maluco!

— Capachos?

— É assim que Sir Basil os chama. "Lá vai Sir Hugh com seus capachos para limpar os pés", ele diz. Ele tem o apoio de um pequeno grupo de cavaleiros neste regimento. Mas Sir Thomas é o único que os homens obedecem. Não saia de perto dele e você vai ficar bem.

— Ele parece muito corajoso — eu disse.

— Ah, você devia ouvir as histórias! Alguma hora pergunte a Sir Basil sobre Sir Thomas no campo de batalha. A minha favorita é a de quando Sir Thomas e seus homens foram encurralados por um grupo de sarracenos num desfiladeiro, não muito longe das planícies de Jerusalém. De acordo com a lei dos Templários, só podemos abandonar o campo de batalha se estivermos em desvantagem numérica de mais de três para um. Nesta ocasião, os sarracenos receberam reforços e seu número era quase cinco vezes maior que o nosso. Eles forçaram os Templários a recuar pelo campo e Sir Thomas ordenou que os cavaleiros reagrupassem a alguns quilômetros de distância, mas no meio da poeira e confusão a coluna virou no lugar errado, e ficamos encurralados num desfiladeiro sem saída.

— O que aconteceu? — perguntei, ansioso.

— Os sarracenos perceberam que os Templários estavam encurralados e pararam a perseguição por um instante, esperando que eles se rendessem. Em vez disso, Sir Thomas mandou os cavaleiros darem carga com lanças em riste. Sir Basil disse que eles foram a galope para cima das linhas inimigas, e os sarracenos foram pegos tão de surpresa por este ataque alucinado que romperam formação e fugiram. Sir Thomas e os cavaleiros os perseguiram pelas planícies de Jerusalém até os sarracenos alcançarem o exército principal. Os Templários recuperaram o território.

— Que incrível! — exclamei. E pelo que eu tinha visto de Sir Thomas nos últimos dois dias, não tive dificuldade em acreditar.

Cruzamos o pátio e encontramos o regimento reunido no portão da frente. Agora estava escuro, e muitos dos sargentos carregavam tochas. Fora da comendadoria, a cidade ficara mais silenciosa. O mercado estava quase vazio, as lojas estavam fechadas e as carroças dos vendedores tinham sumido das ruas.

Em fila, atravessamos as ruas. Sir Thomas seguia atrás de Sir Hugh, que liderava a coluna. Dentro de uns poucos minutos chegamos ao castelo que assomava sobre a cidade.

O portão estava aberto, e o pátio além dele mostrou-se um lugar agitado. Tochas e fogueiras iluminavam operários ainda andando apressados de um lado para o outro. Carroças grandes eram carregadas e descarregadas. Homens ainda trabalhavam nos parapeitos altíssimos do castelo.

Atravessando o pátio, entramos no imenso saguão. Eu nunca tinha visto um lugar tão grande na vida. As paredes eram forradas de lamparinas. Havia tapeçarias elegantes a cada poucos metros. Na outra ponta do saguão, via-se uma mesa grande e comprida, onde lacaios cuidavam de retirar os restos do que parecia ter sido um esplêndido banquete.

O rei estava de pé do outro lado do saguão, no centro de um grupo de homens que discutiam algum assunto em detalhes. Vestia-se do mesmo jeito como eu o vira na cidade, e segurava um pergaminho enrolado na mão. Alguns homens da Guarda do Rei estavam postados em alerta junto à parede atrás dele.

Formamos fileiras diante do rei. Sir Thomas, Sir Hugh e os outros cavaleiros ficaram à frente do nosso grupo, com os sargentos e escudeiros ao fundo, encostados na parede. Encontrei um lugar perto de Quincy onde eu conseguia enxergar Sir Thomas e os outros. Todos ficamos ali aguardando que o rei nos dirigisse a palavra.

Concluindo a conversa, ele dispensou os homens e, enquanto estes saíam do saguão, veio andando a passos largos na direção de Sir Hugh e Sir Thomas. O recinto inteiro ficou em silêncio, esperando para ouvir o que o rei ia dizer.

— Thomas Leux! — exclamou Ricardo Coração de Leão num inglês fortemente acentuado. Ele abriu um sorriso largo, apertando com força a mão de Sir Thomas. — Você parece pronto para lutar. Quanto tempo faz?

Sir Thomas curvou-se de leve. Ao lado dele, o rosto de Sir Hugh ficou frio e seus olhos se apertaram. Ele olhou para Sir Thomas com uma expressão da mais pura inveja.

— Não nos vemos desde que era Príncipe da Normandia, sua alteza. Demos uma boa lição no rei da França em Borneau. Uma ótima lição.

— Eu lembro, eu lembro bem — disse o rei. — Lembro principalmente de um jovem cavaleiro que reuniu as tropas, liderando a carga que reverteu a batalha naquele dia.

Sir Thomas inclinou a cabeça outra vez, parecendo constrangido.

— Seus elogios são generosos demais, alteza — ele disse.

— Ele estava falando de mim! — disse Sir Basil em voz alta.

Com isso todos, inclusive o rei, caíram na gargalhada.

— E estou vendo que este imprestável não mudou nem um pouco — disse o rei enquanto apertava a mão de Sir Basil. — Sir Basil, é bom ver você, meu amigo. Como vai?

— Emagrecendo a cada dia, alteza — disse Sir Basil.

Isto suscitou outra risada, pois Sir Basil era quase uma cabeça mais alto e várias arrobas mais pesado que o rei. Quando a risada se dissipou, percebi que o rei ainda não tinha se dirigido a Sir Hugh. Ele não podia estar contente com isso.

Então, tão fácil quanto tinha vindo, a expressão simpática sumiu do rosto do rei.

— E agora, como cavaleiros que serviram a meu pai com tanta distinção, vocês fizeram votos como irmãos do Templo? Dando as costas a vários anos de serviço à coroa para jurar aliança apenas ao Papa? — O rei lançou um olhar duro para Sir Thomas. O saguão imediatamente ficou em silêncio.

A expressão no rosto de Sir Thomas não se alterou em nenhum momento. Mas a de Sir Hugh, sim. Mudou de inveja para uma intensa curiosidade. Ele se afastou um pouco de Sir Thomas, como se quisesse evitar qualquer associação com o cavaleiro que agora se encontrava encurralado pelo monarca.

Sir Thomas encarou o rei nos olhos. Então disse, numa voz forte:

— Gosto de pensar que servimos a Deus em primeiro lugar — ele disse. — Esse é o voto que todos os irmãos fazem quando ingressam na Ordem. Lutamos por todos os cristãos. Não importa quem seja seu rei.

O saguão estava tão silencioso que se um rato tivesse espirrado na cozinha, eu com certeza teria ouvido.

A nuvem se dissipou no rosto do rei. Ele estudou Sir Thomas por um instante, então deu um sorriso.

— Belas palavras, meu velho amigo. Perdoe minha impertinência. Eu lutei ao seu lado. Sei que você tem o coração de um guerreiro. Estes são tempos perigosos. Há muita coisa a fazer. A corte do rei, como sempre, está cheia de rumores e intrigas, e preciso me certificar dos que dizem que me acompanharão nesta guerra santa.

— Então que nosso serviço nesta cruzada seja a menor de suas preocupações, alteza. Somos irmãos do Templo, juramos proteger e defender o Ultramar, e é isso o que faremos — disse Sir Thomas. Ao ouvir estas palavras os outros cavaleiros deram vivas, com exceção de Sir Hugh, que aplaudiu sem entusiasmo.

— Vamos expulsar Saladino da Terra Santa, senhor, não precisa se preocupar com isso — disse Sir Basil.

A tensão se dissipou no saguão. O rei visivelmente relaxou, e abraçando Sir Thomas pelos ombros, disse-lhe alguma coisa que não consegui ouvir por cima do burburinho. Mas olhei para Sir Hugh. Seu rosto havia retomado o tom azedo de sempre. Ele parecia uma aranha parada em silêncio na teia, espreitando e esperando antes de decidir atacar.

— Você já tinha visto o rei antes? — perguntei a Quincy.

— Não o rei Ricardo, mas o pai dele, o rei Henrique, numa justa em Ulster uma vez quando era garotinho. As pessoas de lá o adoravam.

— Tristan!

Do outro lado do saguão, vi Sir Thomas olhando em minha direção. Ele fez um gesto para que eu me aproximasse.

Fiquei nervoso na mesma hora. Sir Thomas continuava abanando o braço, gesticulando para que eu chegasse perto. O que ele estava pensando? Por que precisava falar comigo justo agora, quando estava tão perto do rei da Inglaterra? Ele não podia esperar? Ontem eu estava arrancando ervas daninhas numa horta. Agora estava a poucos passos de sua majestade, o rei. Aquilo era demais para mim. Mesmo assim, não podia desobedecer. Andei com hesitação até o lugar onde Sir Thomas estava.

— Senhor? — eu disse.

Tomando meu braço, nós nos viramos para encarar o rei.

— Majestade — ele disse.

O rei parou no meio da conversa com outro cavaleiro e virou-se para olhar Sir Thomas. Ele não prestou atenção em mim.

— Sim, Sir Thomas?

— Meu escudeiro, alteza. Gostaria de apresentar-lhe meu escudeiro, Tristan. Ele entrou recentemente a meu serviço, vindo da abadia de St. Alban. É um excelente rapaz. Competente e corajoso. Tenho certeza de que um dia será Mestre da Ordem — disse Sir Thomas.

Sir Hugh interrompeu.

— Sir Thomas, francamente, o rei com certeza tem questões muito mais prementes do que conhecer seu *escudeiro* — cuspiu a palavra como se tivesse engolido uma bola de penas de galinha.

O rei pareceu confuso, alternando o olhar entre Sir Hugh e Sir Thomas, mas então seus olhos pousaram em mim. Ele me estudou como qualquer membro da realeza avalia um de seus súditos. Do mesmo modo como alguém examina um cavalo ou uma vaca antes de comprar. Porém, então, estreitou os olhos.

— Tristan, você diz? — ele perguntou.

— Sim, majestade — respondi. Eu estava abobalhado, sem saber direito o que devia fazer ou dizer, mas pelo menos lembrava meu nome. Senti Sir Thomas empurrar minhas costas de leve, e me curvei.

— Você me parece familiar. Já nos conhecemos antes? — perguntou o rei.

— Nós, alteza? Oh, não. Não, senhor, esta é a primeira vez em que venho a uma cidade... Eu...

— Podia jurar que já vi você em algum lugar antes — ele interrompeu.

— Bem, majestade, eu estava na rua hoje à tarde quando o senhor passou a cavalo. Talvez...

— Não, mas tem alguma coisa que me é familiar... — Ele deixou que as palavras pairassem no ar.

Fiquei ali sem palavras, sem saber o que dizer ou fazer. O rei me encarou nos olhos e eu não desviei o olhar, mas agora o saguão parecia ter esquentado, e o suor começou a se formar em minha testa.

— Eu mesmo só conheci Tristan ontem — explicou Sir Thomas. — Ele morava num monastério. Paramos para pernoitar, eu vi o bom trabalho que ele fazia e o convidei a ser meu escudeiro.

— Fascinante — disse o rei, ainda olhando para mim.

— Sua majestade, por favor perdoe a indelicadeza do meu *vice-comandante*. É hora de irmos. Há muitos preparativos a fazer antes de partirmos para o Ultramar — disse Sir Hugh.

Sir Thomas não respondeu, apenas sorriu para o rei, erguendo as sobrancelhas, como se fazendo alguma piada particular.

— O quê? Sim, é claro — disse o rei. Ele parou de me encarar e voltou os olhos para Sir Thomas outra vez. — É bom revê-lo, velho amigo; nos encontraremos de novo na Terra Santa. Quando tomarmos o território de Saladino, está bem?

— Se Deus quiser, alteza — Sir Thomas disse, e curvou-se. Ele puxou meu braço de leve, e deixamos o rei com o pequeno círculo de cavaleiros que o rodeava. Eu os ouvi se despedirem.

Enquanto cruzávamos o saguão, Sir Thomas se aproximou de mim, falando numa voz baixa.

— Foi uma noite interessante, não acha? — perguntou ele.

Eu não tinha resposta. Apenas perguntas. Por que Sir Thomas achara apropriado me apresentar ao rei? E por que, quando o rei Ricardo Coração de Leão olhou para mim, eu vi medo nos olhos dele?

# 9

A manhã seguinte ao encontro com o rei Ricardo era o início do meu primeiro dia inteiro de vida dentro da Ordem. Após voltarmos do castelo, senti que mal deitara a cabeça no colchão e Quincy já me sacudia para me acordar ao nascer do sol. Depois da missa e da reza matinal, Sir Thomas me chamou até o estábulo, onde o encontrei examinando o casco da frente do cavalo baio que ele montara no dia anterior.

— Bom-dia, Tristan.

— Bom-dia, senhor — respondi, tentando esconder um bocejo com a mão.

— Espero não ter acordado você — ele brincou.

— Não, senhor — eu disse.

— Excelente. Sua primeira tarefa de hoje será levar meu cavalo para John, o ferreiro. As ferraduras afrouxaram na viagem. A ferraria fica em frente à taverna do Porco Cantante, do lado oeste do mercado. — Ele me entregou um saquinho e eu ouvi o barulho de moedas dentro dele. — É para pagar pelo trabalho.

Sir Thomas fez carinho no focinho do cavalo.

— O nome dele é Audaz.

— Muito bem, senhor.

— Vá depressa, rapaz! — gritou Sir Thomas. — Temos muito a fazer nos dias antes de partirmos para o Ultramar.

Refazendo o caminho que me levara à igreja de St. Bartholomew, eu logo cheguei ao mercado e virei a oeste no cruzamento principal, como Sir Thomas dissera. Notei vários homens da Guarda do Rei, de uniforme completo, postados ali. Imaginei que o rei talvez estivesse visitando o mercado, mas não vi sinal de que ele estivesse por perto.

Quando as lojas e barracas começaram a escassear, cheguei numa rua mais tranquila, porém ainda agitada. Logo à frente, à direita, vi uma casa de pedra com uma placa recortada no formato de um porco pendurada na porta. E de fato, do outro lado da rua havia uma pequena oficina de ferreiro. Era uma construção de três lados, aberta na frente, e eu enxerguei o fogo, a fornalha e a bigorna.

Amarrei as rédeas de Audaz numa estaca em frente à ferraria. Um dos guardas do rei descia a rua devagar, tentando parecer distraído, com o braço apoiado no punho da espada. Ele parecia estar me vigiando, mas quando virei na direção dele, desviou o olhar, fingindo interesse em tudo o mais ao redor.

— Olá? — chamei.

— Um instante! — uma voz respondeu de trás da ferraria.

Então eu esperei. A oficina parecia limpa e bem-cuidada. Olhando mais de perto, percebi que não havia apenas três paredes; a quarta "parede", a da frente, dobrava-se para cima e era sustentada por uma viga de cada lado, para que pudesse ser baixada toda noite, na hora de fechar.

Enquanto esperava, voltei a atenção para a rua e notei o guarda do rei andando em minha direção. Sem olhar nem de relance para mim, ele entrou na taverna.

Alguns minutos depois, a porta da taverna se abriu e dois homens saíram cambaleando, piscando e esfregando os olhos. Começaram então a discutir um com o outro. Eram quase do mesmo tamanho, mas um parecia ser o líder e empurrou o outro, bravo. O homem cambaleou para trás, perdeu o equilíbrio e caiu na rua de terra. Tentei me conter, mas do jeito como ele caiu, não consegui evitar uma risada.

O que ainda estava de pé me ouviu. Levantou a cabeça e me olhou com os olhos semicerrados. Então resmungou alguma coisa para o amigo, que com esforço conseguiu ficar de pé. Os dois atravessaram a rua, olhando furtivamente ao redor enquanto me abordavam.

— Onde você arranjou esse cavalo, garoto? — disse o que parecia ser o líder.

Ele não era grande mas também não era pequeno; era corpulento e talvez um pouco mais alto que eu. Seus cabelos compridos, escuros e sebosos desciam empapados no lado do rosto, onde havia uma barba desgrenhada. Seus olhos estavam vermelhos e seu bafo fedia. Seu amigo parecia ainda pior. Tinha a pele mais clara, mas os cabelos estavam tão cheios de terra e sujeira que era difícil saber qual era a cor original.

— Por que você quer saber? — perguntei.

— Onde você arranjou esse cavalo? — ele exigiu que eu respondesse.

— Este cavalo pertence a meu senhor, Sir Thomas Leux dos Cavaleiros Templários. Não sei por que isso é da sua conta, mas...

O homem de cabelo escuro me espiou com um olho só, com o outro fechado e o rosto contraído, como se sua vista não estivesse funcionando direito.

— É da minha conta — ele interrompeu — porque acho que você está mentindo. Acho que vou denunciar você para o comissário.

— Faça o que quiser — eu disse.

Os irmãos tinham me ensinado muito sobre os males da bebida. No entanto, jamais tinha encontrado nem visto ninguém bêbado antes, por isso não fazia ideia do efeito que o álcool produzia nos homens.

Virei-me de costas, pretendendo me refugiar do outro lado de Audaz, esperando que os homens perdessem o interesse e fossem embora, ou que o ferreiro aparecesse. Porém, quando fiz isso, de repente braços me agarraram por trás e uma boca fedorenta sussurrou em meu ouvido.

— Vou fazer uma coisa ainda melhor. Eu mesmo vou levar o cavalo para o comissário. Tenho certeza de que um Templário pagaria uma bela recompensa para quem devolver sua montaria roubada.

— Eu não roubei... — comecei a dizer, porém os braços me apertaram com mais força e as palavras morreram em minha garganta enquanto o ar fugia dos pulmões.

Tentei sair de perto, mas ele apertava mais forte enquanto eu me contorcia e me jogava para a frente e para trás, tentando me soltar. Fui levantado do chão, com as pernas chutando inúteis no ar.

Do canto do olho vi o homem de cabelo claro estender a mão para desamarrar as rédeas de Audaz. Estendi a perna e senti os dedos dele esmagados entre minha bota e a estaca.

O homem urrou de dor e raiva, e quando me dei conta estava caído no chão, e havia dois pares de pernas me chutando. Tentei ficar de pé, arrastando-me na direção de Audaz. Mas ele estava começando a ficar assustado, mexendo as pernas para a frente e para trás, relinchando e batendo o casco no chão. Não querendo que o cavalo sem querer me escoiceasse a cabeça, a melhor ideia que tive foi me encolher, esperando que os homens ficassem cansados antes de me machucarem de verdade.

Com o rosto quase enterrado na terra da rua, vi um terceiro par de pernas abordar os dois homens por trás. Será que eles tinham achado outro homem para vir ajudá-los a me roubar?

Em vez disso, ouvi os dois homens darem um gritinho, e na mesma hora os chutes pararam. Uma voz grave e ressonante exclamou:

— Basta! Que espécie de homens são vocês? Eu já disse uma vez que se voltarem a incomodar meus clientes, vão perder um dedo na minha bigorna!

Nenhum dos dois respondeu. Ergui a cabeça e os vi pendurados no ar. Atrás deles havia um gigante, segurando os dois homens pelos colarinhos agora retorcidos ao redor dos pescoços, tão apertados que seus rostos estavam ficando azuis.

Sem dizer mais nada, ele deu alguns passos subindo a rua na direção do mercado, e jogou os homens no chão. Enquanto tentavam levantar, ele deu um bom chute forte no traseiro de cada um.

— Se vocês aparecerem nesta rua outra vez, vão se arrepender de ter nascido!

Correndo, eles sumiram de vista enquanto o gigante berrava mais algumas ameaças. Então ele virou-se e voltou para onde eu estava jogado na rua, lutando para respirar.

Ao postar-se na minha frente, sua cabeça e seus ombros taparam o sol da manhã. Uma mão enorme na ponta do maior braço que eu tinha visto estendeu-se para baixo e me ajudou a ficar de pé.

— Este cavalo é o Audaz, por isso você deve ser o novo escudeiro de Sir Thomas — ele disse.

Até o dia anterior, Sir Basil era o maior homem que eu vira, mas ele podia dormir como um bebê no avental do ferreiro. Suas mãos eram do tamanho de gansos, e sua cabeça ficava assentada direto nos ombros, sem nenhum pescoço visível — apenas uma barba cheia e uma cabeça de cabelos escuros e crespos.

— Sim, sou eu — disse, espanando a poeira da roupa. — Meu nome é Tristan e eu agora sirvo como escudeiro de Sir Thomas. Você deve ser John, o ferreiro?

O gigante inclinou de leve a cabeça.

— Sou eu mesmo. Meu nome é John Little. Mas pode me chamar de Little John. Todo mundo me chama assim.

# 10

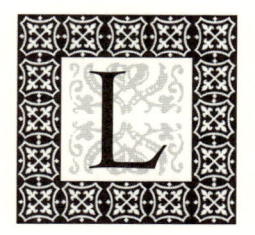

Little John trabalhava depressa repondo as ferraduras de Audaz. Para um homem tão grande, seus gestos eram graciosos e precisos, com pouco desperdício de movimentos. Ele tinha um jeito natural com o cavalo, falando em voz baixa enquanto andava de um lado para o outro, fazendo carinho em seu flanco para impedir que o animal escoiceasse enquanto ele repunha as ferraduras. Enquanto trabalhava, ele me interrogou.

— Onde Sir Thomas achou você, Tristan?

— Eu morava com os monges na abadia de St. Alban — respondi.

— Já ouvi falar de St. Alban. Você ia se ordenar?

— Não, senhor. Eu sou órfão. Fui deixado com os monges quando era bebê. Sir Thomas e seus homens passaram por lá dois dias atrás. Ele me convidou a me juntar a ele como escudeiro.

— Entendi — disse Little John. Ele não disse mais nada por um tempo, enquanto trabalhava. Removendo a ferradura solta na pata dianteira de Audaz, ele a levou até a fornalha, bombeando o fole até os carvões brilharem num alaranjado intenso. Conforme a ferradura esquentava, primeiro ficou branca e, depois, rubra. Levando-a para a bigorna, com um martelo bateu nela várias vezes até que adquirisse um formato que o agradasse. Mergulhou então a ferradura na banheira d'água, e o vapor subiu no ar com um chiado. Em poucos instantes a ferradura estava presa de novo.

— Faz tempo que conhece Sir Thomas? — perguntei.

Little John ficou de pé e limpou as mãos no avental.

— Sim, faz um tempo. Antes que ele entrasse para o Templo, eu era ferreiro no exército do rei Henrique, ligado ao regimento de Sir Thomas. Depois que saí do exército, vim para Dover. Sempre que ele passa por aqui, faz questão de trazer seus cavalos para repor as ferraduras. Também forneço espadas para Sir Thomas. Venha, deixe que eu lhe mostre.

Little John saiu pela porta dos fundos, onde além dela havia outra bancada encostada na parede de trás. Ali jazia uma espada curta que parecia novinha em folha. Ele estendeu o punho para mim.

— Pegue — ele disse.

Segurei a espada, testando o peso. Tinha cerca de sessenta centímetros de comprimento, e o punho era forrado em couro preto. Eu nunca havia segurado uma espada antes, e fiquei surpreso com o peso e a robustez.

— É a primeira vez que você segura uma espada? — ele perguntou.

— Sim, senhor — respondi.

— Bem, acho que você vai se familiarizar logo com elas. Vai precisar entender de espadas e armas no lugar para onde está indo. Isto se chama punho — ele disse, apontando para o cabo forrado em couro na minha mão. — Esta peça de metal que fica em cima do punho é o guarda-mão. Esta saliência de metal na ponta do punho se chama botão.

Olhei para o botão e vi que nele havia uma pequena figura gravada. Mostrava dois cavaleiros montando o mesmo cavalo.

— Esse é um símbolo dos Templários — disse Little John. — Os Cavaleiros do Templo fazem um voto de pobreza, e compartilhar um cavalo mostra que estão dispostos a fazer contenções no serviço a Deus.

Confirmei com a cabeça, pois tinha visto a mesma figura em pinturas e tapeçarias penduradas nos salões da comendadoria.

— Esta é uma espada curta. É usada principalmente para autodefesa. O aço é de boa qualidade, e a lâmina é muito afiada. Mas não é feita para enfrentar o peso de uma espada de batalha ou uma cimitarra: é só para golpes curtos, não para manobras sofisticadas. Vamos lá. Experimente. Balance-a para um lado e para o outro algumas vezes.

Arrastei-me alguns passos de Little John, brandindo a espada, traçando cruzes no ar. Eu não entendia nada de espadas, porém parecia uma boa arma. Não muito pesada, mas robusta.

— É bonita — eu disse.

Little John estendeu a mão e pegou a espada com cuidado.

— Segure mais fundo dentro do seu punho, assim — ensinou. — Confira se suas mãos estão bem encaixadas embaixo do guarda-mão, por segurança. Veja, vou mostrar.

Então Little John me deu minha primeira breve aula de esgrima, ensinando-me a usar a espada do jeito certo para que não me machucasse.

Com apenas alguns exercícios meu braço já doía, e eu disse a Little John que precisava levar Audaz de volta para a comendadoria. Para minha surpresa, ele tirou uma bainha da bancada, guardou a espada, e a entregou de volta para mim.

— É sua — ele disse.

Meu queixo caiu.

— O quê? Não, senhor, eu não posso aceitar.

Little John riu e estendeu a mão para pegar o saco de moedas que Sir Thomas me dera. Ele pôs o saquinho num bolso do avental.

— Pronto! Você já me pagou! Sir Thomas sempre me contrata para fazer uma espada nova para seus escudeiros. Ele encomendou esta já faz vários meses, e estou trabalhando nela desde que seu último escudeiro deixou a Ordem.

— Senhor, não sei o que dizer — gaguejei. — Obrigado. Muito obrigado. É uma bela arma. Fico grato pelo seu trabalho.

— É um prazer, Tristan... e ouça um conselho. Deixe essa espada à mão. Se encontrar um par de patifes como os de hoje cedo, não tenha medo de mostrá-la. Mantenha-a limpa e afiada. Tome conta dela e ela vai tomar conta de você — ele sorriu.

— Vou tomar, senhor. Prometo. E obrigado de novo. Agora, se me dá licença, preciso voltar à comendadoria. Sir Thomas deve estar esperando. Tem muito trabalho a fazer antes de partirmos.

— Boa sorte a você, Tristan. Sir Thomas é um dos melhores homens que já conheci. Você vai se dar bem como escudeiro dele. Ouça o que ele tem a ensinar. Confie nele. Boa sorte a você. Espero revê-lo algum dia.

Little John acenou enquanto eu começava a subir a rua. A cada poucos passos eu punha a mão no punho da espada que agora pendia do meu cinto. Imaginei-me seguindo Sir Thomas e os Templários para a batalha com minha espada erguida.

Chegando à multidão do mercado, notei que os guardas ainda estavam por ali. Na verdade agora havia seis deles, e com certeza me seguiam. Não conseguia imaginar qual seria seu interesse, porém alguma coisa no jeito deles me deixou apreensivo. Apertei o passo, mas a multidão do meio-dia no mercado me obrigou a ir mais devagar. Não é fácil atravessar uma horda de pessoas conduzindo um cavalo.

Quando viramos no final da rua que levava à comendadoria, a multidão aumentou ao nosso redor. Segurei mais firme as rédeas de Audaz, temendo que ele se assustasse — mas comparando com o barulho e a confusão de uma batalha, o mercado pareceu não afetá-lo nem um pouco.

Do canto do olho notei dois dos guardas se aproximarem, seguindo-me alguns passos atrás.

A multidão era barulhenta e eu avançava a duras penas. Ao passar por uma fila de barracas de vendedores, um homem empurrando uma carroça de legumes cruzou à nossa frente e precisei fazer Audaz parar, aguardando que o homem liberasse o caminho.

Estava prestes a me virar e encarar os guardas do rei que estavam bem atrás de mim quando, por sobre a algazarra do mercado, ouvi um barulho que me fez gelar de medo: o inconfundível som de uma espada sendo desembainhada.

# I I

Agarrando o punho da minha espada, hesitei. Não conseguia decidir se devia virar-me e enfrentar os atacantes ou se era melhor fugir. Senti que algo horrível estava prestes a acontecer. Quando o homem da carroça de legumes de repente saiu do caminho, assustei-me ao ver Sir Basil parado na rua, na minha frente.

— Tristan! — A voz dele ressoava por cima do tumulto. — Eu já estava perguntando o que tinha acontecido com você!

Fui tomado por uma sensação de alívio. Olhando de relance para trás, percebi que os guardas do rei tinham sumido, misturando-se na multidão. Minha respiração voltou ao normal, mas o formigamento ainda se alastrava por minha pele. Será que eles estavam me seguindo? Ainda mais preocupante, será que estavam prestes a me atacar? Será que me levariam preso? O que eu fizera em nosso breve encontro que havia ofendido o rei? Não conseguia pensar numa resposta.

— Sir Thomas quer que você volte à comendadoria agora mesmo — disse Sir Basil.

Por um instante, pensei em contar a ele sobre os guardas e o que tinha acontecido no mercado, mas percebi que não tinha nenhuma prova. Talvez fosse um engano. Fiquei ali parado um instante, tentando me situar. Sir Basil notou a expressão de perplexidade em meu rosto.

— O que foi, garoto? — ele perguntou.

— Eu... eu achei que... Nada, senhor. Nada. Vou voltar agora mesmo para a comendadoria — eu disse.

— Sir Thomas está esperando você no campo de treinamento — disse Sir Basil, piscando para mim enquanto partia para fazer o que o tinha levado até ali. Consegui voltar para a comendadoria puxando do Audaz, sem mais nenhum incidente. Fiquei pensando se devia contar a Sir Thomas o que acontecera no mercado. Quando cheguei ao campo de treinamento, achei melhor ficar de boca fechada. De fato, ia ser difícil conseguir sequer identificar algum dos guardas que tinham me seguido. Talvez eu lhe contasse depois, após ter tempo de pensar com mais clareza sobre o incidente.

O campo de treinamento ficava atrás da comendadoria, não muito longe dos nossos aposentos. Observei um cavaleiro manejar o cavalo, primeiro dando carga numa direção, depois na outra, contornando uma série de estacas cravadas no chão. Por fim o cavaleiro, que portava uma lança com ponta de aço, ergueu-se um pouco nos estribos. Tocou o cavalo para a frente, com a lança bem presa do lado, então atravessou com ela um anel de aço que pendia do alvo. O anel se soltou do cordão que o prendia e deslizou pela lança, que o cavaleiro agora apontava para o céu. Ele fez o cavalo parar, então trotou de volta até o alvo. Baixando a lança, seu escudeiro avançou para retirar o anel e amarrá-lo outra vez à estaca.

— Muito bem, irmão Wesley — gritou Sir Thomas.

Ele então notou que eu tinha chegado.

— Aí está você. Vejo que Little John entregou meu presente.

— Senhor, eu não fazia ideia. Não sei se posso aceitar esse...

Sir Thomas ergueu a mão.

— Não faça cerimônia, rapaz. Você é meu escudeiro. É meu dever garantir que esteja bem equipado. Estou vendo que você gostou da espada.

— Sim, senhor, é uma bela arma — eu disse.

Sir Thomas abriu um sorriso enorme.

— Bom. Excelente. Muito bem, agora me parece o momento perfeito para começar seu treinamento. Siga-me.

Num canto do campo havia uma estante de armas. Sir Thomas puxou dali uma grande espada de batalha e a entregou para mim. Era mais longa e mais pesada que minha própria espada, e achei difícil até levantá-la, quanto mais segurá-la.

— Você vai precisar praticar e se exercitar para ganhar força nos braços e no tronco — ele disse. — O campo de batalha não é lugar para descobrir que você não consegue levantar ou mexer alguma coisa num momento crucial.

Sir Thomas devolveu a espada de batalha à estante, pegando duas espadas de treino feitas de madeira, e entregou uma para mim.

— Segure deste jeito — ele disse. Ele estendeu o punho da espada para que eu visse como suas mãos se juntavam ao redor dele, com o indicador esquerdo cobrindo de leve o mindinho direito. Segurei a espada do mesmo jeito e a estendi diante de mim, em prontidão.

Assim começou meu primeiro treinamento com a espada. Sir Thomas era um excelente espadachim, e eu logo estava coberto de vergões e marcas feitas por sua espada de madeira, que atacava veloz, feito uma língua de cobra. Se eu conseguia deter ou aparar algum dos golpes, Sir Thomas acertava de novo e mais rápido, duas ou três vezes.

A partir desse primeiro momento no campo, treinamento e trabalho se tornaram os elementos básicos de minha vida. Ao longo das semanas seguintes, mergulhei no mundo dos Templários, rapidamente aprendendo o que esperavam que eu aprendesse. Como em minha vida anterior, eu tinha trabalho a fazer, e muito. Após os primeiros dias descobri que enquanto os monges tratavam de cultivar suas plantações e orar para Deus, só o que os Templários faziam era preparar-se para lutar. Na verdade, Sir Basil disse que a vida de um Templário era dividida em três estágios: preparar-se para lutar, lutar e preparar-se para lutar de novo.

Num dia típico, nós escudeiros fazíamos nosso treinamento de armas à tarde. Foi durante uma dessas sessões que Sir Hugh fez outra tentativa de me intimidar.

Estávamos treinando com as espadas de madeira sob o olhar atento do mestre-sargento LeMaire. Homem atarracado mas corpulento, era um chefe severo no campo de treinamento, porém um excelente instrutor. Neste dia ele conduzia nossa rotina de exercícios, fazendo-nos praticar golpes curtos e estocadas em duplas. Eu fiquei com Quincy.

Sir Hugh veio andando devagar perto da fila de escudeiros, como se fosse um general inspecionando as tropas. A princípio achei que ele fosse me ignorar quando parou para dar instruções técnicas a uma dupla de escudeiros. Observando-o pelo canto do olho, precisei admitir que Sir Hugh mostrava ser ótimo espadachim, talvez tão bom quanto Sir Thomas. Ele era gracioso e fazia bons movimentos, e percebi que ele seria um inimigo difícil numa luta. Enquanto se aproximava de nós, Quincy e eu continuamos praticando. Tentei ignorar a presença dele, esperando que fosse embora. No entanto, ele logo estava do nosso lado, observando nosso treino.

Quincy me deu uma estocada com a espada de madeira. Dando um passo à frente, deitei minha espada para a esquerda com a lâmina erguida, aparando solidamente o golpe. Ele deu um passo para trás, preparando-se para avançar outra vez, porém Sir Hugh nos deteve.

— Foi a defesa mais lamentável que eu já vi — disse.

Suas palavras doeram, mas eu tentei não prestar atenção.

— Perdão, senhor. Sou novo nisto — eu disse.

— Não tem desculpa. Estamos aqui para lutar. Se você não consegue fazer isso, não serve para muita coisa. Um elo fraco na corrente pode causar a morte de todos nós.

O olhar de Sir Hugh era penetrante, mas eu me recusei a morder a isca.

— Então vou continuar treinando até ser o elo mais forte, senhor — retruquei.

Sir Hugh bufou de desprezo.

— Dê-me sua espada — ele disse para Quincy. Por um instante, Quincy não soube ao certo o que fazer, então timidamente entregou a arma a Sir Hugh.

— Ataque-me — ele mandou.

Eu relutava em me mexer.

— Em nome de Deus, rapaz, eu lhe dei uma ordem! Ataque! — ele berrou.

Dei uma estocada de má vontade com a arma. Com uma velocidade estonteante, ele facilmente aparou o golpe, então atacou de volta, acertando com força meu braço direito, que ficou amortecido. Dei um grito de dor.

— Defesa horrível — ele disse. — Se fosse uma espada de verdade, seu braço agora estaria caído no chão. Ataque de novo.

Eu não sentia nada abaixo do cotovelo direito e não conseguia segurar a espada do jeito certo. Meu grito de dor fizera os outros escudeiros pararem de treinar, e eles e o sargento LeMaire olhavam, assustados, esperando para ver o que aconteceria depois.

— Senhor, meu braço... — eu disse.

— Rapaz, eu dei uma ordem! Ataque! — Sir Hugh não esperou eu me mexer. Dando um longo passo para a frente, baixou a espada de madeira a toda velocidade. Tive apenas um segundo para erguer minha arma, que eu segurava só com a mão esquerda, colocando-a numa posição de bloqueio.

A espada de Sir Hugh desceu com um assobio, batendo na minha com um estalo forte. Porque eu estava lutando com uma mão só, não consegui aparar totalmente o golpe que acertou meu ombro direito com um ruído seco e terrível.

Desta vez eu dei um berro alto. Achei que meu ombro estivesse mesmo quebrado. Largando a espada, olhei assustado para meu braço direito, que agora pendia, inútil. As lágrimas ardiam em meus olhos, porém fiz o possível para impedir que escorressem, não querendo dar essa satisfação a Sir Hugh.

— Isso foi horrível. Simplesmente péssimo! Você não tem talento algum para isso — disse Sir Hugh. — Essas armas são de mentira e nem assim você consegue acertar. O que vai fazer se alguém atacá-lo com uma arma de verdade?

Para meu horror, Sir Hugh soltou a espada de madeira no chão de terra. Observei incrédulo enquanto ele sacava a espada de batalha da bainha em seu cinto e começava a brandi-la de um lado para o outro na minha frente.

— Isto não é um jogo, garoto. É uma guerra. Nós vamos lutar. O que você vai fazer quando não for mais treinamento? O que vai fazer quando for de verdade?

Andando em círculos ao meu redor, ele mexia a espada para um lado e para o outro, cada vez trazendo-a para mais perto de meu rosto. Olhei de relance ao redor. O sargento LeMaire parecia pasmo, porém, sendo muito inferior a Sir Hugh, não podia fazer muita coisa.

— Sir Hugh... — ele implorou.

— Quieto, sargento! — Sir Hugh respondeu, ríspido.

Levantando bem alto a espada, ele veio para cima de mim. Vi a arma iniciar seu movimento de descida, e não pude fazer nada além de pular depressa para o lado. A arma cindiu o ar, bem no lugar onde eu estivera parado momentos antes.

Ele cercou-se de mim num semicírculo, levantando de novo a espada. Quando suas mãos começaram a descer, dei um passo para o lado, tropeçando na espada que eu largara. Desta vez caí no chão de joelhos. A espada de Sir Hugh desceu outra vez onde eu antes estivera agachado diante dele.

Ao completar o golpe, Sir Hugh avançou alguns passos com o impulso. Quando ele levantou a espada outra vez, percebi que era minha única chance.

Com a mão esquerda, agarrei a espada de madeira caída. Enquanto Sir Hugh passava por mim, enfiei depressa a arma entre suas pernas, na altura dos tornozelos. Funcionou direitinho. Ele tropeçou na lâmina de madeira e caiu de cabeça no chão. Deu um grito de surpresa e sua túnica cobriu a cabeça e os ombros.

Rapidamente fiquei de pé, enquanto Sir Hugh gritava e praguejava. Ele levantou-se num pulo, com o rosto vermelho e os olhos cuspindo fogo em minha direção. Não consegui conter um sorriso, o que fez o rosto dele passar de vermelho para roxo.

Os irmãos em St. Alban haviam me ensinado a dar a outra face, sempre. Deveria ter lembrado de minha posição. Ele era um marechal, e devia ser tratado com todo o respeito devido. Mas não consegui evitar. Não tinha feito nada para o homem que merecesse aquele tratamento.

— Talvez eu não seja o elo mais fraco afinal, Sir Hugh — eu disse. Isto fez os outros escudeiros rirem nervosamente. Até o sargento LeMaire deu uma risadinha disfarçada atrás da mão.

— Você se acha engraçado? Acha que isto é um jogo? Eu já cansei de você e de sua insolência... — Ele parou de falar e levantou a espada outra vez. Agachei-me e me preparei para esquivar-me.

Enquanto Sir Hugh levantava a arma acima da cabeça, uma mão muito grande veio por trás dele e rapidamente arrancou-lhe a espada. Era Sir Basil. Então Sir Hugh cambaleou para a frente, tropeçando na espada de madeira e caindo no chão outra vez.

Quando vi, Sir Thomas estava ali, ajoelhado ao lado dele. Sir Hugh desvirou-se e começou a se levantar, porém Sir Thomas pôs a mão no peito dele e o prendeu onde estava. Sir Basil ficou a alguns passos de distância, brandindo a espada. Parecia um brinquedo em suas mãos gigantes.

— O que é isso? Tire as mãos de mim! — Sir Hugh sibilava.

Sir Thomas falou numa voz baixa. Tão baixa que apenas Sir Hugh, Sir Basil, Quincy e eu conseguimos escutar.

— Preste atenção — ele disse, mal conseguindo conter a raiva em sua voz. — Não quero mais ver esse tipo de coisa. Está claro? Você não vai mais chegar perto do meu escudeiro em circunstância alguma. Se fizer isso, se acontecer alguma coisa com ele, se ele for ferido de algum modo e eu descobrir que foi você o responsável, eu mesmo vou acabar com você. Você não vai machucar esse menino. Faça um gesto com a cabeça para mostrar que entendeu o que eu disse.

O rosto de Sir Hugh estava frio feito pedra, e seus olhos repletos de veneno. Ele olhou para mim, depois para Sir Thomas, e sibilou:

— Seu imbecil. Eu sei de tudo, Sir Thomas. Não pense que eu não sei. Nós dois sabemos quem ele é. Você acha que pode protegê-lo? Rá. Acho difícil.

Sir Thomas inclinou a cabeça, seus olhos perfurando Sir Hugh por um breve instante. Senti um aperto no estômago, por um momento esquecendo a dor no braço e no ombro, e de repente achei difícil respirar. Do que Sir Hugh estava falando? Ele sabia alguma coisa sobre o meu passado?

— Você não sabe de nada, Sir Hugh. De coisa alguma. E que fique claro: este menino está sob minha proteção. Estou de olho, Sir Hugh. Meus homens estão atentos. Se alguma coisa acontecer a ele, você vai ser o primeiro que eu vou procurar. — A mão de Sir Thomas agarrou a túnica de Sir Hugh, puxando-o a poucos centímetros de seu rosto. — Você entendeu o que eu disse?

Sir Hugh estreitou os olhos. Não parecia assustado, porém sabia que Sir Thomas, pelo menos por enquanto, estava em vantagem. Ele fez um gesto fraco com a cabeça.

— Ótimo — disse Sir Thomas. — Agora vou ajudá-lo a se levantar e Sir Basil vai devolver sua espada. Você vai pegá-la e ir embora. Se você erguer essa espada para atacar Tristan outra vez, é melhor usá-la em você mesmo, pois vai ser a última coisa que vai fazer na vida. Estamos de acordo?

Sir Hugh não disse nada, apenas assentiu de leve com a cabeça outra vez. Sir Thomas ficou de pé, e ao fazer isso puxou Sir Hugh também. Ele passou esbarrando em Sir Thomas, pegou a espada das mãos de Sir Basil e saiu depressa do campo de treinamento.

— Sargento, recomece os exercícios — disse Sir Thomas. Os escudeiros na mesma hora viraram-se e começaram a praticar, como se nada tivesse acontecido. — Tristan, você está machucado? — Sir Thomas perguntou.

— Não é sério, senhor — respondi. — Acho que não quebrou nada. Mas dói bastante, na verdade.

Sir Thomas passou a mão pelo meu ombro e eu contraí o rosto.

— Não parece quebrado — ele disse.

—Tristan, sinto muito. Eu não sabia o que fazer — disse Quincy. Ele me olhou com os olhos caídos, como se fosse começar a chorar a qualquer momento.

— Não foi culpa sua, Quincy. Você não fez nada de errado. Não pense mais nisso — disse. Ele me deu um sorriso agradecido.

— Isso mesmo, Quincy. A culpa não foi sua. A culpa é exclusivamente de Sir Hugh — disse Sir Basil. Ele sorriu para mim. — Tristan, eu vi o que você fez. Pensou rápido.

— Senhor, sinto muito ter causado um problema... — comecei.

— Bobagem! — interrompeu Sir Thomas. — Fico feliz em ver que você não se feriu de verdade, mas vou querer que o médico o examine. Sir Basil? Você e Quincy nos dão licença por um instante? — ele disse.

O outro cavaleiro assentiu com a cabeça, e ele e Quincy saíram do campo de treinamento.

— Tristan, me conte exatamente o que aconteceu. Eu só vi o final — ele disse.

Enquanto saíamos do campo, contei a ele como Sir Hugh achara minha técnica defeituosa e tentara me convencer a fazer uma coisa que lhe desse motivo para me atacar. Quando passamos por eles, o sargento LeMaire e os outros escudeiros pararam de treinar e começaram a bater palmas. Ouvi alguns assobios e gritos de "Viva, Tristan!".

— Ainda bem que Sir Hugh não está aqui para ver isso — disse Sir Thomas, rindo.

Ainda bem mesmo. Sir Thomas virou como se fosse voltar para a comendadoria.

— Senhor?

— Sim?

— Do que Sir Hugh estava falando quando disse que sabia quem eu era? E o senhor disse que eu agora estou sob sua proteção?

Sir Thomas virou-se para me encarar, com o sorriso de sempre no rosto. Porém, seus olhos diziam outra coisa. Eu não sabia direito o quê. Estavam inquietos, e pela primeira vez desde que nos conhecemos, Sir Thomas não me olhou nos olhos enquanto falava.

— Tristan, Sir Hugh é um bufão. Eu só quis dizer que, como cavaleiro, vou defender e proteger meus escudeiros de qualquer perigo. Quem entende o que se passa na cabeça dele?

Concordei com a cabeça, ainda não convencido, parado no campo de terra, refletindo sobre o que acabara de acontecer. Sir Thomas virou-se para partir outra vez, então parou de novo.

— Rapaz, por mais que ele seja um imbecil arrogante, é um homem perigoso e não merece confiança nunca. Nunca mesmo. Eu ordeno que você fique longe do caminho dele. Jamais chegue perto de Sir Hugh, em circunstância alguma, mas principalmente quando estiver sozinho. Entendeu?

— Sim, senhor — eu disse.

Sir Thomas então me deixou, e enquanto eu me esforçava para entender tudo o que acabara de acontecer, era aquele olhar de Sir Thomas que eu continuava enxergando na mente.

Um olhar que sugeria que muitas coisas ficaram por dizer.

# Navegando rumo ao Ultramar
## Maio de 1191

## 12

Depois do que acontecera no campo de exercícios, Sir Thomas de repente tornou-se menos disponível, pedindo aos sargentos e mesmo a alguns dos outros cavaleiros que ajudassem em meu treinamento. Suspeitei que ele me evitava, talvez temendo que eu lhe fizesse mais perguntas. E o jeito com que falava comigo me dizia que o assunto estava encerrado. Nos primeiros dias, quase que só pensei na revelação de Sir Hugh (caso fosse mesmo uma revelação) mas, por fim, dei-me conta de que ele era como Sir Thomas dissera: um imbecil. Provavelmente não sabia nada sobre mim ou sobre meu passado, e só queria civilmente uma informação que, na verdade, não possuía.

De qualquer modo, os dias seguintes foram repletos de atividade. Como se quisesse me impedir de pensar nos atos de Sir Hugh, Sir Thomas me sobrecarregara de trabalho. A cada manhã, o mestre-sargento tinha uma lista ainda mais comprida de tarefas para mim, e com estas e o treinamento, eu desabava exausto na cama toda noite, com pouca energia para pensar em nada além do meu descanso.

Três semanas depois, seis grandes navios templários chegaram ao porto, trazendo a bordo cruzados que retornavam da batalha.

Essas eram as embarcações que nos levariam à Terra Santa. Os navios haviam se atrasado na volta do Ultramar, e sua chegada causou um entusiasmo considerável na cidade. Havia uma multidão reunida no porto para comemorar. As notícias da Terra Santa eram avidamente debatidas e discutidas. Ao que parecia, Saladino estava se expandindo de Jerusalém em direção às cidades costeiras. Fiquei sabendo que nossa força ia aportar perto de uma cidade chamada Acre. Dali, tentaríamos empurrar Saladino de volta para o deserto. O rei Ricardo parecia determinado a forçar Saladino para o sul e retomar Jerusalém.

O rei partira de Dover pouco depois de nosso encontro naquela noite no castelo. De acordo com Sir Thomas, ele tinha se dirigido a Londres e sua frota partiria de Portsmouth, no litoral sul. Eu nunca estivera a bordo de nenhum tipo de navio nem barco, e agora ia navegar para o Ultramar como parte da frota do rei!

Na manhã de nossa partida, Sir Thomas, Sir Basil e o regimento inteiro marcharam até o cais. Nem todos iam partir. Alguns ficariam para trás, para trabalhar na comendadoria, por isso houve uma profusão de despedidas.

Sir Hugh passou esbarrando por nós – eu, Quincy e os outros escudeiros –, porém não olhou nem de relance em nossa direção. Caminhando num passo apressado, embarcou numa chalupa, e a tripulação foi remando devagar em direção a um dos navios ancorados no porto.

Sir Thomas veio andando até mim.

– Está pronto, rapaz?

– Sim, senhor – respondi.

Assim embarcamos em outra chalupa. A tripulação nos transportou até nossa embarcação, e fiquei aliviado ao ver que Sir Hugh ia viajar num navio diferente. Os barcos pararam nas laterais do navio, onde uma grande rede de corda tinha sido lançada por sobre a amurada. Todos escalaram a rede e pularam para o convés.

Encontrei um lugar no pavimento abaixo do convés e estendi meu saco de dormir na pequena rede onde eu dormiria. Não havia muito espaço. Havia redes armadas por toda a parede, feitas de apenas algumas cordas, em três níveis de leitos. Gostei de ter pego a de baixo. Nosso compartimento ficava na proa, e a única luz vinha de umas poucas fendas pequenas abertas nas laterais do navio, bem acima da linha-d'água. O lugar era escuro e úmido, e eu não recomendaria o cheiro. Mas jurei que sobreviveria àquilo durantes as semanas seguintes.

Querendo ver o sol de novo, voltei para o convés e encontrei Sir Thomas parado na parte de trás do navio junto com Sir Basil. Subi a escadinha que levava ao tombadilho e me postei ao lado dele.

— Senhor, quanto falta para encontrarmos a frota do rei? — perguntei.

— Nosso encontro é amanhã de manhã, em Portsmouth — ele respondeu.

— E quando estivermos a caminho, quanto vamos demorar para chegar ao Ultramar?

— Vai depender do vento. O tempo mais curto que eu conheço é de duas semanas. Mas eu diria pelo menos três semanas. Isso se não encontrarmos problemas — ele disse, num tom malicioso.

— Problemas? Que tipo de problemas? — eu perguntei.

— Ora, o de sempre: tempestades, piratas, ataques de frotas inimigas. Monstros marinhos de vez em quando atrasam nossa viagem — ele disse.

Piratas? Tempestades? Monstros marinhos? Ninguém mencionara nada disso antes de partirmos. Por que ninguém me contara isto?

Sir Thomas deu uma risadinha ao ver o pânico que passara por meu rosto.

— Fique tranquilo, rapaz. Vai dar tudo certo — ele disse.

Mas eu não estava prestando atenção; ainda pensava em piratas e monstros marinhos.

— Veja só, Tristan. Olhe.

Naquele momento, nosso navio já tinha içado vela e deixado o porto. Olhando para onde Sir Thomas apontava, vi os penhascos brancos de Dover atrás de nós. Eu nunca tinha visto nada tão bonito na vida. Os penhascos alvos feito giz banhavam-se à luz fraca do sol. Erguendo-se do oceano sem aviso, era como se, lá do céu, Deus tivesse estendido a mão e puxado para cima a parte mais limpa e mais pura da terra, para que todos pudessem ver. Os penhascos assomavam sobre a cidade como uma fortaleza celeste, e eu logo esqueci dos piratas conforme me embriagava com a vista.

Olhei os penhascos se afastarem de nós enquanto virávamos para o sul no canal. Ali, a água era mais turbulenta, porém o vento era mais forte, e pegamos velocidade.

Pouco depois do raiar do sol, chegamos a Portsmouth. Ali, fomos recebidos pela frota do rei. A nau capitânia de Ricardo Coração de Leão partiu do porto, liderando uma esquadra de vinte navios. Seu estandarte com os três leões dourados sobre o fundo vermelho estava preso ao mastro principal, tremulando orgulhoso com a brisa.

Pelo menos foi o que me disseram. Eu não vi nada disso, pois fiquei deitado em minha rede no porão, revirando-me, vomitando e segurando a barriga, desejando a morte.

Sempre fui saudável e quase nunca pegava as doenças ou febres que afligiam os monges na abadia. Naquele dia, porém, achei que estava pagando por tudo aquilo. Nunca me sentira tão mal. Cada movimento do navio revirava meu estômago e sacudia meus olhos dentro da cabeça. Fiquei deitado na rede oscilante, prometendo fazer qualquer coisa que Deus pedisse se apenas Ele fizesse o navio parar de balançar para cima e para baixo e de um lado para o outro.

Foi Quincy quem me contou sobre o encontro e a impressionante quantidade de navios que agora singravam o oceano rumo ao Ultramar. O balanço do navio não parecia incomodá-lo nem um pouco. Ele me visitava com frequência no porão, onde eu mal conseguia levantar a cabeça, mantendo-me a par dos acontecimentos no navio.

Finalmente, no terceiro dia, meu estômago acalmou um pouco e eu subi até o convés, apertando os olhos por causa do sol, feito uma toupeira. Conforme o convés balançava para a frente e para trás, achei que enjoaria de novo. Segurei firme a amurada do convés até passar a onda de náusea. Foi uma sensação agradável respirar o ar fresco. A vida de um marinheiro com certeza não era para mim.

Sir Thomas me encontrou ainda agarrado à amurada feito um desesperado.

— Está melhor? — ele perguntou.

— Não pretendo mais viajar de navio — eu disse.

— Rá. Fique contente que não estamos indo por terra. Leva meses. Cavalgar sem descanso, engasgando com o pó, ardendo no sol, congelando na chuva. Feridas de sela. Acredite, assim é muito melhor — disse ele.

— Se o senhor diz, senhor — respondi, ainda me sentindo péssimo. Sir Thomas deu outra risadinha vendo meu desconforto, e seguiu adiante.

A maior parte do tempo no navio era de um tédio inacreditável. Muitas vezes não havia terra à vista, e não tínhamos nada para olhar além da água. E mais água. Não havia quase nada para fazer além de dormir e passear pelo convés. Alguns dias, cheguei até a ajudar nos remos, só para ter o que fazer.

Quando chegamos ao Mediterrâneo, o vento era mais forte e o navio avançava mais depressa. Atravessando o Estreito de Gibraltar, vi o imponente rochedo que guardava a passagem desde o começo dos tempos. Alguns dias após ultrapassarmos o rochedo, contornamos a Ilha de Chipre, sem parar, pois o rei queria chegar a Acre o mais rápido possível.

Três semanas depois do dia em que partimos de Dover, os navios aportaram num lugar a um dia de cavalgada a oeste de Acre, num ponto onde o litoral se recurvava, formando um porto natural. Precisamos fazer os cavalos nadarem até a praia, e levamos dois dias inteiros para retirar toda a carga e os suprimentos dos navios. Minhas pernas pareciam colunas de pedra quando pisei em terra pela primeira vez após três semanas no mar. Queria beijar o chão, mas apenas fiquei contente por ele não se mexer enquanto eu andava.

Não sabia ao certo o que havia esperado do Ultramar, porém o lugar me surpreendeu. Eu ouvira os cavaleiros falarem de um deserto árido, e fiquei surpreso ao ver que a área litorânea, embora rochosa, era cheia de árvores e arbustos verdes. O clima era mais quente que na Inglaterra, com certeza, mas em muitos aspectos me lembrou Dover, tirando o fato de que ali os penhascos eram feitos de pedra, não de giz.

Acampamos logo ali na areia. Em um único dia, a praia virou uma cidade de barracas de campanha, cada uma ostentando uma bandeira de regimento ou de batalha. Armaram-se grandes fogueiras para cozinhar, e enquanto ficávamos sentados ao redor dela à noite, adorava ver as brasas subirem até o céu. Era como se cada uma portasse uma mensagem celestial. Os Templários rezavam a missa à luz do fogo e passavam as horas cantando e contando histórias enquanto aguardávamos ordens de marchar.

A barraca que servia como quartel-general do rei ficava a apenas alguns metros de distância de onde eu dormia. De vez em quando eu o via em frente à barraca, sentado numa mesa com mapas e outros documentos. Ele passava horas consultando seus assessores militares. Traçavam-se planos e emitiam-se ordens de guerra. No acampamento, espalhou-se o rumor de que os sarracenos estavam por perto.

Passamos a semana seguinte nos organizando, descansando e nos preparando para avançar em direção a Acre. Quando os cavalos tinham descansado e se acostumado à terra firme, veio a ordem de partir. Quincy e eu fomos com os outros escudeiros buscar as montarias de nossos cavaleiros no lugar onde estavam peadas na praia. Quincy parecia calmo, assobiando baixo para si mesmo enquanto recolhíamos selas e cabrestos.

— Você não está nervoso? — perguntei.

— Como? Nervoso? Por quê? Ah, sim. Esta é sua primeira vez em território inimigo. Você vai se acostumar — ele disse.

— É mesmo? — Eu não conseguia imaginar aquilo.

— Com certeza. Você vai ver. Os cavaleiros são bem treinados. Eles sabem que estão fazendo tudo certo. Vai ficar tudo bem — ele disse, sorrindo. Porém a confiança dele não me contagiou. Eu ainda estava apreensivo.

Já tinha selado e preparado Audaz para partir quando Sir Thomas me encontrou. Sua cota de malha estava lustrosa e brilhante, e ali mesmo, ao sol, eu o ajudei a se vestir. Quando estava apropriadamente equipado, ele montou no cavalo. Pegou da minha mão a espada de batalha e a afivelou bem firme ao redor da cintura. Entreguei-lhe sua lança com ponta de ferro, esperando que não notasse minhas mãos trêmulas. Ele se acomodou na sela, levantou-se e abaixou-se algumas vezes nos estribos para achar um ponto confortável, então parou sentado.

— Está pronto? — ele me perguntou.

Não! Eu não estava pronto para nada, exceto quem sabe embarcar no navio e voltar para a Inglaterra.

— Sim, senhor — eu disse.

— Está com medo? — ele perguntou.

Na verdade eu estava apavorado. Minhas mãos tremiam enquanto eu cumpria as tarefas, e eu respirava aos solavancos. Era como se eu não conseguisse puxar ar suficiente para dentro dos pulmões. Minha visão começou a se turvar. Não estava de modo algum preparado para aquilo. Tudo o que acontecera antes — o treinamento, os exercícios, os dias na comendadoria — me parecia vago como um sonho. E no entanto eu não podia, não devia deixar Sir Thomas sentir que fizera uma escolha indigna.

— Um pouco — eu respondi.

— Que bom, Tristan. Se você tivesse dito que não estava com medo, eu não teria acreditado. O importante é ficar alerta o tempo todo. Aqui em Ultramar, as batalhas costumam acontecer depressa e sem muito aviso. Fique de olhos abertos. Se a briga começar, fique concentrado em suas tarefas. Nós treinamos e discutimos isso várias vezes. O mais certo é eu perder minha lança ou ela se quebrar. Fique perto do soldado quarteleiro, e se você me vir cavalgando de volta, avance com outra lança. Vai dar tudo certo. Talvez nem enfrentemos o inimigo. Nossos batedores avistaram patrulhas sarracenas, mas ainda não encontraram um exército grande. Talvez marchemos para Acre sem oposição — ele disse.

Por algum motivo, eu duvidava muito daquilo. Algo me dizia que eu veria minha primeira batalha muito em breve. A morte estava a caminho. O ar havia mudado. Pisávamos terra estrangeira, avançando como intrusos, e tudo parecia estar de pernas para o ar.

Gritou-se uma ordem para marchar. Os cavaleiros e soldados partiram em grupos de quatro, deixando o acampamento na praia e avançando para o interior, rumo à elevação que ficava a leste, seguindo a costa. Os sargentos e escudeiros iam atrás dos cavaleiros. Eu montava uma égua baia e Quincy cavalgava ao meu lado. Havia uma bainha de couro presa à minha sela, e nela pus uma lança sobressalente para Sir Thomas.

— Ainda está nervoso? — perguntou Quincy.

— Nem um pouco. Em St. Alban tínhamos que enfrentar monastérios invasores com uma certa frequência. Comparado com uma horda de beneditinos selvagens, isto não é nada.

Quincy me olhou de olhos arregalados e sobrancelhas juntas.

— É uma piada. Saber que talvez eu esteja marchando para a morte costuma me deixar nervoso — eu disse.

Quincy deu uma risadinha ao ver meu desconforto.

— Posso dizer que na maior parte do tempo não acontece nada. Passamos mais tempo cavalgando do que lutando. E não vemos muita coisa daqui de trás.

Para me acalmar, tentei passar o tempo contando o tamanho de nosso exército. Embora fosse difícil fazer um cálculo preciso com todos marchando, contei doze bandeiras dos Templários. Com uns setenta cavaleiros em cada regimento, mais os soldados, sargentos e escudeiros, calculei que nossa força era de quase dois mil homens. Incluindo, é claro, as forças não templárias da Guarda do Rei. Torci para que aquilo fosse suficiente caso encontrássemos o inimigo. Eu sabia que os Templários nunca abandonavam o campo de batalha a não ser que estivessem em desvantagem numérica de mais de três para um. A ideia de enfrentar uma força de seis mil sarracenos me deixou apavorado.

Cavalgamos durante horas, parando de vez em quando para descansar e dar água aos cavalos. À tarde, quando atingimos o topo de uma pequena serra, veio a ordem de parar. Havia um tumulto na dianteira da coluna, gritavam-se ordens e as trombetas soaram. No meio da algazarra e confusão, captei uma palavra que fez meu coração saltar até a garganta.

Sarracenos!

# Ultramar, a Terra Santa

## 13

Aprendi depressa que a guerra é, acima de tudo, um caos organizado e que, como Sir Thomas dissera, muitas vezes acontece sem aviso.

No vale, aos nossos pés, havia um grande exército de sarracenos. Vê-los pela primeira vez não ajudou muito a aplacar o medo dentro de mim. Eles mostravam-se ameaçadores e prontos para lutar. À primeira vista, suas fileiras pareciam se estender por quilômetros. Achei difícil assimilar tudo aquilo. Começaram a agitar suas bandeiras de cores brilhantes para a frente e para trás. Diferentemente de nossas bandeiras tradicionais, eles portavam estandartes que pendiam verticalmente de mastros altos erguidos por um carregador montado. Eu os contei depressa, e estimei que o número deles era quase igual ao nosso. Era como se surgissem por magia. Com certeza nossos batedores e as patrulhas montadas deviam tê-los avistado à frente. Porém, de onde eu estava, tive a sensação de que tinha sido um encontro inesperado.

Ao se espalharem pelo leito do vale vi um mar de turbantes, na maioria brancos, mas notei que alguns eram listrados com cores diferentes, verdes e pretos.

— Por que aqueles sarracenos têm turbantes listrados? — perguntei a Quincy por sobre o barulho crescente de nossa movimentação.

— São os comandantes. Eles coordenam a luta e dão ordens para cada esquadrão — ele respondeu. De algum lugar nas fileiras inimigas soou uma trombeta, e a cavalaria começou a se posicionar.

Seus cavalos eram fabulosos; montarias altas, elegantes, cobertas da cabeça aos flancos com mantas de cores vivas, algumas escondendo totalmente a cabeça do cavalo, com buracos recortados para os olhos. Muitas das mantas eram decoradas com estrelas e outras figuras.

— Por que eles cobrem os cavalos desse jeito?

— Sir Basil diz que é para proteger os cavalos do sol quando eles cruzam o deserto. São muito bonitos, não são? — Quincy perguntou.

Seus cavaleiros não portavam lanças, mas sim escudos e cimitarras. Eu achei aquilo estranho, pois parecia que a lança mais comprida daria vantagem a nossos cavaleiros, porém quem sabe os escudos diminuíssem sua eficiência.

Desviando o olhar dos guerreiros montados, estudei a infantaria inimiga com mais atenção. Eles vestiam túnicas simples, a maioria branca ou marrom claro. Todos portavam cimitarras. Suas bainhas pendiam do pescoço e dos ombros; não eram carregadas no cinto, provavelmente porque as armas eram muito pesadas. Aqui e ali vi que alguns homens vestiam guardas de ferro para proteger os braços, porém não vi nenhuma cota de malha ou armadura.

Apesar da surpresa, nossas forças avançaram depressa, formando uma fileira ao longo da serra. O rei e seus guardas ocuparam o centro. Vi Sir Thomas mover-se para a esquerda do rei com cerca de trinta Templários montados. Sir Basil foi para a direita com mais ou menos o mesmo número. Outros regimentos foram atrás, até estarem todos dispostos em formação de batalha ao longo da encosta. Os soldados apearam, deixando os cavalos com os sargentos ao fundo. Eles eram treinados para lutar a pé e iam dar uma carga, numa tentativa de romper as linhas inimigas. Ocupando seu lugar na frente do rei, eles formaram três fileiras com espadas em punho e escudos erguidos. Para mim, parecia que estavam todos correndo desnorteados, mas, quando percebi, as forças estavam dispostas ao longo da serra e prontas para atacar.

Lá embaixo, os sarracenos corriam de um lado para o outro, posicionando seus homens e cavalos. Corneteiros no fundo de suas colunas ergueram chifres retos, extremamente longos, mais ou menos do comprimento de um homem, e soaram seu apelo às armas. Começaram a dispor suas tropas quase do mesmo jeito que nós, a talvez quatrocentos ou quinhentos metros de distância. Conforme se preparavam para atacar, começaram a gritar repetidas vezes:

— *Allah Akhbar.*

— Quincy! Que cantoria é essa? — eu gritei.

— É o grito de batalha deles. Significa: "Deus é grande!"

Como se em resposta aos gritos dos sarracenos, os cavaleiros começaram a cantar versos do Salmo de Davi: "Não a nós, ó Senhor, senão a Ti seja dada toda a glória!"

— Atenção! — Quincy gritou por cima da algazarra. — Depois de cantar o salmo, eles vão dar carga!

Então ouvi o som de nossas trombetas, e a batalha começou.

Minha égua agitou-se quando aumentaram o barulho e os gritos. Estendi a mão para acalmá-la com um carinho no pescoço. Nós escudeiros nos esforçávamos para seguir nossos mestres com os olhos enquanto eles avançavam. Ouvi os cavaleiros gritarem

"*Beauseant!*" por cima do tumulto. Era um grito de guerra dos Templários, lembrando-os de seu sagrado estandarte e incitando-os: "Seja glorioso!" Sir Thomas e os outros cavaleiros em volta baixaram suas lanças, disparando para a frente como se fossem um só. Seus cavalos galoparam no chão rochoso, e mesmo de longe o barulho era ensurdecedor.

O rei e seus guardas não deram carga, mantendo a posição na serra, observando primeiro os cavaleiros, depois os soldados avançarem. Os sarracenos, preciso dizer, não cederam terreno fácil. Enfrentando a carga, dispararam direto para cima de nós com cimitarras erguidas bem alto. A primeira onda de sarracenos e Templários colidiu com um tremendo estrondo de aço contra aço. Cavalos empinaram e homens gritaram e a poeira subiu. Eu perdi Sir Thomas de vista na massa de corpos e nuvens rodopiantes de poeira que se espalhava no vale abaixo.

Quando olhei outra vez de relance para o rei em seu cavalo branco, notei com desgosto Sir Hugh montado ao lado dele. Ele não portava lança, contentando-se em assistir ao conflito sem deixar a segurança da serra. Observando a batalha lá embaixo, fiquei desesperado em busca de um sinal de Sir Thomas. Por um instante, cogitei avançar com meu cavalo, porém o medo me prendeu ali. Soltei um pouco as rédeas e me senti paralisado, sem conseguir me mexer nem falar.

Sem aviso, a batalha começou a se reverter contra nós. Alguns de nossos soldados romperam formação, correndo de volta em direção a nossas fileiras no topo da serra. Ouvi os gritos do rei Ricardo e seus assessores, incitando-os a voltar e enfrentar o inimigo. O rei tocou seu cavalo colina abaixo e encontrou a primeira leva de homens que recuavam. Brandindo sua espada ele gritou, mas suas palavras se perderam no barulho e na distância. Porém aquilo surtiu efeito nos homens. Por um instante eles pararam de correr e se reagruparam.

Foi dada uma ordem em algum lugar, e os sargentos, que estavam guardados na reserva, deixaram-nos para trás, cavalgando colina abaixo para o meio da batalha. A poeira agora era pior que nunca, e quase impossibilitava a visão. Mas percebi que estávamos perdendo terreno.

O rei Ricardo ainda não alcançara a parte mais acirrada da batalha, porém estava chegando perto, enquanto instigava seus homens a continuar lutando. Sem preocupação alguma com sua própria segurança, tocou seu cavalo mais para dentro da massa fervilhante de corpos.

Nesse instante, o cavalo do rei empinou e ele foi jogado no chão. Conseguiu ficar de pé ainda segurando as rédeas, mas seu cavalo estava enlouquecido de medo e soltou-se de suas mãos, correndo em direção ao topo da serra. O ato impulsivo do rei Ricardo surpreendera seus guardas e ele os deixara para trás. Agora os homens que abandonavam a luta estavam impedindo que os guardas avistassem o rei. Por um instante, ninguém o notou parado no meio da poeira, indefeso. Uma leva de homens em pânico corria à sua volta, com os sarracenos bem atrás deles.

— Quincy, o rei! — eu gritei, apontando para o lugar onde o soberano estava agora, a apenas alguns metros de distância de uma fileira de sarracenos. Os cavaleiros lutavam com bravura, mas ainda perdiam terreno. O rei aguardou com a espada em prontidão, recolhendo um escudo que tinha sido largado por um soldado desertor.

Sem pensar, toquei meu cavalo depressa na direção do rei. Eu não tinha em mente plano algum além de me postar entre o rei e a força atacante.

Uns poucos homens passaram correndo por mim, mas a luta tinha arrefecido na base da serra. Vi um sarraceno correr na direção do rei Ricardo com sua cimitarra erguida bem alto. O rei deu um passo para o lado, golpeando com a espada o flanco do homem que o atacava.

Em mais uns poucos segundos, parei meu cavalo ao lado do rei e pulei da sela.

— Majestade! O senhor está em perigo! Pegue este cavalo e vá para um lugar seguro! — eu gritei.

O rei aparou outro golpe de um sarraceno, e eu saquei minha espada curta e fui eu mesmo atrás do homem, brandindo a arma loucamente com toda a força que tinha e gritando a plenos pulmões. O homem parou e me encarou, bloqueando golpe após golpe com facilidade. Então, por algum motivo inexplicável, ele virou-se de costas e saiu correndo.

O rei olhou para mim, porém nada disse.

— Por favor, alteza! O senhor precisa pegar meu cavalo! — gritei.

Agarrando as rédeas, o rei Ricardo montou depressa no animal. Eu o observei abrir caminho por entre a massa de homens, subindo outra vez a serra.

À minha volta, o caos corria solto. Ouvi gritos e grunhidos e gemidos de agonia. Ouvi homens clamando por Deus e os estertores dos moribundos. Olhando por cima do ombro, vi que muitos de nossos soldados estavam outra vez abandonando a batalha, subindo a encosta da serra. Se não conseguíssemos reverter a situação, seríamos totalmente expulsos do campo.

Avistei uma bandeira dos Templários presa nas mãos de um sargento que jazia morto no chão. Sem parar para pensar, arranquei a bandeira das mãos dele e a levantei bem alto acima da cabeça.

Agitando a bandeira de um lado para o outro, berrei o mais alto que pude:

— *Beauseant! Beauseant!*

No começo, meus gritos não surtiram efeito. Então ouvi alguns homens ali perto começarem a se juntar a mim, berrando a plenos pulmões. Em alguns instantes, mais uns poucos engrossaram o coro. Ao longo de toda a serra onde nossos soldados tinham recuado, eles pararam e olharam para nós no leito do pequeno vale. Eu berrei mais alto, tão alto que achei que minha garganta fosse pegar fogo. Aos poucos, os homens que abandonavam a batalha pararam. Com um bramido imponente eles voltaram correndo para a luta.

Segundos depois, um rio de homens passou correndo por mim, muitos deles cheios de cortes, sangrando ou mancando de diversos ferimentos, mas sem parar de correr. Dispararam para cima das tropas sarracenas, gritando e berrando e ganindo como se não houvesse amanhã.

Eu estava mergulhado num mar rodopiante de carnificina. Ouvi gritos de agonia no que corpos colidiam uns com os outros. Aprendi de perto o som que um osso faz quando é quebrado por uma espada. Passei a reconhecer o ruído terrível de carne sendo perfurada por uma lança.

À minha volta, os homens lutavam feito animais desesperados, encurralados. Alguns não tinham espada nem escudo, e apenas se debatiam no chão, tentando furar os olhos uns dos outros, mordendo dedos e puxando cabelos. Vi um sargento sem arma alguma, além do elmo que ele tinha tirado da cabeça, agitando-o loucamente de um lado para o outro, nocauteando vários homens até ele próprio ser vencido por três sarracenos.

Eu agitava a bandeira com força à minha frente, gritando incentivos para os homens até minha garganta ficar áspera. Meus braços começaram a latejar pela força com que segurava a bandeira e brandia a espada. Depois de um tempo, talvez devido à exaustão, foi como se o tempo passasse lentamente, e a algazarra e a confusão da batalha à minha volta assumiram uma curiosa tranquilidade. Era como se eu visse tudo desacelerado. Sentia-me tonto e embriagado, mas sabia por instinto que precisava manter a bandeira erguida e a espada em punho se quisesse continuar vivo.

Por fim, as fileiras inimigas foram rompidas. Nossos homens logo estavam perseguindo os sarracenos. Em mais uns poucos minutos a batalha tinha terminado. Os sarracenos foram completamente escorraçados, batendo em retirada para o leste. Os cavaleiros e soldados deram um grito forte. Aos poucos, a poeira assentou e os cavalos acalmaram-se. Só o que restou foram as marcas do massacre ao meu redor.

O chão estava repleto de corpos. Do lugar onde eu estava, mal sabia dizer quem era aliado e quem era inimigo. Na verdade não importava, pois estavam todos mortos, agonizando ou gravemente feridos. Os sons da batalha foram logo substituídos por pedidos de misericórdia, e preces para que Deus ou Alá desse um fim ao sofrimento. Aquela visão me deixou fraco, e precisei me concentrar muito para não desmaiar no chão. Procurei Sir Thomas em toda parte e logo o encontrei, ajoelhado junto a um sarraceno ferido, oferecendo-lhe água. Sir Basil também estava ajudando a cuidar dos feridos. Fui tomado por uma enorme sensação de alívio ao ver que ambos ainda estavam vivos.

Fiquei enjoado com a carnificina e o derramamento de sangue à minha volta. Homens feridos, seus membros mutilados, davam gritos de tormento. Alguns rastejavam com as mãos e sobre os joelhos, arrastando-se no chão de terra, implorando que alguém os ajudasse. Fechei os olhos para espantar o horror.

Virando-me para a serra vi o rei Ricardo, agora montado outra vez em seu cavalo de guerra, sua bandeira tremulando vivamente com a brisa. Ele percorreu o campo com os olhos e ergueu a espada num gesto de triunfo. Voltei-me outra vez para o campo repleto de cadáveres e moribundos. Minha espada de algum modo ainda estava em minha mão, e fiquei chocado ao ver manchas de sangue nela. Eu não lembrava como tinham ido parar ali.

Uns poucos instantes depois, Quincy surgiu e apeou do cavalo, sua voz carregada de entusiasmo.

— Tristan! Eu vi o que você fez pelo rei. Todos os escudeiros estão comentando! Você é um herói! Nossa vitória não foi gloriosa? — ele perguntou, empolgado.

Não parecia gloriosa. Não parecia gloriosa de jeito algum.

# A cidade de São João Acre, Ultramar
## Junho de 1191

# 14

Passamos aquela noite acampados ali mesmo no campo de batalha. Eu estava exausto, mas após nossa vitória só tínhamos mais trabalho a fazer. Todos, inclusive os cavaleiros, colaboraram com a retirada de corpos. Os médicos trabalhavam feito demônios noite adentro, tratando os feridos. Destacamentos fúnebres foram formados e preces foram rezadas sobre os túmulos simples de nossos camaradas caídos.

Tínhamos vencido a batalha, mas eu não conseguia afastar a sensação de que o preço tinha sido alto demais. Perdêramos quase cem homens, e tínhamos quase o dobro de feridos.

Quando finalmente consegui um instante para recuperar o fôlego, desabei no chão junto a uma fogueira, e descobri que estava sem apetite. Um caldeirão de ensopado borbulhava nas brasas, mas só de pensar em comer senti-me mal. Fiquei sentado, olhando para o nada.

Percebendo um movimento, ergui os olhos e vi Sir Thomas parado ao meu lado. Eu devia ter ficado de pé, mas estava cansado demais.

— Acabo de vir de uma conferência com o rei — ele disse.

— Sim, meu senhor? — *Ai, meu Deus*, pensei.

— Ele disse que um certo escudeiro foi resgatá-lo num ponto crítico da luta hoje à tarde.

Pelo tom de voz, eu não sabia dizer se ele estava bravo ou orgulhoso.

— É mesmo?

— Pois é. Parece que esse escudeiro ofereceu seu cavalo para que o rei pudesse voltar a um lugar seguro.

Dei de ombros, olhando para o fogo.

— Tristan, o que você fez foi incrivelmente corajoso. E perigoso também. Acho que lhe dei ordens de ficar em seu posto e sair apenas se eu precisasse de sua ajuda durante a luta.

Olhei para Sir Thomas e vi o ar de preocupação em seu rosto. Ele não estava exatamente bravo.

— Perdão, senhor, não sei o que deu em mim. Quando vi o rei ali com os sarracenos prestes a alcançá-lo, eu... bem... apenas reagi — gaguejei.

— Entendo. E você virou o herói do exército inteiro. Você salvou um camarada sem pensar em si mesmo, e justamente o rei. Essa é uma das marcas de grandeza num guerreiro, Tristan. Mas por favor, chega de atos de bravura. A Inglaterra sempre pode arranjar um novo rei. Mas não é fácil eu achar um bom escudeiro — ele disse.

Olhei para Sir Thomas, e ele piscou para mim.

— Descanse um pouco — ele disse. — Partimos amanhã.

Receber um elogio dele era uma sensação boa, mas na verdade as palavras de Sir Thomas não ajudaram muito a aplacar o conflito de emoções dentro em mim. Lutei para entender o que tinha visto naquele dia, e mais importante, por que tudo aquilo tinha acontecido. Por fim a exaustão me venceu, e dormi ali mesmo, junto ao fogo.

Na tarde seguinte, nossas forças avançaram rumo às planícies em volta de Acre, para dar auxílio a uma grande força de cruzados que havia sitiado a cidade alguns meses antes. Era um belo lugar, incrustado na orla. De nosso posto eu ouvia as ondas batendo nas pedras embaixo, e o som era quase reconfortante de algum modo. A cidade em si ficava numa elevação que avançava para dentro do mar. No cais, navios de cruzados flutuavam nas ondas, bloqueando o porto. Atrás das muralhas de pedra, eu via os telhados dos prédios dentro da cidade, e enquanto nos dispúnhamos em formação, os sarracenos começaram a gritar e a nos provocar das ameias das torres, mas logo perderam o interesse e ficaram em silêncio.

— Que lugar bonito — eu disse a Quincy enquanto observávamos a paisagem.

— Pois é. Sir Basil esteve aqui faz anos. Ele disse que naquela época era um lugar um tanto selvagem. Tem cavernas embaixo da cidade, e acho que muitos piratas e saqueadores as usavam como base. Quem sabe, teremos uma chance de explorá-las algum dia? — ele disse.

Achei melhor deixar as cavernas para os piratas. Preferia o ar livre. E como íamos saber? Talvez ainda houvesse piratas escondidos nelas. Eu nunca encontrara um pirata, mas tinha quase certeza de que não ia gostar deles, só por princípio.

A guarnição de sarracenos dentro de Acre resistia há meses, desesperada para que Saladino enviasse reforços, coisa que ele ainda não tinha feito. Assim que chegou, o rei Ricardo reuniu-se com os líderes sarracenos sob uma bandeira de trégua e imediatamente exigiu que se rendessem. Eles se recusaram.

Durante seis semanas, acampamos em frente à cidade, lutando de vez em quando, mas principalmente esperando que eles apenas se entregassem. Exaustos e com pouca comida, estavam repletos de doentes e feridos, e mal conseguiam montar defesa. O rei preferiu esperar que eles cedessem, não querendo sacrificar homens sem necessidade num ataque, quando parecia provável que eles capitulariam em breve.

A rendição finalmente veio no dia onze de julho, e Acre era nossa. Passamos marchando pelos portões, e eu observei os sarracenos, agora prisioneiros de guerra, sendo levados embora.

Os moradores cristãos de Acre ficaram contentíssimos de ter a cidade outra vez sob o controle dos cruzados, mesmo tendo sido bem tratados durante a ocupação de Saladino. Ele emitira proclamações permitindo que mantivessem sua religião, e também suas casas e negócios. Porém, quando o cerco começou, não só a cidade ficara sitiada, mas também os cruzados haviam fechado o porto, e nenhum suprimento podia entrar ou sair. Sem remédios e com pouca comida, o povo ficara doente e faminto.

O rei imediatamente mandou mensagens a Chipre e outros pontos a leste, e em poucos dias começaram a chegar navios com comida e remédios. Os médicos templários requisitaram a assistência de nós, escudeiros, para ajudá-los a cuidar dos doentes, e compartilhamos nossa comida com aqueles que estavam prestes a morrer de fome. Nestes dias, foi-me revelado o verdadeiro caráter de homens como Sir Thomas, Sir Basil, Quincy e os outros templários. Eles não estavam lá apenas pela batalha em si. Seu objetivo era a libertação de seus companheiros cristãos.

Nos primeiros dias de nossa reocupação, quando eu não estava cumprindo meus deveres, usava todo o tempo livre para explorar a cidade. Assim como em Dover, um mercado ocupava o centro, com ruas de pedra indo e vindo nas quatro direções. Todas as casas eram feitas de pedra, com toldos de cores vivas cobrindo portas e janelas. Era um contraste marcante, pois todas as casas de Dover eram de madeira, e embora tivesse sido um lugar barulhento, agitado, Acre parecia mais pacata e tranquila. Talvez o grande cerco tivesse roubado parte do ânimo das pessoas.

Estar em Acre confirmou o que eu sentira enquanto havíamos partido da praia após aportarmos ali; que eu estava num lugar estrangeiro. Tudo, desde os cheiros picantes das caldeiras até as arcadas elegantes das casas e dos templos, era novo e estranho. Levaria um tempo para me acostumar.

Sir Thomas e eu arrumamos nossos pertences em cômodos na Sede dos Cavaleiros. Diferentemente de Dover, onde os escudeiros dormiam em aposentos separados, ali cavaleiros e escudeiros dividiam quartos. Nossos dias logo viraram uma rotina parecida com a vida na comendadoria de Dover. Cuidávamos dos cavalos e do equipamento, e trabalhávamos preparando as defesas da cidade. Embora tivéssemos vencido uma tropa sarracena no caminho até a cidade, ninguém esperava que Saladino fosse desistir fácil.

— Saladino não vai engolir esta derrota — disse Sir Thomas enquanto andava ao longo da muralha leste. — Ele vai voltar logo, e provavelmente vamos ficar do outro lado do cerco.

Sir Thomas estava possuído de uma energia insólita naqueles dias. Parecia estar em vários lugares ao mesmo tempo. Fiquei impressionado ao ver a vastidão e profundidade de seus conhecimentos de tática militar. Aprendi muita coisa só de observar. Nenhum detalhe era pequeno demais. Ele subia no alto das torres e percorria as ameias da muralha, procurando pontos fracos. Sempre conferia as linhas de visão dos arqueiros e garantia que cada catapulta ou balista — as grandes balestras mecânicas que lançavam flechas gigantes no inimigo — estivesse situada na posição mais estratégica. Estava obcecado por garantir que nossas posições tivessem a melhor defesa possível.

Todo dia, minha mente se enchia de imagens do que eu tinha visto no campo de batalha. Fiquei pensando como Sir Thomas podia dedicar sua vida àquilo. Como um homem aceitava tamanho horror e tanta carnificina sem ser afetado pelo que viu?

Certa manhã, enquanto terminávamos nossa inspeção das ameias do norte, não consegui mais calar minhas perguntas.

— Desculpe, senhor, mas há uma coisa me perturbando — eu disse.

— Percebi. Você anda estranho nesses últimos dias. Diga-me o que é — ele disse.

— É a batalha, senhor, o que eu vi, o que nós fizemos... — Eu não conseguia achar as palavras.

— Você tem um bom coração, Tristan. Percebi que isso incomodou você. E é para incomodar. Foi horrível — ele disse.

— Então por que lutamos, se é uma coisa tão terrível? — perguntei.

— Boa pergunta, Tristan. Um guerreiro, se for um guerreiro de verdade, deve sempre se perguntar se sua causa é justa. Tirar a vida de outro homem não é uma ninharia. Você luta porque precisa. Quando não há nenhuma outra opção — ele disse.

— Mas, senhor, por que lutamos *aqui*? — perguntei. — O que há de errado em conversar e resolver nossas diferenças?

— A guerra geralmente começa quando a conversa acaba. Ela dura até os homens se cansarem de lutar e tentarem conversar de novo. Então a guerra para... por um tempo. Mas no fim sempre há mais guerra. É o que os homens fazem. Sempre foi assim. Por isso, se lutamos, devemos escolher *por que* lutamos. Então lutamos com honra. É o único jeito. Vai levar tempo, e receio que você verá muitas coisas horríveis antes disso, mas vai acabar entendendo — ele disse.

Eu ainda estava confuso, mas enquanto digeria as coisas na minha cabeça, continuava revendo certas imagens recorrentes. Era a cena de Sir Thomas após a batalha dando água a um inimigo caído. Pensava em Sir Basil carregando um homem ferido do campo. Lembrava dos médicos templários tratando crianças doentes na cidade, tanto cristãs quanto muçulmanas. Se eu ia lutar, podia lutar com nobreza e honra, assim como Sir Thomas e seus camaradas.

Durante semanas, trabalhamos por longas e árduas horas, levantando antes de o sol nascer e caindo mortos de cansaço em nossas camas à noite. Certa manhã, espalhou-se um rumor de que o rei Ricardo e seus guardas iam deixar a cidade no dia seguinte. Ele viajaria para leste, para inspecionar suas tropas em Tiro, outra cidade costeira. O rei queria muito incorporar às tropas os cruzados que aguardavam em Tiro e avançar rumo a Jerusalém, no sul, e não ser encurralado em Acre caso os exércitos de Saladino voltassem e sitiassem a cidade.

Estava trabalhando no estábulo quando recebi um recado de que Sir Thomas queria falar comigo. Encontrei-o no salão principal da Sede dos Cavaleiros, sentado a uma das mesas compridas junto com Sir Basil.

— Ah, Tristan, aí está você — ele disse.

— Sim, senhor. Você queria falar comigo?

— Sim, queria. Imagino que você ouviu dizer que o rei Ricardo vai partir em breve? — ele disse.

— Sim, senhor — respondi.

Pondo a mão na túnica, ele tirou uma carta e a entregou para mim. Era grossa e parecia ter algo dentro além de apenas folhas de pergaminho. Estava lacrada com o timbre de Sir Thomas em cera.

— Preciso que você leve esta carta a um homem da Guarda do Rei. Ele vai estar em algum lugar no Palácio dos Cruzados. O nome dele é Gaston. É um sujeito bem musculoso. Cabelos castanhos. Entregue a carta para ele, e só para ele. É para o Mestre da Ordem em Londres, e Gaston vai garantir que a carta chegue às mãos dele em segurança. Entendeu?

— Sim, senhor. Gaston, da Guarda do Rei — repeti.

— Excelente. Agora vá logo — ele disse.

Saí da Sede dos Cavaleiros e em poucos minutos cheguei ao Palácio dos Cruzados. Perguntando por ali, disseram-me que Gaston estava no estábulo, embaixo do palácio. Encontrei o caminho para lá, andando até uma grande porta aberta. O estábulo estava silencioso e quase deserto, a não ser por um guarda solitário sentado num barril em frente a uma das baias, afiando uma pequena adaga com uma pedra. Com a minha chegada ele ficou de pé, embainhando a adaga, e pousou o antebraço no punho da espada.

A pose casual daquele homem agitou alguma coisa em minha memória.

Era possível que eu o tivesse visto ali em Acre, ao passar pelas casernas, ou talvez a serviço em frente aos aposentos do rei. Mas ele parecia mais familiar que isso. Conforme fui chegando mais perto, lembrei-me. Eu de fato tinha visto aquele homem antes. Não ali em Acre, porém ainda antes disso, nas ruas de Dover.

No dia em que eu tinha sido seguido enquanto conduzia Audaz à ferraria de Little John, aquele homem fora o guarda que entrara na taverna e — eu podia apostar — mandara os dois bêbados atrás de mim. Além disso, vi no rosto dele que ele me reconhecia também, embora tentasse não demonstrar.

— Eu conheço você? — perguntei.

O guarda fez que não com a cabeça.

— Não. Acho que não. Diga o que você quer.

— Estou procurando uma pessoa. Disseram-me que ele estava aqui — eu disse.

Ele deu de ombros. Então olhou para longe, por cima do meu ombro.

— Você já esteve em Dover? — perguntei.

— Não — ele respondeu. Mas não parava de se mexer, nervoso.

— Você me seguiu alguns meses atrás. Ficou parado em frente à taverna do Porco Cantante e observou dois bêbados tentarem me espancar e roubar o cavalo do meu mestre — eu disse.

O homem olhou primeiro para o chão, depois para o teto. Ele olhava para qualquer lugar menos para meu rosto.

— Não sei do que você está falando. Faz anos que não sirvo em Dover. Você não devia fazer acusações tão precipitadas, garoto — ele disse, finalmente me encarando. Seu tom de voz mudara, agora carregado de ameaça. — Eu aprenderia a ficar de boca fechada se fosse você, escudeiro. Agora dê o fora.

— Quero saber por que você... — Mas não consegui pronunciar as palavras, pois antes que eu me desse conta, ele tinha me empurrado com força. Caí estatelado no chão de terra, atordoado, e vi a mão dele voltar para o punho da espada.

— Não tenho tempo para isso, moleque. Vá embora. Antes que eu lhe dê uma aula de boas maneiras que você não vai esquecer tão cedo. — Ele olhou feio para mim. Fiquei de pé, sem tirar os olhos dele.

— Você vai responder por isso — eu disse. — Sir Thomas e os Templários vão...

Ele fez menção de pegar a espada, mas devagar, achando que podia me assustar facilmente. Eu fui mais rápido. Segurei o braço dele com toda a força que tinha. Então o empurrei de volta contra a porta da baia, prendendo-o no lugar.

— Seu idiota! — ele disse enquanto se contorcia. — Atacar um guarda do rei? Você vai ser enforcado!

— Talvez, mas antes você vai me dar algumas respostas. Por que você me seguiu naquele dia? Por que mandou aqueles homens atrás de mim?

O homem não disse nada, apenas tentou soltar seu braço da minha mão. Quando estava prestes a conseguir se libertar, alguém falou atrás de nós.

— O que significa isto? — Antes que conseguisse me virar, vi os olhos do guarda se arregalarem de medo. Embora tivesse ouvido aquela voz de perto apenas umas poucas vezes, eu a reconheci. Soltei o braço do guarda e me virei. Ricardo Coração de Leão estava parado na minha frente, com ele um pequeno esquadrão de guardas, dois dos quais tinham sacado as espadas e agora as apontavam para mim. Ele estava vestido para cavalgar, trajando sua túnica vermelha com os leões dourados bordados no peito, calças de couro e botas até os joelhos. Uma grande espada pendia de seu cinto, e ele trazia um elmo embaixo do braço.

Eu ia me encrencar se não agisse com cuidado.

— Sua alteza — eu disse, me curvando.

O rei Ricardo olhou fixo para mim, e aos poucos veio em seu rosto um olhar de reconhecimento.

— Você é aquele menino, o escudeiro de Thomas Leux? — ele perguntou.

— Sim, majestade — eu disse.

— Você veio ao meu auxílio no campo de batalha — ele disse. Não era uma pergunta, era mais uma afirmação.

Eu dei de ombros.

— Por que você está atacando um dos meus guardas? — ele perguntou.

— Receio que seja um mal-entendido. Eu estava procurando alguém. Sir Thomas me mandou com uma mensagem para um dos seus homens. Este homem e eu entramos numa discussão...

O rei acenou com a mão e os dois guardas embainharam as armas.

— Eu me incomodo bastante quando alguém tenta atacar meus homens — ele disse. — Eu podia mandar enforcar você.

Alguma coisa me disse para ser corajoso. Por algum motivo, estar em minha presença deixava o rei ansioso. Ainda assim, ele era o monarca. Podia dar cabo da minha vida com uma única palavra. Mas senti que ele me respeitaria mais se eu não demonstrasse medo.

— Podia, senhor — eu disse. — Peço desculpas.

Curvei-me outra vez de leve, mas sem parar de encará-lo.

Seu olhar me penetrou outra vez, mais ou menos como acontecera naquela noite no castelo em Dover. Tentei não parecer nervoso nem com medo, mas não sabia o que fazer, e o olhar dele começou a me deixar desconfortável. Era quase como se ele estivesse tentando decidir: "Devo matar este menino? Ou ordená-lo cavaleiro?"

— Tenho uma grande dívida com Sir Thomas, e já que você interveio a meu favor na batalha, vou ignorar esta ofensa. Não deixe isso acontecer de novo. Nunca ameace um dos meus homens. Entendido?

— Sim, majestade — eu disse, curvando-me outra vez.

— Quem você está procurando? — ele perguntou.

Eu disse a ele que tinha uma mensagem para um guarda de nome Gaston. O rei Ricardo gritou um comando e um dos guardas deu um passo à frente. O rei passou esbarrando por mim em direção ao estábulo, e o resto do esquadrão foi atrás, preparando as montarias para partir.

Eu olhei para o homem com quem acabara de brigar, mas ele me ignorou, enquanto entrava na baia onde o cavalo dele estava aquartelado e começava a ajustar a sela.

Gaston estava parado diante de mim, um sujeito de aspecto tristonho, mas encaixando-se precisamente na descrição que Sir Thomas me dera.

— Sir Thomas me pediu que desse isto a você — disse, entregando-lhe a carta. — É para o Mestre da Ordem. Você pode fazer com que ela chegue em segurança a Londres?

— É claro. Conheço bem Sir Thomas. Depois de cavalgar até Tiro com o rei, serei enviado de volta à Inglaterra. Vou garantir que a carta chegue às mãos do Mestre — respondeu Gaston.

Achei melhor me afastar do rei o mais rapidamente possível, por isso saí depressa do palácio. Atravessei a praça da cidade, subindo ao parapeito que ficava sobre o portão principal. Alguns momentos depois, o rei e seus guardas deixaram a cidade, partindo para leste. Observei Ricardo Coração de Leão partir cercado por seus homens, outra vez montando seu cavalo branco de guerra. Eu os segui com os olhos até sumirem de vista no horizonte oriental.

Tendo cumprido minha tarefa, afastei-me do parapeito pretendendo voltar à Sede dos Cavaleiros, onde eu ainda tinha trabalho por terminar. Enquanto eu abria caminho nas ruas lotadas, de repente ouvi aquele som, bem ao longe. O som de trombetas sarracenas.

Saladino estava vindo.

# 15

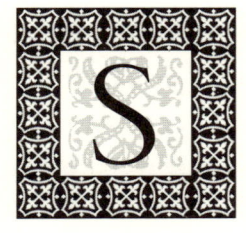

Saladino voltou para Acre com sede de vingança. As trombetas soaram pela primeira vez naquela manhã, e quando caiu a noite suas forças tinham cercado a cidade. De cima das muralhas, observávamos seu exército se instalar, leva após leva. Eu mal conseguia contar o número de bandeiras de guerra, e não fazia ideia de quantos homens ele trouxera para reconquistar Acre, mas com certeza eram milhares.

Quando havíamos tomado Acre, o porto fora reaberto e navios com suprimentos de Chipre e de outros pontos a leste chegavam quase diariamente. Tínhamos conseguido reabastecer todos os estoques e cavar poços novos. Agora estávamos guarnecidos numa cidade-fortaleza, bem abastecidos de comida e água, mas senti um certo pânico enquanto observava os sarracenos nos cercarem. Como faríamos para derrotar uma força tão grande, encurralados ali sem espaço para manobrar nem contra-atacar?

Sir Thomas apontou para uma grande barraca armada numa elevação a leste, a várias centenas de metros de distância, fora de alcance de nossas balistas e catapultas.

— Aquela é a barraca de comando de Saladino. Ele vai liderar o cerco pessoalmente — disse Sir Thomas. Eu observava a barraca sempre que tinha um instante livre, mas não sabia dizer se uma das minúsculas figuras que via indo de um lado para o outro era Saladino.

— Senhor, sitiados deste jeito, presos aqui, o que vamos fazer? — perguntei, sem conseguir impedir que o nervosismo e o medo dominassem minha voz.

— Vamos lutar. Nunca paramos de lutar, Tristan. Fique tranquilo, rapaz. Estamos bem protegidos. Saladino não vai conseguir nos arrancar daqui tão fácil — disse Sir Thomas.

— Sim, senhor — eu disse. Sir Thomas sorriu e saiu do parapeito, certamente precisando reunir-se com os outros cavaleiros para começar a planejar a defesa da cidade. Continuei observando enquanto as forças abaixo de nós avançavam, armando suas barracas de campanha e dando início às preparações para a batalha. Embora quisesse muito acreditar em Sir Thomas, achei difícil partilhar a confiança dele.

O primeiro ataque só veio três dias depois. Saladino começou com uma chuva de flechas flamejantes disparadas por sobre as muralhas da cidade, numa tentativa de pôr fogo nas casas. A maioria das estruturas era feita de pedra, portanto isso não surtiu muito efeito. Umas poucas carroças atingidas por flechas perdidas pegaram fogo, porém o estrago foi mínimo. Nós retribuímos o ataque com nossas catapultas, lançando pedras e caldeirões de piche em chamas nas tropas deles. Umas poucas barracas pegaram fogo, mas não acho que algum sarraceno tenha se ferido gravemente.

Durante as duas semanas seguintes, travou-se um jogo de finta, ataque e recuo entre nossos guerreiros dentro da cidade e os sarracenos fora das muralhas. Eles testavam e provocavam nossas defesas, procurando um ponto fraco. Fiquei grato que Sir Thomas tivesse sido tão diligente ao preparar a cidade para a volta de Saladino. Ele tentou manter a normalidade das coisas, insistindo que nós escudeiros continuássemos nosso treinamento com a espada, e conferindo se estávamos mantendo todo o equipamento dos cavaleiros pronto para a luta.

Alguns cavaleiros achavam que talvez Saladino pretendesse nos matar de fome. Que ele se contentaria em esperar até que tivesse acabado nosso estoque de suprimentos. Porém outros discordavam, acreditando que Saladino esperava a chegada de mais reforços. Então ele lançaria seus homens contra as muralhas até sermos sobrepujados pela simples desvantagem numérica. Embora fosse difícil nos atingir dentro da cidade, o exército de Saladino era agora mais de três vezes maior que o número de tropas dentro de Acre.

Ao longo dos dias que passaram, Sir Thomas em nenhum momento arrefeceu em sua fúria de atividade. Ele percorria as ameias em cima da muralha, incentivando os homens que montavam guarda. Desde logo após a missa matutina até bem depois das preces noturnas, víamos Sir Thomas inspecionando os parapeitos ou instruindo os arqueiros e soldados. Ele nunca parava de se mexer, pensar e planejar.

Sir Hugh, por outro lado, mal foi visto depois que Saladino chegara. Após dias esperando que algo significativo acontecesse, Quincy e eu estávamos certa manhã no alto da muralha leste da cidade, observando o movimento das tropas nas planícies lá embaixo, discutindo para onde Sir Hugh podia ter sumido.

— Ele fugiu rastejando, aquele verme – disse Quincy. E ele de repente se jogou no chão, se contorcendo.

— Sir Hugh é o verme do regimento! – ele disse, rindo. – Ele achou uma pilha de esterco pra fuçar e...

Eu comecei a rir também, mas levei um susto quando uma mão pousou em meu ombro e, ao me virar, vi Sir Thomas parado atrás de mim. Quincy ouviu minha exclamação e ficou de pé num pulo, com vergonha de ter sido flagrado brincando. Nervoso, ele espanou a poeira de sua túnica.

— Quincy, você está doente? — Sir Thomas perguntou.

— Não, senhor, estou bem — respondeu Quincy.

— Hmm. Se contorcendo desse jeito, achei que talvez você tivesse pego algum tipo de febre — ele disse.

Quincy parecia assustado, sem conseguir saber pela expressão de Sir Thomas se estava ou não em sérios apuros.

Eu tentei salvá-lo.

— Hã. Senhor. Bem. Quincy estava me explicando, é... sobre um novo método de esgrima... — eu gaguejei.

Sir Thomas ergueu uma sobrancelha.

— Esgrima? É mesmo? Uma nova técnica que exige que o espadachim deite de costas e fique se retorcendo no chão?

— Sim, senhor, sim, pois é, nós vimos um dos guardas do rei demonstrando esta técnica algumas semanas atrás. Dizem que é originária da Espanha. Se você tropeçar e cair durante a batalha, ainda pode se defender deitado no chão. E Quincy estava demonstrando...

Sir Thomas me interrompeu.

— Sim, bem, admiro sua iniciativa de estudar uma nova *técnica* — ele disse. — No entanto, acho que talvez haja trabalho mais importante a fazer. Se vocês não tem tarefas para cumprir, quem sabe posso pedir ao mestre-sargento que...

— Não precisa, senhor — eu interrompi. — Estávamos nos preparando para ir ao estábulo e cuidar dos cavalos. E depois disso vou polir sua cota de malha, senhor, deixá-la bem lustrosa. Sim, senhor. Não queremos que a maresia cause ferrugem.

— Muito bem...

Antes que Sir Thomas terminasse de falar, um grito ergueu-se das tropas de Saladino após suas orações matinais, e lá de baixo começamos a ouvi-los entoando:

— *Allah Akhbar.*

Sir Thomas andou depressa até a borda do parapeito, seus olhos vasculhando o campo.

— Tristan, vá depressa até a Sede dos Cavaleiros e traga minha espada e malha. Quincy, encontre Sir Basil e diga-lhe para alertar os outros cavaleiros. Rápido!

— Sir Thomas, o que está acontecendo? — perguntei.

— Eles estão se preparando para atacar, Tristan. A qualquer momento. Vá logo buscar meu equipamento. Agora!

Enquanto Quincy e eu descíamos a escada correndo, ouvi Sir Thomas gritando comandos e instruções para os soldados e soando o apelo às armas. A urgência na voz de Sir Thomas me dizia que aquilo era diferente dos ataques que tínhamos enfrentado até agora. Senti um fisgão no estômago, e lembrei como me sentira ao entrar naquela primeira batalha tantas semanas atrás. Comecei a refrear o nervosismo e me concentrar em minhas tarefas, mas imagens da carnificina no vale surgiam em minha mente, e percebi que estava ficando com medo. Tentei rezar, porém não consegui.

Em poucos instantes, o que tinha sido uma manhã relativamente tranquila dentro da cidade virou um turbilhão de atividade. Quincy se despediu de mim correndo para localizar Sir Basil enquanto eu corria pelas ruas até a Sede dos Cavaleiros, onde peguei o equipamento de Sir Thomas.

Refiz meus passos e encontrei Sir Thomas no parapeito gritando ordens. Olhando para o exército de Saladino, vi uma onda de movimento nas planícies. Tudo parecia estar acontecendo em ritmo desacelerado, e por um instante senti que estava fora de meu corpo, observando a cidade e o campo lá embaixo, conforme os guerreiros de cada lado corriam de um lado para o outro em sua dança caótica. Um grito ao longe me trouxe de volta à realidade, e vi uma série de enormes escadas sendo carregadas do fundo em direção às fileiras dianteiras das tropas de Saladino.

Sir Thomas pegou de minhas mãos a cota de malha e a espada, enquanto o parapeito à nossa volta apinhava-se de homens e equipamentos, e em pouco tempo os gritos do exército lá embaixo e os de nossas próprias tropas haviam criado uma terrível balbúrdia. Com um berro poderoso, as tropas de Saladino começaram a avançar, os sarracenos correndo em disparada. Ao mesmo tempo, seus arqueiros soltaram uma saraivada de milhares de flechas bem alto no céu, tentando fazer com que chovessem sobre nós. Obrigar-nos a tomar abrigo também permitiria que suas tropas avançassem desimpedidas até a base de nossas muralhas.

Caí de joelhos, agachando-me junto ao parapeito, tentando me encolher o máximo possível. As flechas passaram zunindo pelo ar, uma acertando o chão a menos de um metro de mim. Esforcei-me ao máximo para ignorar os gritos que ouvia quando alguma das flechas encontrava um alvo.

Uma ordem foi dada de retribuir o ataque, e de todos os pontos nossos arqueiros se levantaram e dispararam contra a enxurrada de homens que corriam em nossa direção lá embaixo. Ergui o rosto e vi outra leva de flechas chovendo sobre nós, vinda da guarda traseira de Saladino. Era impossível ficar de olho em tudo. Lá embaixo, os sarracenos tinham alcançado a base da muralha, embora nossos arqueiros os castigassem a cada passo que davam.

Flechas caíam do céu, aterrissando em toda parte, e eu vi um dos soldados ser abatido bem na minha frente. Ainda tinha minha espada curta presa ao cinto, mas com mãos trêmulas agarrei o pique, a lança comprida de ferro que o soldado largara ao ser atingido pela flecha. Segurei firme a arma, testando seu peso, quando vi os topos de várias escadas surgirem nos parapeitos e percebi que os sarracenos tinham chegado.

Sir Thomas ficou em cima de uma das ameias, gritando:

— Avante! Para as escadas!

Nossos homens correram para a frente, empurrando as escadas para trás com os piques e espadas ou com as mãos. Uns poucos sarracenos tinham quase alcançado o topo, e seus gritos juntaram-se à balbúrdia enquanto eles caíam para trás na massa rodopiante de seus camaradas lá embaixo.

Encontrei um lugar vazio no parapeito. O topo de uma escada inimiga surgiu na minha frente e eu empurrei-a com o pique, tentando fazê-la cair para trás. Porém não consegui, e vi apavorado um sarraceno aparecer. Fiquei petrificado onde estava enquanto ele passava por cima da escada, seu rosto suando com o esforço. Lutando contra o pavor, agarrei o pique com as duas mãos, recuei alguns passos e disparei correndo para cima dele, gritando a plenos pulmões:

— *Beauseant!*

Ele facilmente aparou meu golpe com a cimitarra, e eu quase soltei o pique. Dei outra estocada nele, e ele empurrou o pique para o lado outra vez, agora dando um passo ao lado e arrancando-o de minhas mãos. Veio correndo para cima de mim, e eu tentei sacar a espada curta em meu cinto, certo de que estava prestes a morrer.

Com um berro alto ele ergueu a espada acima da cabeça com as duas mãos, quando um olhar de terror surgiu em seu rosto e ele desabou no chão. Ali atrás dele estava Quincy, segurando um outro pique que usara para despachar o sarraceno. Quincy me encarou por um instante, então fez um gesto com a cabeça e correu ao longo do parapeito, encontrando outro ponto para defender.

Foi aquele homem prestes a me matar que me trouxe à realidade. Ficou claro naquele momento que, por mais que eu estivesse irracionalmente apavorado, não podia deixar que o medo me dominasse, ou então morreria com certeza.

Mais escadas surgiram nas muralhas, e aquelas que empurrávamos eram endireitadas e usadas outra vez. Durante mais de uma hora naquela manhã, os sarracenos tentaram em vão invadir as muralhas. Por fim, quando Saladino viu que não conseguiria fazer com que seus homens atravessassem as muralhas sem grandes baixas, o ataque cessou. Corríamos de um lado para o outro, cuidando dos feridos e consertando e trocando armas, pois sabíamos que Saladino continuaria vindo, até achar um jeito de retomar a cidade.

Assim foi o cerco. Durante dias, depois semanas, resistíamos em nossa fortaleza, e eu pensava numa tartaruga encolhida em seu casco. Eles nos cutucavam e batíamos de volta, expulsando-os após uma batalha furiosa. Então se passavam dias sem movimento algum. Os ataques pareciam acontecer com mais frequência de manhã, depois que os sarracenos haviam rezado até um estado de frenesi de guerra, e então as flechas voavam e as catapultas disparavam e eles continuavam vindo. E, no entanto, por mais que tentassem, não conseguiam quebrar nossa defesa.

Semanas viraram meses, sem que essa situação se alterasse. Certa manhã, uma segunda grande força de sarracenos juntou-se ao exército de Saladino – outros cinco mil homens, segundo a estimativa de Sir Basil. Tantas barracas apinhavam as planícies lá embaixo que era quase impossível ver um trecho de chão desocupado. Quando este novo grupo chegou, as tropas inimigas ficaram estranhamente silenciosas, e quase só durante as orações diárias parecia haver algum tipo de atividade entre eles.

A tensão crescia a cada dia. A ansiedade deixava todos nós com os nervos à flor da pele, corroendo os homens dentro das muralhas. As discussões tornaram-se mais frequentes, surgiam brigas, e eu ouvia os resmungos e sussurros de homens que se sentiam encurralados. Eles muitas vezes falavam em fugir escondidos antes de serem capturados ou mortos. Tais ideias nunca passaram pela minha cabeça, pois, apesar da tensão, continuava acreditando que de algum modo venceríamos. Sir Thomas lembrava a todos que Saladino não podia manter o cerco para sempre, não com Ricardo Coração de Leão ao leste, provavelmente ameaçando Jerusalém. Passamos horas discutindo estratégia, e debatendo se o rei mandaria ajuda ou continuaria avançando rumo ao interior. Alguns acreditavam que o rei voltaria a qualquer momento, porém certa noite, após a missa, ouvi Sir Thomas dizer a Sir Basil que provavelmente não chegaria ajuda alguma. O rei sacrificaria Acre de bom grado, se pudesse realizar seu sonho de devolver a Cidade Sagrada ao controle dos cristãos.

◆

Certo entardecer, enquanto a noite se aproximava, subi os degraus de pedra que levavam ao parapeito leste. Mal conseguira encontrar um lugar aberto onde conseguisse ver as planícies lá embaixo, quando começaram os cânticos agora familiares, as trombetas soaram, o produto das catapultas e dos arqueiros de Saladino preencheram o céu. Desta vez, no entanto, fiquei olhando com uma terrível fascinação enquanto uma catapulta gigante, uma das maiores que eu tinha visto, era arrastada para a frente das fileiras sarracenas. A máquina começou a lançar pedregões enormes nos portões da cidade. A cada poucos minutos ela disparava, e as muralhas tremiam com a força do impacto. Nossos arqueiros fizeram mira e atiraram nela diversas vezes, porém os sarracenos tinham coberto as partes vulneráveis da máquina com proteções de madeira que as flechas não conseguiam penetrar. Nem mesmo nossas balistas miradas diretamente nela surtiram efeito. Será que Saladino finalmente conseguiria entrar à força em Acre?

Sem esmorecer, a catapulta lançava pedra após pedra nos portões. A cada disparo os sarracenos comemoravam, e então, quando parecia que a máquina fosse invulnerável a qualquer ataque que pudéssemos lançar sobre ela, todo o exército de Saladino pareceu erguer-se ao mesmo tempo. E como se não bastasse, um grupo de homens vestindo túnicas pretas tomou sua posição ao longo de toda a planície que se estendia em frente ao portão principal da cidade. Eu nunca tinha visto guerreiros vestidos daquele jeito.

Sir Thomas estava a alguns metros de distância, junto com um pequeno grupo de cavaleiros.

— Senhor, olhe! Um novo grupo de guerreiros entrou na luta! — Ele veio até mim. Olhei para Sir Thomas, e pela primeira vez vi transparecer em seu rosto algo que só podia ser medo. Foi apenas por um breve instante, mas eu vi, e fiquei perturbado.

— *Al Hashshashin* — ele murmurou, em voz tão baixa que eu quase não escutei.

— Senhor?

— São chamados de *Al Hashshashin*. Ou seja, os Assassinos. Alguns os chamam de Fanáticos. Eles são os guerreiros mais ferozes que existiram. Se Saladino os convenceu a lutar aqui com ele, então pretende tomar a cidade ou morrer – disse Sir Thomas.

Como se pudessem nos escutar falando deles, os Assassinos começaram a entoar lamentos, e o som de seus gritos me deixou perturbado. Era o ganido de um demônio, agudo e assustador, e me senti invadido por uma onda de medo. Em pouco tempo os sarracenos juntaram-se a eles, bradando seus próprios gritos de guerra.

Leva após leva, eles começaram a correr em nossa direção.

E algo me disse que daquela vez não ia ser tão fácil detê-los.

# 16

Vieram pedras e mais pedras abalroando os portões. A leva de sarracenos atingiu Acre feito um martelo numa bigorna. Eles mandaram todas as tropas para todos os lados da cidade, e as escadas brotavam como ervas daninhas entre ameias e parapeitos.

A catapulta gigante deixou todos desorientados, e nos primeiros minutos do ataque houve apenas confusão e medo entre nossas tropas. Por sobre o alvoroço, ouvi Sir Thomas gritando não muito longe do lugar onde eu estava.

— Para as muralhas! Avante! Lutem! — Suas palavras por fim foram abafadas pelo tumulto. Ele brandia a espada de um lado para o outro feito um demônio, derrubando homem após homem. Abri caminho na enxurrada de corpos até chegar ao lado dele.

— Tristan! Venha comigo! Para a Sede dos Cavaleiros! Depressa! — ele gritou. Ele me virou na direção da escada que descia das ameias, empurrando-me para a frente. No começo eu não entendi. A luta estava acontecendo em toda a nossa volta, e Sir Thomas estava indo na direção contrária.

Chegando à base da escada, ele tomou a liderança e saiu correndo pelas ruas. O barulho da luta diminuiu, e o centro da cidade aparentava uma calma sinistra enquanto corríamos. Em poucos instantes, estávamos passando pela porta de nosso quarto na Sede dos Cavaleiros.

A túnica de Sir Thomas estava imunda de poeira e sangue. Um corte feio em seu braço esquerdo ainda sangrava. Sem dizer uma palavra, rasguei um pedaço de pano de minha própria camisa e o enrolei bem firme em volta do ferimento.

Ele andou a passos largos até a mesa e começou a escrever num pedaço de pergaminho.

— Tristan, estamos prestes a ser derrotados. Só há tempo para uma última lição de tática. O que você, como soldado, faria nesta situação?

Hesitei por um instante, perguntando-me como Sir Thomas podia ficar tão sereno no meio do caos que nos rodeava. Embora fizesse semanas que estávamos lutando sem descanso, ele estava como sempre: calmo e tranquilo, totalmente no controle de suas emoções.

— Senhor, não sei direito o que está me perguntando... Eu...

— Rápido, pense! Você é um Templário; você luta até o último homem. Render-se não é uma opção. Então, o que você faz?

Tentei mudar de assunto.

— Senhor, precisamos cuidar de seus ferimentos — eu disse.

— Não há tempo para isso agora — ele disse. — Você não pode se render, não pode escapar. Qual é seu plano?

— Eu procuraria um lugar para montar uma última defesa — eu disse.

— Excelente! Mas onde? Estamos aqui, dentro de uma cidade murada, prestes a ser invadidos. Onde você lutaria? Que lugar você escolheria?

Pensei por um instante.

— O Palácio dos Cruzados, senhor — eu disse. — O palácio é o lugar que eu escolheria. Ele é bem construído, as paredes grossas de arenito são resistentes ao fogo, e Saladino perderá muito soldados se quiser invadi-lo.

— Muito bem! — disse Sir Thomas. — Pelo jeito eu treinei você bem. É para o palácio que vamos. Mas diga, rapaz. Se você tivesse uma coisa que não pudesse de modo algum cair nas mãos do inimigo, como tentaria escapar deste lugar?

Pensei por um instante. Parte de mim queria apenas abrir a porta, agarrar Sir Thomas e encontrar um cavalo para fugir. Correríamos o risco de tentar abrir caminho entre as tropas inimigas, em vez de ser massacrados por sarracenos, ficando ali encurralados dentro da cidade.

— Rápido. Pense!

— As cavernas! A maior parte do exército de Saladino está espalhada junto às muralhas da cidade. Eu tentaria alcançar as cavernas abaixo de nós, então tentaria passar escondido por quaisquer forças que as guardassem, a caminho ao longo da costa, e quando estivesse longe das tropas inimigas, escalaria a encosta do penhasco e seguiria o litoral até chegar a um lugar seguro.

— Ah, mas como você chegaria às cavernas, rapaz? A cidade está sitiada. Não tem como entrar nem sair — ele disse.

Por mais que eu pensasse, não tinha resposta.

— Não sei, senhor — eu disse. — Infelizmente não sei.

Dei de ombros, desapontado por não conseguir pensar numa resposta.

— Não se preocupe, Tristan, você se saiu bem. Você se saiu muito bem.

Terminando o que estava escrevendo, Sir Thomas andou até o fogo. Agarrou uma pequena adaga que estava jogada por ali, e com ela cutucou e soltou uma pedra na lareira. Quando a pedra foi retirada, vi um espaço vazio atrás dela. Sir Thomas enfiou no buraco o braço que não estava ferido e puxou uma bolsa de couro.

— Você só precisa cumprir uma última tarefa para mim — ele disse, pendurando a bolsa de couro em meu ombro.

— Nós Templários guardamos o que agora está com você desde os primórdios de nossos dias. Com o tempo, tornou-se quase o próprio motivo de nossa existência. Eu lhe contei a história da fundação de nossa Ordem. Somos os monges guerreiros enviados pelo rei de Jerusalém para proteger peregrinos que viajam nas estradas que levam à Terra Santa. Conforme cresceram nosso número e nossa influência, tornamo-nos guardiões de muitas das relíquias de nossa fé: a Arca da Aliança, a Verdadeira Cruz e também isto aqui, o Santo Graal. Os objetos mais sagrados da cristandade são guardados e protegidos pelos Cavaleiros Templários. E precisam ser mantidos em segurança a qualquer custo. Você entendeu?

— Sim, senhor — eu disse.

Senti meu coração afundar no peito. Sir Thomas acabava de me entregar a relíquia mais sagrada e misteriosa da história da humanidade.

Eu conhecia a história do Santo Graal. Ou pelo menos algumas das histórias, eu diria. Muitos nem acreditavam que ele existia. Alguns diziam que os Templários protegiam o Graal. Eu não fazia ideia de que aquilo era verdade.

— Apenas o Mestre da Ordem e uns poucos irmãos escolhidos a dedo sabem da verdade e da localização dessas relíquias. O Graal nunca é mantido num mesmo lugar por muito tempo, para evitar que alguém fora de nosso círculo descubra seu paradeiro. Não conseguimos transportá-lo antes de Saladino nos sitiar. Com a cidade perdida, não podemos correr o risco de o Graal ser encontrado. Por isso eu o confio a você. Você não pode contar a ninguém que está com ele, nem mesmo para outro Templário.

— A bolsa tem um fundo falso — ele continuou, pegando-a de volta. Ele a abriu e me mostrou que a camada de couro do fundo encobria um compartimento secreto. Quando empurrou a borda do fundo da bolsa, vi que uma pequena lingueta de couro saltou do forro. Puxando a lingueta ele levantou o couro, e ali, embrulhado em várias camadas de linho branco, estava o Graal.

Sir Thomas tampou de volta o fundo falso, fechou a bolsa e a entregou para mim. Eu a pus no ombro, passando a faixa pelo pescoço. Não tinha vontade de olhar para o Graal, não desejava desembrulhá-lo de seu invólucro de linho e contemplar suas maravilhas. Naquele momento eu só queria nunca ter ouvido falar daquilo. Sabia que Sir Thomas estava prestes a mandar que eu me separasse dele, e essa era uma ordem que eu não queria cumprir, de forma alguma.

— Você vai carregar essa bolsa até Tiro e arranjar transporte para a Inglaterra. Você deve levar isso para a Escócia, para a igreja do Santo Redentor, perto de Rosslyn. O padre William é o pároco de lá. Ele vai saber o que fazer. Não entregue a ninguém além dele, entendeu? Eu vou ficar aqui e defender o palácio junto com os outros cavaleiros enquanto for possível. Não confio em ninguém além de você. E você sabe que o que está carregando nunca pode sair de perto de você. Se Saladino capturasse isto... — Sir Thomas teve um calafrio.

— Mas, senhor!

— Não. Está feito. — Reunindo forças, Sir Thomas ficou de pé. Ele pegou um saquinho de pano que pendia de seu cinto e o pôs dentro da bolsa de couro.

— Tem moedas no saquinho. É o bastante para você chegar à Inglaterra, e escrevi esta carta para o caso de você ter que dar explicações a alguém — ele disse.

— Senhor, por favor, se partirmos agora, podemos escapar. Como o senhor disse, há regimentos de Templários em Tiro. Ouvi os soldados dizerem que é impossível conter este ataque. As forças de Saladino podem tomar a cidade, mas se nós fugirmos...

— Ah, Tristan. Esta é a primeira vez em que você questionou uma ordem que eu lhe dei. Não. Eu não posso partir. Vou morrer aqui defendendo o palácio, ou vamos vencê-los e expulsar Saladino. Mas você precisa ir. Agora. Isso que você carrega é a coisa mais rara que ainda resta no mundo, e os homens estão dispostos a matar por ela sem pensar duas vezes. Não confie em ninguém. Nem mesmo em outro Templário. Eu vi o que a posse dessa coisa pode fazer com um homem. Ela transformou até meus irmãos do Templo em cães alucinados, sedentos de glória. Isso nunca pode sair de perto de você até você chegar a Rosslyn. Está claro?

Senti meu corpo amolecer. Não podia abandoná-lo! Desde que eu deixara meu lar em St. Alban, ele tinha sido como um pai para mim. Como eu podia ir embora e deixá-lo para trás? Eu sabia o que o destino lhe reservava se ele ficasse ali.

Sir Thomas andou devagar para o outro lado do quarto e pôs sua espada na mesa de madeira. Ergueu seu elmo, colocando-o na cabeça.

— Você foi uma alegria para mim, Tristan. O próprio Lancelot não tinha escudeiro mais fiel — ele disse.

Eu sabia que nada que eu pudesse fazer ou dizer convenceria Sir Thomas. Ele não era um homem teimoso demais, apenas jurado ao dever. E o dever vinha acima de todo o resto.

Ele estava prestes a dizer outra coisa quando um apelo às armas veio do pátio em frente ao quarto. E mais para além dos berros e barulhos de pés correndo, ouvíamos o grito de guerra dos soldados de Saladino nas ruas lá fora. Eles finalmente tinham penetrado as muralhas!

— Venha, rapaz, precisamos fazer você chegar ao palácio. Seu raciocínio estava certo. O caminho para sair de Acre é passando pelas cavernas. No templo do palácio há uma passagem secreta. Com sorte você pode andar em segurança até Tiro e achar um navio para a Inglaterra. Enquanto estiver aqui em Ultramar, viaje apenas à noite e descanse durante o dia. Fique de olho bem aberto. Você deve conseguir chegar lá em duas semanas, talvez menos.

Sir Thomas não me esperou responder, virou-se para a porta enquanto cresciam os gritos dos guerreiros no pátio, virando um uivo febril. Antes que eu me desse conta do que estava acontecendo, a porta do quarto explodiu, arrebentando-se das dobradiças, e um sarraceno invadiu o quarto. Ele vestia um turbante verde e branco e tinha um aspecto assustador. Com um grito cruel, um som tão apavorante que me deixou paralisado, ele ergueu sua cimitarra reluzente e veio correndo em disparada, cruzando o quarto na direção de Sir Thomas.

# 17

Horrorizado, vi a espada do sarraceno cindir o ar com um assobio, em direção à cabeça de Sir Thomas. Minha mão foi para o punho da espada, porém antes que eu pudesse me mexer, Sir Thomas bloqueou a descida da cimitarra, girou no calcanhar e deu um golpe forte pelo lado, derrubando o homem.

— Depressa, garoto! Agora! — ele gritou. Ele pulou por cima do corpo do homem que jazia sangrando no chão, atravessou a porta e saiu no pátio.

A cidade estava dominada pelo caos. Homens gritavam e cavalos relinchavam, e o som da batalha era ensurdecedor. Olhando a rua principal que partia de nossos aposentos, vi apenas uma massa de homens, cavaleiros e soldados de cota de malha brigando com sarracenos de turbante. Nestes últimos meses de cerco, tínhamos visto escaramuça após escaramuça e ataque após ataque, conforme os sarracenos tentavam invadir nossas muralhas. Mas nunca nada parecido com aquilo. Como eles podiam ter finalmente conseguido entrar na cidade?

Chovia fogo do céu. Flechas em chamas caíam, e erguia-se o estrondo de catapultas lançando caldeirões de óleo fervente nos telhados da cidade. Eu ouvia o assobio dos tiros das balistas, como flechas disparadas pelo arco de um gigante, e os gritos de quando elas acertavam os alvos. Os irmãos teriam dito que era como os portões do inferno se abrindo diante de nós.

Outro cavaleiro, sua cota de malha empapada de lama e sangue, passou correndo por nós, em direção a um pequeno grupo de sarracenos que se aproximavam.

— Eles arrombaram o portão oeste — ele gritou. — Vamos nos reagrupar no Palácio dos Cruzados! Depressa!

Correndo uns poucos metros à nossa frente, ele se jogou em cima de três inimigos. Surpreendidos pelo ataque, todos foram ao chão, agarrando-se e lutando com os punhos, caídos na rua lamacenta.

— Olhe para minhas costas, rapaz! Fique de olho aberto! — Sir Thomas gritou, começando a descer a rua o mais depressa que seu corpo ferido permitia. Para minha surpresa, corremos intocados pelas brigas que nos rodeavam até chegarmos à primeira encruzilhada da rua principal. Eu estava de espada na mão, porém não lembrava de tê-la sacado.

Quando atravessamos o cruzamento da rua, dois sarracenos vieram correndo na direção de Sir Thomas, mas concentraram-se em mim quando me viram atrás dele, pensando que um garoto seria um alvo mais fácil que um cavaleiro. O menor ergueu a arma com um grito furioso. Consegui bloquear o primeiro golpe, porém a espada dele era muito mais pesada, e a minha voou da minha mão. Ele brandiu a arma com toda a força mirando minha cabeça, e eu mal consegui me agachar. O impulso fez o homem rodar, ficando de costas para mim. Pulei para a frente, jogando-me de ombro em cima dele e derrubando-o no chão.

— Corra, Tristan! — ouvi Sir Thomas dizer enquanto puxava meu braço. Olhei em volta e vi o outro agressor caído ali perto, pelo jeito, despachado por Sir Thomas enquanto eu estava ocupado. Agarrei minha espada caída e ele me empurrou para a frente, e continuamos correndo pela rua.

Depois de vários minutos forçando e brigando para abrir caminho no caos, chegamos a nosso destino.

O Palácio dos Cruzados era uma pequena cidade dentro da cidade. Assim como Acre, era rodeado de muralhas. Em cada canto havia uma torre ocupada por diversos cavaleiros, arqueiros e soldados.

As tropas de Saladino estavam percorrendo as ruas metodicamente, casa por casa, porém ainda não tinham chegado ao palácio. À nossa frente vimos um pequeno grupo de Templários guardando o portão do palácio, com armas em prontidão.

— Depressa, Tristan, não temos muito tempo — disse Sir Thomas enquanto subíamos correndo a escada, passando pelo portão principal e entrando no pátio do palácio. Nenhum dos Templários prestou atenção em nós, enquanto eles e seus escudeiros entravam e saíam correndo pelo portão, preparando-se para montar uma última defesa.

Sir Thomas abriu caminho numa pequena multidão reunida lá dentro, e eu atravessei o pátio atrás dele. Dentro do palácio havia um pequeno templo onde os cavaleiros realizavam cerimônias e os padres rezavam a missa. Por menor que fosse, era muito bonito, com paredes grossas que abafavam parte do barulho e da confusão de fora.

Sir Thomas andou a passos largos até o altar, que era de pedra e batia em sua cintura. A superfície de cima era uma placa de mármore polida. Sir Thomas deitou sua espada sangrenta no altar e pressionou uma das pedras que formavam a base. Ela afundou uns poucos centímetros e com o quadril ele empurrou o topo de mármore. O altar girou num pivô, revelando um pequeno alçapão de madeira no chão logo abaixo. Uma passagem secreta! Mas para onde levava?

Sir Thomas levantou o alçapão, e eu vi uma escada que descia, mergulhando na escuridão. Ele andou até a porta da sacristia e tirou uma tocha de seu suporte na parede. Jogou o lume ainda aceso dentro do buraco, e ela bateu no chão porém continuou acesa, iluminando um túnel que começava na escada.

— Você precisa ir, Tristan — ele disse. — Seguindo este túnel, você vai acabar chegando às cavernas embaixo da cidade. Deve haver só uns poucos sarracenos guardando estas cavernas. Você precisa dar um jeito de passar por eles, viajar seguindo a costa até chegar a um lugar seguro, depois subir até a estrada principal. Lembre-se, você só deve viajar à noite. Fique de olho na estrada para não se perder, mas não viaje diretamente nela. Talvez você encontre mais alguns inimigos.

Lá fora, os sons da batalha chegavam mais perto. Nossos inimigos estavam se aproximando do palácio, e os cavaleiros no pátio ofereciam uma defesa ferrenha. Do outro lado do cômodo eu vi Quincy e Sir Basil. Sir Basil trazia no braço esquerdo um enorme machado de batalha, enquanto Quincy amarrava uma grande bandagem em seu ombro direito. Quando ele terminou, Sir Basil avançou para a porta do palácio, onde a luta do lado de fora ficara mais barulhenta. Quincy seguiu bravamente atrás dele. Será que eu voltaria a vê-lo?

Desafivelando o cinto, Sir Thomas me entregou sua espada, com bainha e tudo, então tirou do dedo seu anel de Templário, enfiando-o na bolsa de couro.

— Estas coisas podem vir a ser úteis. Não tenha medo de usá-las — ele disse.

— Mas senhor, você vai precisar da sua espada! — eu implorei.

Ele fez um gesto de desprezo.

— Não se preocupe. Há muitas armas aqui — ele disse.

Segurando as lágrimas, passei o cinto por cima dos ombros, deixando a espada nas costas, e conferi se a bolsa estava segura.

Olhei para Sir Thomas.

— Senhor... por favor — implorei.

— Tristan, rapaz... Não temos tempo para isto. Como seu mestre, eu lhe dei uma ordem, e espero que você obedeça. Agora vá — ele disse, empurrando-me para o alçapão.

Pisei na escada e comecei a descer. Quando olhei para Sir Thomas pela última vez, ele estendeu a mão para encostar em meu ombro.

— Tristan — ele disse, com os olhos se enchendo de lágrimas. — *Beauseant! Beauseant*, rapaz!

Seja glorioso.

Então as lágrimas começaram a cair, mas eu sabia que nada o faria mudar de ideia.

Descendo até o túnel escuro, eu estava convencido de que tinha visto Sir Thomas pela última vez. Ouvi o ruído do altar deslizando de volta para cobrir a abertura acima de mim, e então os barulhos da batalha foram ficando mais fracos, até sumirem por completo.

Recolhendo a tocha do chão, fui andando depressa pelo túnel. Após vários metros, o túnel virava uma espécie de escada, descendo para dentro da terra sob a cidade. Eu não sabia por quanto tempo a tocha continuaria acesa, por isso andava o mais rapidamente possível. Não gostava de estar num lugar tão pequeno e fechado. O ar era carregado e úmido, e achei difícil respirar. O suor cobria meu rosto, e eu o enxugava dos olhos. Dando um passo depois do outro, segui andando até perceber o ar tornar-se mais fresco e sentir o cheiro do mar.

Depois de um tempo, vi que estava numa grande caverna, e parei para escutar. Bem longe ouvia o som da água, ondas se esparramando na praia. Mais perto havia fracos murmúrios de vozes e barulhos de homens.

Apagando a tocha no chão de terra da caverna, esperei alguns instantes até meus olhos se acostumarem ao escuro; porém, mesmo assim era difícil de enxergar. O cheiro do mar agora estava mais forte, e depois de um instante vi um brilho trêmulo e fraco de luz adiante, sem saber se vinha de tochas ou de uma fogueira.

Andando rente à parede da caverna saí do túnel e, devagar e em silêncio, fui andando em direção à luz. A primeira caverna deu lugar a uma outra maior, e continuei avançando a passos leves. Uma luz fraca começou a rasgar a escuridão.

Sir Thomas tinha razão. Havia sarracenos na caverna mais adiante. O barulho do mar ficou mais forte, e percebi que eles estavam sentados logo na abertura da caverna que dava na praia. Era pura sorte eles ainda não terem descoberto a passagem no fundo.

Com cuidado, espiei pela entrada da caverna. A cerca de vinte passos diante de mim estavam sentados três dos guerreiros de Saladino, amontoados em volta de uma fogueira. Cada um deles tinha no cinto uma cimitarra incrivelmente comprida, e um deles portava um machado de batalha gigante, de aspecto assustador.

O barulho das ondas abafara os sons da batalha na cidade lá em cima, mas de vez em quando eu ouvia gritos e explosões. Agachei-me outra vez no canto da caverna, tentando pensar num plano, uma distração que me permitisse passar por aqueles homens e chegar à praia. Pus a mão na bolsa que pendia de meu ombro e ofereci uma prece silenciosa, na esperança de que algum sinal ou uma orientação me tirasse daquele aperto. Um milagre também seria bem-vindo. Um pequeno milagre já seria bom. Nada muito sério. Não precisava ser nenhum relâmpago. Apenas...

Naquele instante ouvi o som de uma trombeta, e os homens na caverna ficaram de pé num pulo, falando depressa em árabe. A trombeta deve ter soado um apelo às armas, e pelo que eu imaginei, os soldados estavam discutindo se deviam ou não abandonar o posto ou continuar na caverna. Dois deles apontavam para cima, na direção da batalha, enquanto o terceiro fazia que não com a cabeça, apontando para o chão onde ele estava, murmurando alguma coisa. Assumi que ele dizia para continuarem postados naquele lugar.

Por fim, chegaram a algum acordo. Dois dos homens saíram correndo da caverna, sumindo de vista. O guarda restante sentou-se outra vez junto ao fogo, infelizmente ainda virado em minha direção, com a cimitarra gigante. Era uma cimitarra muito comprida e afiada. Tinha pelo menos o tamanho de uma pequena árvore, com certeza.

Precisava escapar antes que seus companheiros voltassem, mas como podia vencer um guerreiro treinado de Saladino num combate corpo a corpo? Precisava de algo que me desse alguma vantagem. Finalmente me ocorreu uma ideia.

Estendendo a mão, agarrei um punhado de areia. Em silêncio, saquei minha espada curta e espiei pela entrada da caverna para conferir se o soldado ainda estava no mesmo lugar. Respirei fundo, tomei coragem e pulei para fora da caverna, dando um grito de guerra a plenos pulmões.

O homem deu um berro de surpresa, mas sendo bem treinado, recuperou-se depressa e ficou de pé num pulo. Corri alguns passos na direção dele, olhando horrorizado ele sacar a cimitarra, certo de que a lâmina tinha no mínimo três metros de comprimento. Torci para meu plano funcionar.

Quando estava a uns poucos metros de distância, seu braço tinha afastado a cimitarra para tomar impulso, e ele provavelmente ia me decapitar quando desse o golpe. No que ele estava com o braço bem para trás, joguei o punhado de areia no rosto dele.

Temporariamente cego, ele deu um grito, pondo a mão livre nos olhos e tentando enxergar. Cambaleando para trás começou a brandir a espada gigante para todos os lados, cego de raiva. Pulei para longe dele, ainda gritando para encobrir o barulho de meus movimentos.

Num segundo eu estava atrás dele. Bati com o punho da espada na cabeça dele com toda a força que tinha. Ele deu um grito, caindo no chão, e ficou em silêncio.

Andando depressa até a fogueira, chutei areia em cima dela até as chamas se apagarem. Eu não queria que ninguém que estivesse passando pela caverna me avistasse à luz do fogo. O homem caído no chão atrás de mim estava gemendo. Não havia tempo a perder.

Vi sarracenos andando de um lado para o outro na praia, por sorte longe demais para terem ouvido o grito de seu camarada. Deixando a segurança da caverna, avancei o mais depressa que pude, seguindo a encosta do penhasco, disparando de um rochedo para o outro, me escondendo onde conseguia. Levei mais de uma hora para avançar menos de três quilômetros. Várias vezes me agachei atrás de uma pilha de pedras enquanto soldados passavam correndo, porém, conforme o escuro da noite ficou mais denso, acabei conseguindo deixar a caverna e a cidade de Acre para trás.

Quando fazia mais ou menos meia hora que eu não via nem ouvia ninguém, comecei a procurar um lugar onde pudesse escalar os penhascos e chegar à estrada para Tiro. A uns poucos quilômetros de distância da caverna, encontrei uma trilha que partia das pedras, seguindo o litoral e acompanhando as encostas dos penhascos.

O caminho era íngreme e estreito, avançando em zigue-zague pela encosta rochosa. Era uma subida difícil, e em pouco tempo eu estava suando, respirando em arrancos. Parei para descansar várias vezes, sempre colado ao penhasco, rezando para não encontrar ninguém que estivesse descendo do topo. Seria muito fácil alguém me empurrar ou me jogar da trilha estreita, e isso sem dúvida seria morte certa nas pedras lá embaixo.

Após outra hora de escalada, alcancei o cume do penhasco. Parei um instante para tomar fôlego, então com cuidado fui descendo a serra na direção da estrada.

Vencendo uma pequena elevação, olhei para Acre atrás de mim. A cidade estava em chamas. Mesmo daquela distância o vento ainda trazia os sons da batalha – os berros e gritos de homens moribundos e, por cima de tudo, um gemido agudo, sinistro, que sempre atormentará meu sono. O som que me dizia que tudo estava perdido.

O grito dos Hashshashin.

# Na estrada para Tiro

## 18

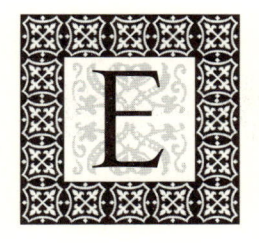

Estava quase amanhecendo, na terceira noite desde que eu fugira de Acre. Seguindo as instruções de Sir Thomas, eu descansava durante o dia, achando um grupo de pedras ou algum vale com árvores onde pudesse dormir, e viajava próximo à estrada principal para Tiro, mas nunca diretamente nela. Consegui encher meu odre em riachos e fontes que havia naquela parte da costa. As oliveiras, figueiras e tamareiras espalhadas pelo campo me forneciam comida.

Das sombras, observei vários grupos de homens cruzarem meu caminho no escuro. Um grande destacamento passara a cavalo na noite anterior, porém, com o céu nublado, não consegui distinguir se eram amigos ou inimigos. Era melhor continuar sozinho que correr o risco de captura e morte certa nas mãos das tropas de Saladino.

Antes de cair no sono a cada manhã, eu me preocupava com o Graal. Sabia que Sir Thomas via a segurança do objeto como um dever meu, mas aquilo fazia eu me sentir pesado, como se tivesse sido jogado no mar com uma pedra em volta do pescoço. Eu me obrigava a lembrar que Sir Thomas, o homem que eu admirava e respeitava como nenhum outro, me escolhera para aquela missão sagrada. Eu devia me sentir honrado.

Parte de mim tinha raiva de Sir Thomas. "Ei, Tristan, leve o Graal de volta para a Inglaterra. Não deixe ninguém chegar perto dele, Tristan. Proteja o Graal o tempo todo, Tristan." Que asneira. Eu queria ter tido coragem de enfrentar Sir Thomas. Queria ter exigido permanecer em Acre, como mandava meu dever.

Então me dei conta de que estava vivo, e devia minha vida a Sir Thomas. E fiquei grato.

A noite estava quase no fim. Em breve eu teria que achar um lugar seguro para passar o dia dormindo. Era difícil me concentrar. Havia perigo em toda parte à minha volta, e no entanto eu só pensava no destino de Sir Thomas e dos outros cavaleiros. Sentia saudade de Quincy e de Sir Basil, e tentei me forçar a não pensar em qual teria sido o fim deles. Dizia a mim mesmo que, de algum modo, os cavaleiros no palácio tinham conseguido expulsar os sarracenos. Apeguei-me a esse pensamento, por pouco reconfortante que fosse.

Talvez porque eu não estivesse prestando atenção, os bandidos me cercaram antes de eu perceber meu erro.

— Pare! — disse uma voz no escuro.

Minha mão avançou para a espada curta no cinto. A espada de batalha de Sir Thomas ainda estava presa às minhas costas, mas seria difícil demais eu sacá-la sem que eles percebessem.

— Não faça isto — disse a voz outra vez. Pelo sotaque, percebi que era um inglês. E por um instante senti uma onda de alívio por não ter trombado com um grupo de Hashshashin. Mas então eu lembrei: bandidos. Bandos daqueles homens que haviam se cansado da Cruzada percorriam o interior, atacando os fracos e indefesos enquanto tentavam voltar para casa. Eram ingleses e cristãos, e provavelmente desertores.

— Meu nome é Tristan St. Alban — eu disse. — Escudeiro de Sir Thomas Leux dos Cavaleiros Templários. Quem está me mandando parar?

Não houve resposta. Apenas silêncio. A noite estava nublada, e eu só conseguia distinguir uma figura vaga, vários passos à minha frente. À minha direita e esquerda senti movimento, porém não vi nada. Todos eles estavam bem fora do alcance da minha espada.

Finalmente veio a voz:

— Diga a que veio — ela ordenou.

— Estou coletando forragem para os cavalos. Nosso acampamento fica ali. — Eu precisava convencê-los, quem quer que fossem, de que eu não estava sozinho.

Outra vez, silêncio. Houve uns poucos sussurros abafados entre eles, mas eu não consegui entender o que estavam dizendo.

— Acho que não, garoto — disse a voz. — Acho que você está sozinho. Não tem acampamento algum aqui perto. Nós teríamos visto. Agora, bem devagarinho, saque sua espada e a coloque no chão.

Por um momento, não houve mais nenhum som. Ouvi um sussurro de movimento quando os que estavam à minha direita e à esquerda avançaram para se postar atrás de mim. Eles me cercariam e tentariam me atacar de repente, por isso fiquei com a mão no punho da espada.

— Vocês vão atacar um escudeiro dos Templários? — perguntei. — Vocês estão loucos? Eles vão encontrar vocês, e não terão misericórdia se ferirem um dos seus.

— Se você serve aos Templários, como diz — respondeu a voz — já estaremos muito longe quando você conseguir alcançá-los. Veja, podemos acabar com isso do jeito rápido e fácil, ou então do jeito difícil. Baixe a espada e entregue essa bolsa e esse saco de dormir.

Aquelas palavras me diziam que eles estavam me seguindo fazia algum tempo e, se fosse isso mesmo, sabiam com certeza que eu estava sozinho.

A lua estava baixa no céu, mas apareceu entre as nuvens e começou a projetar sombras na escuridão do bosque. Diante de mim, talvez a dez passos, o contorno fraco de um homem ficou mais nítido. Ele trazia na mão esquerda uma espada gasta, e vestia roupas esfarrapadas. Não consegui distinguir muito mais, exceto que ele era barbudo e usava um chapéu de pano enfiado até a altura dos olhos.

Olhando depressa para os dois lados, eu ainda não conseguia ver nenhum dos outros homens. Certo de que eles tinham se postado atrás de mim, segurei com mais força a espada, e com a outra mão agarrei firme a bolsa. Estava prestes a sair correndo quando dois pares de braços me prenderam bruscamente por trás.

— Soltem-me! Soltem-me! — gritei. — Sir Thomas! Sir Basil! Socorro! Bandidos!

É claro que não havia cavaleiros por perto, mas eu tinha esperança de confundir e enganar os ladrões assim mesmo. Segurando a bolsa com força, consegui soltar meu outro braço por um instante, arranhando e socando os braços que me prendiam. O homem que estava diante de mim começou a avançar em minha direção com a espada erguida.

Eu chutei e berrei e gritei feito um louco, porém eles eram três, e muito mais musculosos que eu. Comecei a resfolegar, pois cada vez que gritava, os braços que me prendiam apertavam meu peito com mais força.

Então algo muito estranho aconteceu. O homem que me prendia deu um berro alto em meu ouvido, seguido por outro grito de dor um segundo depois. Seus braços afrouxaram e ele cambaleou para a frente, caindo no chão. Para minha grande surpresa, vi na luz fraca que duas flechas tinham surgido como que por mágica nas costas dele, e uma grande mancha vermelha escurecia suas calças, espalhando-se a partir da haste de cada flecha. Ele gritava, contorcendo-se no chão, com as mãos nas nádegas.

De trás de mim uma voz alta ordenou:

— Soltem as armas!

O homem em minha frente parou, sem saber o que fazer. O outro homem do meu lado soltou a bolsa, e no que ele fez isso, saquei minha espada curta e pulei de lado, para longe dele. Ele e seu comparsa estavam confusos, sem saber de onde tinha vindo a voz, porém percebendo que a situação se revertera.

— Agora! Soltem as espadas, senão minha próxima flecha vai acertar uma garganta e não uma bunda! — gritou a voz. — Eu tenho uma aljava cheia de flechas e faz uma semana que não atiro num bandido, por isso, se vocês derem mais um passo na direção do rapaz, vão ver que estrago um arqueiro do rei pode fazer em porcos como vocês!

Um arqueiro do rei? Ali no meio do mato?

Os bandidos ficaram em silêncio. Seu companheiro ferido se levantou com esforço, e claramente perdera a vontade de roubar. Passou mancando pelo líder do grupo, uivando feito um porco machucado. Em instantes tinha sumido dentro do mato.

Mantive minha espada erguida e apontada para o bandido que estava mais perto de mim.

— Muito bem — o arqueiro gritou do mato atrás de nós. — Meu braço está ficando cansado. Acho que vou atirar em vocês dois e acabar logo com isso! Seria bom ter dois bandidos a menos no mundo!

No entanto, aquilo não chegou a acontecer. O bandido que estava mais perto de mim saiu correndo, e eu me virei para encarar o líder. Ao fazer isso, saquei de trás de mim a espada de batalha de Sir Thomas, segurando-a na mão direita com a espada curta na esquerda.

— Dê o fora — eu disse.

Conforme o rosto do bandido ficou mais nítido na luz crescente, vi um olhar de raiva turvando-o. Ele não conseguira roubar uma presa fácil, e não estava engolindo aquilo.

— Ainda encontro você de novo, escudeiro dos Templários — ele resmungou. Mas no que ele começou a se virar, uma flecha passou assobiando rente à minha orelha, arrancando o chapéu da cabeça do bandido. Eu quase dei risada ao ver a flecha acertar com um baque sólido o tronco de uma árvore dez passos atrás dele. O bandido congelou.

— Se eu encontrar *você* — gritou a voz — a última coisa que *você* vai ver é minha flecha, segundos depois de ela furar seu peito. Por isso, espero que você me dê o prazer de fazer mais ameaças vazias. O rei exige que eu mate dez bandidos por mês, e por enquanto está faltando um.

Porém o bandido não ouviu a última parte. Perder o chapéu claramente o deixara perturbado. Ele sumiu mato adentro antes que as últimas palavras do arqueiro houvessem ecoado nas árvores.

Meus ombros se curvaram, e senti meu corpo ficar mole. Eu estava bravo comigo mesmo por cair numa armadilha de maneira tão cega, porém aliviado por estar vivo. Lembrando do arqueiro de temperamento esquentado atrás de mim, embainhei as duas espadas e olhei na direção da voz, com as mãos vazias e estendidas dos lados.

— Olá? Arqueiro? — eu disse para o mato atrás de mim. Ainda não estava vendo ninguém. — Muito obrigado pela ajuda!

Não falei muito alto, pois quem sabia que outros perigos aquele mato ocultava? Se havia três bandidos por perto, podia muito bem haver trinta.

— Olá? — eu disse outra vez. — Você não quer aparecer, para que eu possa agradecer cara a cara?

Então eu o vi. Ele saiu de trás de uma oliveira a vinte passos de distância e andou até o lugar onde eu estava. Era mais alto que eu, porém trajava as cores do rei, e na mão esquerda trazia o arco tradicional feito de madeira de teixo. Em suas costas havia uma aljava cheia de flechas, as penas cinzentas despontando acima de sua cabeça. Ele tinha os braços grossos e o peito cheio, como a maioria dos arqueiros que eu tinha visto. Seus cabelos e seu rosto eram de cor clara. De perto consegui ver seus traços com clareza, e fiquei surpreso ao perceber que era jovem — da minha idade, ou quem sabe um ou dois anos mais velho.

Estendi a mão.

— Devo a você minha gratidão e minha vida — eu disse. Ele me olhou com cuidado, então apertou brevemente minha mão. — Meu nome é Tristan.

— Robard — ele respondeu. — Meu nome é Robard Hode, ex-integrante dos arqueiros do rei.

— Posso perguntar o que traz você a este bosque? — eu disse.

— Meu serviço obrigatório acabou. Estou voltando para a Inglaterra — ele respondeu.

E foi assim que conheci Robard Hode, nascido na floresta de Sherwood, perto do condado de Nottingham.

#  19

Robard viajara até ali do sul, perto de Jerusalém. Ele não sabia da queda de Acre, que era para onde ele estava indo. Eu lhe contei que Acre estava nas mãos de Saladino, e ele concordou em viajarmos juntos para Tiro. Quando ele perguntou por que eu escolhera viajar à noite, expliquei que levava mensagens para os Templários de lá, e não queria correr o risco de deixar que os documentos caíssem em mãos inimigas. Ele aceitou minha explicação, sem perguntas.

Fiquei grato de ter Robard e seu arco como companheiros de viagem. Como antes, continuamos andando rente às colinas perto da estrada principal. À noite não acendíamos fogueiras. Andando no escuro, compartilhávamos em voz baixa as histórias de nossas vidas.

Robard tinha dezessete anos. Seu pai era dono de uma grande fazenda próxima ao condado de Nottingham. Quando o rei Ricardo ocupou o trono e recrutou seu exército para as Cruzadas, cobrou impostos de todos os fazendeiros da Inglaterra. Após uma colheita ruim dois anos antes, o pai de Robard não conseguira cumprir seus encargos. Os que não podiam pagar tinham permissão de alistar-se no exército ou mandar um filho em seu lugar para se juntar aos cruzados. Robard entrou para o Exército do Rei, e após dois anos de serviço, a dívida de seu pai fora perdoada.

Tinha sido o pai de Robard quem o ensinara a usar o arco. E dois anos de guerra quase constante haviam feito dele um arqueiro excepcional. No Exército do Rei, ele aprendera que um bom arqueiro depende de um bom equipamento. Antes de irmos dormir a cada manhã, Robard obsessivamente procurava sinais de desgaste ou fraqueza em seu arco. Examinava e conferia as tiras de pele que seguravam a empunhadura, um pedaço de madeira preso à vara. Retirava todas as flechas da aljava, conferindo as penas e pontas para garantir que estavam firmes e afiadas. Toda manhã, quando havia luz suficiente para enxergar direito, ele praticava vários tiros numa árvore distante. Retirando as flechas do tronco, ele as conferia outra vez, devolvendo-as à aljava.

Enquanto viajávamos, Robard me contava muitas coisas sobre sua vida e o que presenciara durante seus anos no Ultramar.

— Só o que vi foi desperdício e destruição — ele lamentou. — O Coração de Leão... — Robard cuspiu o nome como se tivesse na língua alguma coisa azeda e desagradável — ... nos manda tomar uma fortaleza ou uma cidade ou um terreno, e nós obedecemos. Então, algumas semanas ou meses depois, as tropas de Saladino retomam o lugar. Homens são mortos à toa. E, no entanto, o rei continua aumentando seu exército e cobrando mais impostos, enquanto pobres homens como meu pai se desdobram para alimentar a família.

Robard era um rapaz quieto porém intenso, e quando falava de seu lar, de seu pai e dos apertos que passavam as pessoas em seu condado, ficava bastante passional. Senti nele uma grande determinação.

— O que você vai fazer quando voltar à Inglaterra? — perguntei quando ele finalmente interrompeu a ladainha contra o rei Ricardo, contra os ricos e as desigualdades do mundo em geral.

— Vou para casa, ajudar meu pai na fazenda. Ele vai precisar de ajuda se esta guerra continuar por muito mais tempo. Os ricaços pagam seus impostos ao rei com facilidade, enquanto os pobres passam fome, mandando os filhos para morrer aqui neste fim de mundo porque não podem pagar.

Robard era um jovem amargo no que dizia respeito aos ricos em geral, aos pobres em particular e, principalmente, aos impostos. Embora eu com certeza não fosse santo, fiz uma careta quando ele se referiu à Terra Santa como um "fim de mundo", e em silêncio fiz o sinal da cruz.

— Eu conhecia um homem lá onde eu morava — continuou Robard —, um fazendeiro como meu pai, com sete filhos. Depois de colheitas ruins por dois anos seguidos, não havia muito como alimentar uma família tão grande. Um dia ele entrou na floresta de Sherwood e matou um cervo. Voltando para casa, ele trombou com um esquadrão de bailios liderados pelo xerife de Nottingham. Como de costume, o xerife e seus homens tinham saído para coletar impostos de pobres fazendeiros que não conseguiriam pagar nem se brotasse ouro do chão como feijões. Eles o viram com o cervo e tentaram prendê-lo, dizendo que ele não tinha autoridade para caçar os animais do rei.

Robard ergueu a voz. Eu queria acalmá-lo, não querendo que outros bandidos ou, muito pior, que homens de Saladino nos escutassem no bosque.

— Mas antes que conseguissem prendê-lo, ele escapou para dentro da floresta. Até onde eu sei, ele ainda está escondido ali. Tudo porque queria carne suficiente para alimentar os filhos — disse ele.

— É por este homem que sou obrigado a lutar. Nós servimos um rei ausente que em nada se importa com seus súditos, contanto que possam enviar os filhos para engordar seu exército. Ele deixa encarregado seu irmão, o covarde príncipe João, e esse monarca de meia-tigela permite que os xerifes mandem e desmandem no campo feito barões. Coração de Leão é meu rabo — disse Robard, cuspindo no chão para dar ênfase.

— E o que aconteceu com o homem e a família dele? — perguntei.

— Rá! — disse Robard. — Quando não conseguiram capturá-lo, o xerife prendeu a esposa em vez dele, confiscou suas terras e mandou os filhos para orfanatos. Quando eu voltar, espero que aquele xerife gordo tente me prender por alguma coisa. — Robard ergueu o arco diante de si e fingiu atirar uma flecha.

Achei que talvez fosse melhor mudar de assunto, por isso contei a Robard parte de minha história, do tempo que eu vivera com os monges e como me tornara escudeiro de um Templário.

— Você diz que foi criado por monges? — ele perguntou.

— Sim.

— Então sabe ler e escrever?

— É claro — eu disse, quase incrédulo. Então fiz uma careta, percebendo que Robard me perguntara aquilo porque ele próprio não sabia ler nem escrever. Eu tinha assumido que ele soubesse. Os monges que me criaram eram homens eruditos que cuidaram da minha educação. Os Templários também eram homens letrados. Robard nascera camponês. Ninguém jamais o ensinara. Ele me olhou fixo por um instante, depois desviou o olhar. Eu me perguntei se aquilo mudara a opinião que ele fazia a meu respeito. Torcendo para não tê-lo deixado constrangido, rapidamente mudei de assunto, contando sobre meu serviço junto a Sir Thomas.

Depois disso, Robard quase nunca fazia perguntas sobre minha vida e eu não fornecia mais que alguns detalhes. Ainda assim, eu estava contente de tê-lo comigo. Ele era bem treinado e demonstrara coragem ao enfrentar os bandidos. Até agora eu estava gostando da companhia dele, contanto que não tocasse em assuntos como impostos, o rei Ricardo, xerifes, a Terra Santa, nobres, Saladino e os ricos.

Viajando juntos, avançávamos muito mais depressa. Não tinha dúvidas de que havia outras pessoas no mato e na estrada que nos avistaram em algum momento. Porém juntos éramos mais intimidantes. Continuamos avançando sempre para o leste, na direção de Tiro.

Na manhã de nosso terceiro dia juntos, Robard matou uma lebre. Escondidos no mato, acendemos uma fogueira com madeira muito seca que soltava pouca fumaça. Assamos a lebre e comemos uma bela refeição, a primeira vez que comia carne desde que partira de Acre.

Avançamos muitos quilômetros durante a noite, e nas horas que antecediam o alvorecer, nos instalamos num lugar rochoso, a algumas centenas de metros da estrada principal. Rochedos altos nos cercavam de três lados, formando um anteparo em formato de U, com o lado aberto voltado para o oeste. Assim ficaríamos protegidos do sol mais quente enquanto dormíssemos de dia. Desenrolando nossos cobertores no chão, caímos no sono em minutos.

Horas depois, um zumbido fraco e sutil me perturbou o sono, e acordei imediatamente. Entardecia, não estava muito escuro, mas senti que alguma coisa estava errada. Fiquei escutando. Tudo estava em silêncio. Então um barulho, um sussurro de movimento, veio do mato atrás dos rochedos.

Sem fazer barulho, fiquei de joelhos, pegando minha espada curta. Robard estava deitado a alguns metros de distância, roncando de leve. Pela abertura nas pedras, enxergava vários metros para dentro do mato, e por um instante achei ter visto uma figura vestida de preto avançando por entre as árvores. Sem saber se meus olhos estavam me enganando, rastejei em silêncio até Robard, tapando a boca dele com a mão. Ele acordou na mesma hora, agarrando meu pulso, mas sussurrei-lhe para que ficasse quieto, apontando para a abertura nas pedras.

— Problema — avisei.

Ele ficou de pé num instante, com o arco estirado, uma flecha encaixada e pronta. Em silêncio, avançamos até a abertura nas pedras, posicionando-nos de cada lado. Deixei a espada de batalha no chão, pois era comprida demais se eu precisasse lutar numa área tão fechada.

Robard aguçou os ouvidos, observando o mato. As sombras crepusculares ficaram mais compridas e a escuridão adensou. Eu não via nada, porém o mato agora estava em silêncio. Havia alguma coisa ali. Ficamos imóveis pelo que pareceu horas, mas na verdade foram apenas alguns minutos. Eu estava tenso, mas Robard parecia calmo, quase relaxado, segurando o arco diante de si, pronto para atirar assim que avistasse um alvo.

Então, ouvimos um movimento muito nítido — um breve roçar de pés na grama e nas folhas — mas ainda assim não vimos nada. O instinto me mandou olhar para trás. Levantei a vista para as pedras acima de nosso acampamento, e ali estava uma figura trajando uma túnica preta, seu rosto escondido por um turbante preto e um véu.

— Robard! — eu gritei. Ele girou, erguendo o arco enquanto a figura pulava de cima das pedras. Então ouvimos aquele grito terrível, aquele gemido. Eles tinham nos encontrado.

*Al Hashshashin.*

Os Assassinos.

## 20

O lamento dos Assassinos era ensurdecedor. Eu não fazia ideia de como tinham nos achado, pois estávamos escondidos de qualquer passante casual. Havia um atrás, pulando para cima de nós, e eu tinha certeza que havia pelo menos outros dois no mato em frente ao nosso acampamento. Porém seus gritos eram tão altos que parecia haver centenas deles. Por um breve instante me perguntei como tão poucos homens conseguiam fazer tamanho escarcéu. Era um lamento agudo, cortante, que com certeza devia ser o canto do próprio diabo.

A flecha de Robard acertou o Assassino bem no ombro, fazendo-o girar. Ele caiu de costas a alguns metros de distância com um baque forte. As duas adagas que ele trazia em cada mão caíram no chão, rodando para longe do corpo.

Quase sem eu perceber, Robard puxou outra flecha da aljava, e ela estava encaixada e pronta quando ele virou-se para a frente de nosso acampamento, voltado para a abertura entre as pedras. Eu ainda ouvia o lamento, mas o som parecia vir ao mesmo tempo de algum lugar e de lugar nenhum.

— Tristan! — Robard gritou. — Precisamos sair daqui. Estamos vulneráveis e encurralados. Vá para aquela abertura ali.

Ele apontou com a flecha no arco para uma pequena clareira no bosque, a uns trinta metros de onde estávamos.

Eu já tinha presenciado umas tantas batalhas junto com Sir Thomas e os cavaleiros, e sabia que Robard também tinha. Mas parecia burrice abandonar o abrigo das pedras. Então ouvi o barulho de alguma coisa raspando atrás de nós, claramente outro Assassino escalando os rochedos para nos abordar de novo. Nesse momento, o plano de Robard pareceu a melhor entre várias opções ruins.

— Você sai correndo, se agacha e sai rolando pela abertura. Eu sigo atrás com o arco. Deve ter pelo um deles de cada lado, achando que vão nos capturar quando sairmos. Vamos ter que surpreendê-los. Você vai primeiro e pega o que estiver à direita. Eu vou atrás de você e pego o da esquerda.

— Eu primeiro? — eu disse. — Por que não você primeiro?

Achei que o plano de Robard tinha várias partes capengas, começando com aquela onde eu saía primeiro pela abertura.

— Tristan! — ele gritou de novo. — Eu vou dar cobertura!

— Está bem, pronto! — gritei de volta. Obviamente era mentira, pois eu com certeza não estava pronto!

Queria ter um instante para pensar num plano diferente. Porém os gritos foram ficando mais altos, mais insistentes, e eu não tinha sugestão melhor. Recuei para as pedras do fundo, espiando por cima do ombro, para o caso de um Assassino aparecer atrás de nós. Estendendo o braço, passei a bolsa pelo pescoço e pelo ombro.

Pegando impulso, com a espada curta bem firme na mão, saí em disparada rumo à abertura nas pedras. Pouco antes de chegar à abertura, me joguei no chão e passei rolando. Eu não vi, mas ouvi, e jurei que pude sentir, o assobio de uma cimitarra cortando o ar no ponto onde minha cabeça estivera um segundo antes. Ouvi o estrondo do aço batendo na pedra enquanto ficava de pé, girando para encarar o adversário.

Aconteceu quase exatamente como Robard tinha previsto. Havia um Assassino de cada lado da abertura. Num instante ambos pularam para cima de mim, cimitarras erguidas, e eu agachei-me para me esquivar de seus golpes desvairados. Ouvi e senti alguma coisa passar zunindo pelo meu ouvido. Então uma flecha surgiu nas costas de um dos Assassinos. Robard acertara depressa o alvo.

O Assassino que sobrou veio para cima de mim, descrevendo um arco com a espada. Aparei o primeiro golpe, mas como acontecera antes nas ruas de Acre, uma cimitarra é uma arma muito mais pesada que minha espada curta, e a força do golpe do Assassino a fez voar de minha mão. Agora eu estava indefeso, pois deixara a espada de batalha de Sir Thomas dentro do círculo de pedras.

O impulso do Assassino o jogou sobre mim, e eu agarrei seus braços, lutando com ele, percebendo tarde demais que estava entre Robard e o atacante. Ele não teria linha de visão para atirar.

O Assassino se soltou de minhas mãos. Pulando para trás, deu um grito furioso, erguendo a cimitarra outra vez e avançando para cima de mim. Recuei. Seus olhos, que eram só o que eu enxergava de seu rosto através do turbante e do véu, estavam enlouquecidos de raiva. Por um instante, fiquei paralisado de medo.

Atrás de mim ouvi Robard gritar:

— Tristan, saia daí! Não tenho visão para atirar!

Mas eu não tinha para onde ir. O Assassino avançava outra vez, encurralando-me entre as pedras. Avistei minha espada a alguns metros de distância. Longe demais. Gostaria de lembrar a Robard que tinha sido contra o plano dele desde o começo. No entanto, duvidava que o Assassino me desse tempo para repreender meu amigo.

O Assassino brandiu a cimitarra em minha direção com as duas mãos. Esquivei-me desse primeiro golpe enquanto procurava em desespero alguma pedra, um galho de árvore, qualquer coisa que pudesse usar como arma. Então, lembrando da bolsa de couro, tirei-a do pescoço e do ombro, enrolando a faixa bem firme em meu pulso direito.

— Robard! A espada de batalha! — gritei. Eu não conseguia enxergar Robard, mas o ouvi gritando atrás de mim. Não fazia ideia do que ele dizia. Provavelmente estava reclamando que eu arruinara seu plano perfeito, ao me engalfinhar com um Hashshashin ensandecido.

Eu só tinha uma vantagem: embora a cimitarra seja uma boa arma, é pesada e imprópria para estocadas e golpes curtos. É empunhada como um porrete, acertando a vítima para quebrar ossos e aço ou perfurar armaduras. Quando o Assassino deu outro passo e brandiu a cimitarra de novo descrevendo um longo arco, recuei, afastando-me da ponta da espada. No que a arma passou por mim e o impulso do atacante carregou-o consigo, avancei um passo e lancei a bolsa com toda a força que tinha. Torci para que aquilo não fosse quebrar meu precioso artefato, mas ele estava bem forrado no fundo da bolsa. E naquele momento eu precisava do peso.

A bolsa presa em meu pulso voou feito uma maça, e eu a vi acertar em cheio a cabeça do Assassino. Ouvi um som como o de um melão jogado num chão de pedra, e o atacante caiu no chão.

— Vá! — gritou Robard. Ele me jogou a espada de batalha e eu a peguei pelo punho. Virei-me e corri, jogando a bolsa por cima do ombro e recolhendo a espada curta ao passar por ela. Avançamos até a clareira e ficamos de costas grudadas um no outro, fazendo um círculo bem devagar, procurando no bosque qualquer sinal de mais Assassinos.

Sabíamos que pelo menos quatro atacantes tinham nos abordado. Robard acertara dois e eu conseguira nocautear um. O bosque estava em silêncio. O lamento cortante dos Assassinos parara tão de repente quanto começara. A noite foi ficando mais escura, e estava difícil enxergar.

Um homem vestido de preto pulou pela abertura nas pedras. Não havia nenhuma flecha espetada nele, por isso devia ser o que eu ouvira escalando por trás. Dei um grito e Robard se virou, atirando uma flecha, porém o Assassino correu para o lado e a flecha de Robard acertou as pedras atrás dele. Agachando-se, ele levantou seu comparsa, que agora havia recuperado a consciência. Os dois dispararam floresta adentro, afastando-se das pedras, correndo em zigue-zague de uma árvore para a outra, impedindo que Robard fizesse mira. Em poucos instantes tinham desaparecido.

Robard e eu ficamos quietos, lentamente girando em círculos na clareira silenciosa, aguardando outro ataque. Silêncio. Durante vários segundos não ouvimos quase nenhum som. Então os barulhos da noite começaram a voltar. O cricrilar dos insetos. O trinado dos pássaros.

— Acho que eles foram embora — eu disse.

Robard ainda mantinha o arco em prontidão. Ele estava tenso, com o braço estendido diante de si, os músculos retesados.

— Não entendo — ele disse. — Os Hashshashin não fogem. Eles lutam até a morte.

— Pois é. Estranho — concordei.

Nós fizemos outro círculo, mas não havia mais nada para ver nem ouvir.

— Precisamos ir embora — disse Robard.

— Concordo.

Robard se agachou mas sem relaxar totalmente o arco, e com cuidado avançamos de volta até as pedras. Eu tinha uma espada em cada mão e estávamos de olhos bem abertos, porém o mato à nossa volta parecia vazio.

Recolhemos depressa nossos cobertores. O plano era nos afastar dali o mais rapidamente possível. Enrolei nossos cobertores juntos, jogando-os por cima do ombro. Eu carregaria o cobertor de Robard naquela noite, dando-lhe acesso mais rápido ao arco e à aljava.

Já tínhamos virado em direção à liberdade do bosque quando ouvi um ruído fraco e ofegante vindo do Assassino que estava caído no chão dentro do círculo de pedras. A flecha de Robard o atingira bem alto no ombro direito, e quando olhei, vi o homem se mexendo. Não para atacar, nem tampouco como um moribundo.

— Espere — eu disse. — Ele não está morto.

Robard parou e eu me aproximei do Assassino, chutando as adagas para fora de alcance. Ouvi outro gemido, e então os olhos dele se arregalaram; dois olhos amendoados e pretos, encarando-me com susto e com ódio.

— Cuidado, ele talvez ainda esteja armado — disse Robard.

Olhei para o machucado no ponto onde a flecha penetrara em seu ombro. Não vi muito sangue, mas ele vestia uma túnica preta e era difícil dizer o quão grave era o ferimento. Quando encostei na haste da flecha, o Assassino deu um grito de dor e fechou os olhos.

— O que vamos fazer agora? — perguntei, sem olhar para Robard enquanto falava. — Ele não está morto. Se formos embora, e se ele sobreviver, talvez consiga encontrar seus comparsas. Não queremos que eles nos sigam.

Robard ficara em silêncio enquanto eu conferia os ferimentos do Assassino. Quando me virei para olhar para ele, esperando a resposta, o sangue esvaiu-se de meu rosto.

— Só tem uma coisa a fazer — ele disse.

Senti como se estivesse afundando em areia movediça. Enquanto eu estava de costas, Robard tinha sacado uma flecha da aljava, encaixado na corda do arco e começado a puxá-la. A flecha agora estava apontada direto para o coração do Assassino ferido. Lutei para ficar de pé, mas era como se minhas pernas não estivessem funcionando direito.

Robard puxou a corda do arco até perto do seu rosto, e eu vi seus dedos tremerem, prestes a soltar o tiro.

— Robard! Não! — gritei, me jogando na direção dele. Horrorizado, vi seus dedos soltarem a flecha, e só tive tempo de abafar um grito enquanto a flecha cortava o ar, voando em direção ao meu peito.

# 21

O tempo parou. Era como se eu pudesse ver e ouvir tudo o que acontecia nos mínimos detalhes. Eu tinha pulado do chão e me jogado na frente do Assassino indefeso. Vi os dedos de Robard tremerem ao soltarem a flecha. Ela partiu do arco, e naquele estado de sensação acentuada, ouvi a vibração da corda e vi a haste passar lentamente pela mira. Ouvi Robard levar um susto e a palavra *NÃO!* sair de sua boca numa exclamação atordoada. Mas era tarde demais.

A flecha avançou numa velocidade assustadora. Robard estava a apenas alguns passos de mim. Não tinha como ele errar àquela distância. Pensei em muitas coisas no instante antes de morrer. Lembrei de Sir Thomas, dos irmãos e mesmo de Sir Hugh e seu ódio por mim. Pensei no cheiro almiscarado do estábulo da abadia e no roçar silencioso das sandálias dos monges quando se encaminhavam à capela para rezar. Ouvi o som dos pássaros que me chamavam todo dia quando eu trabalhava no jardim da abadia.

Também pensei que aquele era um jeito imbecil de morrer — em defesa de um homem que sem dúvida teria me matado se fosse a situação contrária. Lembrei de Sir Thomas, de como ele tentara me ensinar honra e humildade, e suas lições de como um guerreiro é humilde e compassivo na vitória. Então, ainda antes de morrer, esperei que ele se orgulhasse de mim.

Fechei os olhos. Ouvi a flecha perfurar minha carne antes de senti-la. Caí girando no ar e aterrissei de costas, sentindo o ar se esvair de meus pulmões. Meus olhos se abriram por um instante e eu vi a flecha espetada em meu corpo, e esperei o jorro de dor ardente que seria minha última sensação neste mundo.

Porém a dor não veio.

Robard correu até meu lado, caindo de joelhos.

— Meu Deus! Tristan, por favor, por favor me perdoe! Eu não... eu nunca achei que... Por favor. Eu não quis... — Seus olhos estavam ensandecidos, cheios de medo. Ele olhou para a flecha fincada em meu peito, e lágrimas escorreram em seu rosto.

Sentei-me.

Robard levou um susto.

— Como? O quê? — Ele me olhou embasbacado.

Olhei para meu peito e vi um milagre. É uma palavra forte, eu sei, e os irmãos me passariam um sermão por atribuir origem divina à minha própria sobrevivência. Mas para mim era um milagre, pois eu sabia que devia estar morto, ou pelo menos gravemente ferido, e não estava.

Então vi a fonte do milagre e quase preferi ter morrido. Só podia haver uma explicação.

Quando eu pulara na direção de Robard do lugar onde estava agachado ao lado do Assassino, a bolsa que pendia em volta do meu ombro tinha sido jogada para cima com o impulso. Assim ela avançara para um ponto na frente de meu peito, e a flecha de Robard não atingira minha carne, mas sim o couro grosso da bolsa. Eu estava feliz por estar vivo, porém esse sentimento mudou assim que notei que a flecha havia perfurado a bolsa onde o Graal estava escondido no fundo falso.

Quando Robard percebeu que eu estava vivo e ileso, começou a rir histericamente, batendo em meus ombros.

— Oh, meu Deus! — ele disse. Nervoso ao pensar no que quase fizera, suas perguntas vieram depressa. — Você está bem? Sorte sua que essa bolsa parou minha flecha. Por que você fez isso? O que você estava pensando? Tem certeza de que não está machucado?

— Estou bem, de verdade. Não me machuquei. — Na verdade, eu estava enjoado e queria muito me arrastar até os arbustos e despejar a última refeição que estava em meu estômago. Mas fiquei ali sentado, tentando acalmar minha respiração e aplacar o zumbido em meus ouvidos.

— Então, Tristan, por quê? O que você estava pensando? — ele perguntou.

Encarei Robard, vendo em seu rosto um olhar de curiosidade legítima, misturada com preocupação e angústia pelo que ele quase fizera.

— Templários não matam um inimigo indefeso. Um ato desses é proibido por nossas leis. Entendo que você não está sujeito a elas, mas não posso permitir que você ataque o Assassino enquanto ele está ferido. Não é correto.

Robard não disse nada. Desviou o rosto por um instante, então ficou de pé e afastou-se alguns passos.

— Não acredito em "leis de guerra" — ele disse. — São uma grande bobagem. A única lei é matar ou morrer. Você esqueceu que ele veio nos matar durante o sono? Degolar-nos enquanto estávamos sonhando?

Finalmente senti equilíbrio suficiente para ficar de pé.

— Não me esqueci disso, Robard. E numa batalha, eu acabaria com ele sem pensar duas vezes. Quanto a eles nos matarem... Bem, você tem razão. Mas eles não mataram. Nós lutamos com eles corpo a corpo. Portanto, quando a luta termina e ele está desprotegido, a vida dele nos pertence. Não há honra em matar um homem indefeso.

— Honra! Você fala como o Coração de Leão — ele disse. E como todas as vezes em que mencionava o rei, ele cuspiu no chão para dar ênfase.

Eu não sabia o que fazer. Realmente não tínhamos tempo para aquilo.

— Podemos discutir isso depois. Mas agora devemos cuidar dos ferimentos deste homem, depois seguiremos caminho. Antes que os Assassinos voltem.

Robard andou de um lado para o outro várias vezes dentro do círculo de pedras. Erguendo as mãos no ar, foi até a abertura nas pedras para conferir seu arco e sua aljava.

Não podia ficar bravo com Robard. Em vários aspectos ele tinha razão. De qualquer modo, eu estava gostando de ficar sozinho um instante. Por mais que não quisesse, precisava olhar dentro do compartimento secreto da bolsa. Eu temia o pior. A flecha de Robard podia ter estilhaçado a relíquia mais sagrada de toda a cristandade. Mas para conferir o Graal eu precisava que Robard se afastasse por um tempo. Não podia correr o risco de que ele visse o que eu estava carregando e fizesse perguntas.

Ajoelhei-me ao lado do Assassino. Pelo jeito ele havia desmaiado outra vez, mas o sangramento parecia ter diminuído. A flecha precisava ser retirada, e isso não seria agradável. Pelo que eu conseguia ver de seu rosto, o Assassino parecia jovem, talvez da minha idade ou até mais novo. Isso, quem sabe, talvez explicasse por que nossos adversários fugiram correndo. Talvez fossem apenas iniciados, e não membros veteranos do culto. Isso também explicava por que nós dois tínhamos conseguido afugentá-los. De outro modo, teríamos morrido quase com certeza.

— Robard, pode me fazer um favor? Vou precisar remover esta flecha. Você pode encher o odre na fonte que usamos ali? E se conseguir, ache um pedacinho de madeira, mais ou menos do diâmetro de um dedo. Ele vai precisar de alguma coisa para morder quando eu arrancar a flecha.

Robard me encarou com desprezo, cuspindo no chão e parecendo prestes a despejar outra leva de reclamações, mas para meu alívio ele pegou o odre e saiu do círculo de pedras. Ficaria longe pelo menos por alguns instantes.

Quando tirei a bolsa do ombro, ela parecia muito mais pesada do que eu me lembrava. Meus nervos estavam tão abalados que por um instante senti que mal conseguia levantá-la. Arranquei a flecha do couro áspero e, colocando-a no chão, desamarrei a fita de couro que fechava a bolsa para olhar dentro dela.

Tirando da bolsa todos os meus pertences, fiquei pensando em como explicaria aquilo ao padre William caso conseguisse chegar a Rosslyn. "Olá, padre. Sir Thomas Leux me enviou com o Graal. Sinto muito pelo estrago. Aqui está. Bem, até mais." "O Graal está quebrado, padre? Puxa vida, é uma longa história. É que meu amigo atirou uma flecha em mim, e em vez de deixar que ela furasse meu peito, achei mais prudente me esconder atrás do cálice do Salvador." Eu teria que inventar uma história melhor.

Levantando o fundo falso da bolsa, prendi o fôlego. A flecha de Robard havia perfurado o couro e penetrado no invólucro de linho. Aquilo era ruim. Era muito, muitíssimo ruim.

Nunca tinha ficado tão nervoso em minha vida inteira. Ali estava eu, um reles escudeiro, prestes a pôr os olhos numa coisa que tinha sido objeto de obsessão durante mais de mil anos. Como seria o Graal? Será que ele provocaria uma mudança em mim? Respirando fundo, segurei o pano onde ele estava embrulhado.

Era um cálice simples de cerâmica, sem nada de extraordinário, apesar de tudo o que fora escrito e dito e contado sobre ele. Eu tinha a história em minhas mãos. Aquele cálice tinha mesmo recebido o sangue de nosso Salvador? Era por aquilo que homens haviam lutado e morrido? Uma flecha disparada de um arco longo com bastante força pode facilmente perfurar armadura e malha. Normalmente, a flecha de Robard deveria ter transformado o artefato num monte de cacos sagrados. Em vez disso, encontrei o Graal como tinha sido deixado ali por Sir Thomas. Não havia nenhum tipo de arranhão nem rachadura ou defeito.

O Santo Graal não estava nem marcado.

## 22

Segurando o Graal nas mãos, eu mal conseguia acreditar em minha sorte. Trazendo-o perto dos olhos, eu o virei devagar, mas não consegui encontrar nenhum tipo de imperfeição. Não havia nenhum arranhão nem marca. Fiquei com o corpo mole de alívio, e reembrulhei depressa o Graal no tecido de linho, devolvendo-o ao compartimento secreto dentro da bolsa. Com os dedos, empurrei de volta o couro para o espaço onde a flecha perfurara a bolsa e descobri que o buraco fechava bem e não era muito perceptível. No mínimo, o pano branco não ia aparecer através do couro da bolsa e esconderia o Graal bem o bastante até que eu pudesse dar um jeito de consertar o buraco.

Passando a bolsa outra vez pelo ombro, voltei minha atenção para o Assassino ferido no chão. Com minha faca, cuidadosamente cortei o pano de sua túnica em volta do lugar onde a flecha havia perfurado o ombro. O sangramento tinha parado, porém a flecha estava enterrada fundo na carne.

Eu tinha visto como médicos templários removiam flechas quando cavaleiros feridos voltavam do campo de batalha. No entanto, nunca tinha *aplicado* aquela técnica antes em nenhuma pessoa viva. O jeito mais eficiente era empurrar a flecha até ela atravessar para o outro lado, depois cortar a ponta e puxar a haste de volta. Aquilo muitas vezes não era tão fácil quanto parecia, pois a ponta da flecha pode encontrar ossos e músculos, causando mais estrago. Mas em geral era melhor que o estrago de puxar a ponta da flecha de volta pelo buraco por onde ela entrara.

E também havia a dor envolvida no processo. E os gritos de agonia.

Eu sabia, no entanto, que a flecha precisava sair. Deixá-la ali não era uma opção. O sangue ficaria intoxicado e então... Enfim. Depois disso era a morte certa.

Afastei o tecido em volta da haste da flecha e examinei o ferimento. Considerando que o Assassino estava pulando no ar, Robard de fato dera um tiro excelente. Uns poucos centímetros mais para a direita e teria errado totalmente, porém a haste acertara bem alto o ombro do Assassino, perto do braço. Aquilo era uma boa notícia, pois significava que talvez eu conseguisse empurrar a flecha pelo tecido mole sem atingir a omoplata nem qualquer outro osso. Pelo menos em tese.

Uns poucos minutos depois, Robard voltou com o odre cheio e o pedacinho de madeira dura que eu tinha pedido. Ele os entregou para mim sem fazer comentário algum. Tirando a tampa do odre despejei água fresca no ferimento. O Assassino não se mexeu.

Eu não podia segurar o Assassino e empurrar a flecha ao mesmo tempo. Precisava da ajuda de Robard.

— Robard, você pode me ajudar aqui, por favor? — pedi.

Robard estava de pé ao lado dos rochedos, vigiando a floresta. Ele olhou para mim e estreitou os olhos.

— Robard, por favor. Estou ciente de sua opinião, mas este homem está ferido e é nosso dever cristão ajudá-lo. Não posso fazer isso sozinho. Preciso de sua ajuda. Por favor. — Usei a tática cisterciense da culpa que aprendera com os monges.

Robard não se comoveu.

— Robard. Por favor. Deus está olhando — eu disse. A culpa pode ser uma arma muito poderosa. Aquilo o convenceria. Eu esperei que sim.

Robard estufou as bochechas, soltando um suspiro indignado e irritado. Mas jogando o arco por cima do ombro, andou até onde eu estava ajoelhado, segurando o Assassino na altura dos ombros.

— Se você segurá-lo, vou cuidar da flecha — eu disse.

Robard e eu trocamos de lugar. Com os dedos cutuquei a pele ao redor do ferimento, e quando segurei firme a flecha e comecei a mexê-la no lugar, o Assassino arregalou os olhos e deu um uivo de dor. Com o braço que não estava machucado ele agarrou minhas mãos, gritando comigo em árabe.

— Cuidado! — gritou Robard. — Ele...

— Espere! — sibilei, agarrando o braço do Assassino. Ele parou de berrar por um instante.

Levantei o pedaço de madeira para que ele pudesse ver. Fiz uma mímica de pôr a madeira na boca e mordê-la. O Assassino olhou para o ferimento, então outra vez para mim, assentindo com a cabeça. Eu estendi a madeira e ele a prendeu entre os dentes.

Tentando acalmar minha mão trêmula, segurei a flecha bem firme pela haste. O Assassino tomou fôlego e prendeu a respiração. Primeiro empurrei a flecha bem de leve, esperando poder fazê-la atravessar com facilidade, porém não ia ser fácil.

Olhei para o Assassino, que assentiu com a cabeça outra vez, fechando os olhos. Apertei mais a flecha, empurrando com mais força.

O Assassino gritou por entre os lábios cerrados, e seu corpo enrijeceu. Senti a flecha entrar mais fundo, mas ainda estava presa.

Mudei de posição, empurrando ainda mais forte, e o Assassino berrou de dor. Lentamente a flecha começou a se mexer, porém o Assassino estava se debatendo e chutando, e era difícil continuar segurando a haste.

— Segure-o! — sibilei.

Robard segurou o Assassino mais firme pelos ombros, e eu empurrei outra vez. O corpo do Assassino estava quase rígido. Ele uivava, contorcendo-se e dando chutes, mas por fim senti a flecha sair pela pele das costas com um ruído, e vi a ponta da flecha aparecer. Ele jogou a cabeça para trás, soltando um último grito, então desmaiou.

Robard olhou para mim com uma expressão confusa no rosto. A princípio não notei, porque estava ocupado enxugando o suor da testa e tentando me recompor.

— Tristan — Robard sussurrou. — Olhe.

Eu segui o olhar de Robard até o rosto do Assassino. Enquanto ele se debatia e chutava, seu turbante se soltara e o véu caíra do rosto dele. Só que não era o rosto *dele*. Era o rosto *dela*.

Pois diante de nós, ali nos braços de Robard, não estava o rosto empedernido de um matador obstinado. Em vez disso, eram as feições quase inocentes, emolduradas por longos e belos cabelos pretos, de uma menina.

O Assassino era uma Assassina.

## 23

Seus cabelos eram da cor de obsidiana. Parecia jovem, talvez quinze ou dezesseis anos. Ela desmaiara outra vez, e Robard a segurava tenso pelos ombros, como se qualquer movimento seu pudesse quebrar o corpo dela. Claramente ele não tinha ideia do que fazer com ela. Eu estava aturdido demais para me mexer ou falar. Talvez aquilo explicasse por que os companheiros dela haviam fugido. Se fossem todos tão novos quanto ela, não deviam ser guerreiros experientes.

Finalmente Robard quebrou o silêncio.

— Tristan! É uma menina! — ele disse, numa voz sussurrada.

— Estou vendo que é uma menina, Robard.

— Nunca ouvi falar de Assassinas mulheres — ele disse.

— Nem eu.

Ficamos em silêncio outra vez, nossos olhos cravados no rosto da menina diante de nós. O céu estava ficando mais escuro, mas eu vi que o rosto dela estava pálido, não da cor natural. Ela tinha as maçãs do rosto saltadas, mas um nariz pequeno e arredondado, e seus cabelos grossos cheiravam a sândalo.

— Tristan — Robard disse, em voz baixa.

— Sim — eu respondi, sem tirar os olhos do rosto da menina.

— Talvez você devesse acabar de tirar a flecha. Ela ainda está sangrando — ele disse.

As palavras de Robard me despertaram de meu devaneio.

— Você pode segurá-la mais para cima? Preciso ver as costas dela agora.

Robard fez o que eu pedi, movendo-se para o outro lado do corpo da menina caída de bruços. Eu vi onde a ponta da flecha tinha atravessado, pouco abaixo da omoplata. A ponta estava presa à haste por uma tira de couro. Cortei a tira com a faca, e a ponta da flecha caiu no chão.

Com a ponta removida, foi muito mais simples puxar a haste para fora do ombro. Mais simples talvez, mas não indolor. Quando arranquei a haste do corpo dela, ela enrijeceu, soltando um gemido que me deu pena. Porém tinha saído. Eu cortei uma parte do tecido de sua túnica e improvisei uma bandagem, que Robard me ajudou a prender bem firme em volta do ombro.

— Precisamos levá-la conosco — eu disse.

— O quê? — Ele não estava acreditando. — Você não pode estar falando sério.

— Estou falando muito sério. Ela está ferida e sob nossos cuidados. Não seria correto abandoná-la. Ela podia morrer aqui sozinha — eu disse.

Pelo olhar de Robard, percebi que para ele não seria problema algum deixar a Assassina para trás. Ele me olhou por um instante.

— Você é um rapaz estranho, Tristan, escudeiro dos Templários — ele disse, afinal.

— Sim. Bem. Precisamos fazer uma maca para carregá-la — retruquei, sacando a espada curta e entregando-a pelo punho para Robard. — Você pode pegar minha espada e cortar dois troncos de árvores novas, fortes o bastante para aguentá-la, com uns dois metros de comprimento?

Robard não se mexeu; ficou apenas me olhando fixo por um instante. Então pareceu se conformar com alguma coisa e assentiu com a cabeça, pegando a espada e saindo do acampamento.

A menina ainda estava inconsciente. Acendi uma pequena fogueira, achando que seria seguro, pois estávamos bem escondidos da estrada. Além disso, qualquer pessoa que fosse atraída pelo fogo e quisesse nos fazer mal teria que brigar com um arqueiro do rei irritado antes de roubar nossos pertences.

No mato ali perto, colhi um pouco de mirica. Voltando para a fogueira, raspei as raízes da planta em lascas pequenas, enchi meu copo com água e aqueci no fogo. Enquanto a água aquecia, recolhi e guardei tudo o que havia no acampamento, incluindo as adagas da Assassina.

Com o tempo ela começou a se mexer, resmungando de dor de vez em quando. Seus olhos se abriram, e com o braço que não estava ferido, ela fez esforço para se sentar. Ela começou a gemer, entoando algum cântico em árabe, e eu não sabia o que ela estava dizendo, porém ouvi medo em sua voz.

Robard voltou do bosque trazendo os dois troncos de árvores novas que eu pedira.

Estendi minhas mãos para ela, de palmas vazias.

— Por favor — eu disse numa voz calma e baixa. — Não se mexa. Fique quieta agora. Vai ficar tudo bem.

Ela olhou para mim e ficou em silêncio enquanto estudávamos um ao outro.

Peguei o copo devagar, levantando-o na minha frente. Estendi o copo para ela, porém ela não aceitou. Na verdade, seus olhos estreitaram-se, cheios de suspeita.

— Por favor. Beba. — Levei o copo até meus lábios, então estendi para ela outra vez. Ela ficou ali sentada, quieta como uma pedra.

— Ela não vai beber se você não beber primeiro — disse Robard. — Ela acha que talvez você esteja tentando envenená-la. Ouvi dizer que Assassinos muitas vezes usam venenos para matar um inimigo.

Ouvindo a voz de Robard, ela se virou a fim de olhar para ele, examinando-o com muita atenção por um instante antes de voltar o rosto para mim. Diante dos olhos dela, tomei um longo gole do chá de mirica, então estendi o copo para ela outra vez.

Por fim ela sentou-se direito, estendendo o braço que não estava machucado para pegar o copo. Ela tomou um gole pequeno. O chá era amargo e ela fez careta ao sentir o gosto, mas eu mostrei um ramo da planta enquanto ela bebia, na esperança de que ela reconhecesse e soubesse de que era feito o chá. Ela assentiu com a cabeça e bebeu outra vez.

Ficamos em silêncio enquanto ela bebia o chá. Quando terminou, entregou-me o copo e deitou-se de novo. Joguei mais gravetos no fogo, e em poucos minutos ela tinha adormecido outra vez.

Enquanto ela dormia, eu tirei minha túnica, virando-a do avesso e deixando as mangas do lado de dentro. Passei os troncos pelos buracos dos braços. Amarrando a frente da túnica, criei uma maca muito rústica. Aquilo devia aguentar a Assassina por tempo bastante para fugirmos em segurança.

Pus a maca no chão ao lado da menina adormecida, fazendo um gesto para que Robard me ajudasse a deitá-la ali. Para minha surpresa, ele ajudou sem reclamar, e quando a tínhamos acomodado em segurança, cada um de nós pegou uma ponta e juntos a carregamos para fora do acampamento e para dentro do bosque.

Já tínhamos atrasado bastante nossa partida. Os comparsas podiam voltar a qualquer momento trazendo reforços. Partimos num trote lento, na direção leste. Durante os primeiros minutos a menina gemeu de dor enquanto balançava na maca. Depois de um tempo, porém, seus lamentos cessaram e ela ficou inconsciente outra vez.

Não conversamos nem paramos para descansar. Era difícil andar depressa. Robard tinha pego a frente, e conforme ele avançava, eu o ouvia resmungar por entre os dentes. De vez em quando eu captava trechos como *plano maluco* e *teimoso* e *o que eu estou fazendo*.

Depois de andar por quase uma hora, calculei que tínhamos avançado uns quinze quilômetros. Paramos para descansar. Guardara alguns figos e tâmaras na bolsa, que Robard e eu devoramos, famintos. Estávamos ofegantes e o suor escorria por nossos rostos. Por um instante, perguntei-me se estava fazendo a coisa certa. Será que Sir Thomas ou Sir Basil teriam feito o mesmo? Em território inimigo, onde silêncio e discrição são importantíssimos, será que eles atravessariam um bosque, fazendo barulho entre as árvores, para transportar um inimigo ferido até um lugar seguro? Depois de pensar um instante, percebi que sim; eles teriam feito o mesmo.

Robard ajoelhou-se a alguns passos de distância, vigiando a trilha à nossa frente. Levei o odre até ele e lhe dei de beber.

— Tristan, não sei direito por mais quanto tempo consigo continuar andando. Isto é perigoso. Com o barulho que estamos fazendo, e o fato de que não vamos conseguir sacar nossas armas enquanto não soltarmos a maca, estamos em grande desvantagem. Algum bandido ou Assassino pode nos abordar sem nem percebermos — ele disse.

Eu sabia que Robard tinha razão, mas ainda sentia que precisávamos garantir que a Assassina estivesse bem o bastante antes de a abandonarmos.

— Quanto você acha que falta até chegarmos a Tiro? — perguntei.

Robard deu de ombros.

Então uma voz atrás de nós disse em inglês perfeito:

— Bem, vocês estão indo na direção totalmente errada, por isso eu diria que não vamos chegar nunca.

# 24

Ao ouvir aquela voz, fiquei tão assustado que dei um pulo. Robard soltou uma exclamação e pôs a mão no arco, mas quando viramos para ver de onde a voz tinha vindo, vimos a menina de pé atrás de nós, com o braço machucado solto do lado.

Ficamos olhando, embasbacados. Embora estivesse pálida e com as pernas meio bambas, de resto ela parecia até bem.

— Quem é você? — Robard perguntou, sem saber direito o que fazer. A expressão em seu rosto era cômica. Minha mão voara até o punho da espada ao ouvir o som da voz dela. Agora me senti ridículo e soltei a mão de lado.

— Meu nome é Maryam — ela disse, olhando para mim. — Seu nome é Tristan, certo?

Confirmei com a cabeça.

— Agradeço a você por cuidar de meu ombro. Ainda vai doer por um tempo, mas agradeço pelo que você fez — ela disse.

— Não foi nada — respondi.

— Eu ajudei — disse Robard. Olhei feio para ele. Se ajudar consistia em reclamar e buscar água, então sim, ele tinha ajudado.

— Sim, obrigada a você também — ela disse, olhando para ele.

Ela falava um inglês perfeito, e pelo jeito conseguira entender o que dizíamos todo o tempo em que estivera consciente.

— Como é que você fala inglês? — perguntei.

— Venho de uma pequena aldeia perto de Jerusalém. Meu pai era dono de uma fazenda nos arredores da cidade, e fazíamos comércio ali quando cristãos ocuparam a cidade. Era preciso aprender inglês para ganhar a vida — ela disse.

Robard e eu ficamos transtornados. Primeiro fomos atacados. Então descobrimos que um dos atacantes era uma menina. Agora descobríamos que ela falava inglês. Qual seria a próxima surpresa?

— Por que vocês estão indo para Tiro? — ela perguntou.

Eu não pretendia contar a ela a verdadeira natureza de minha missão. Nem mesmo dizer que levava mensagens para a comendadoria dos Templários de lá. Afinal, ela era uma inimiga. Decidi usar a desculpa de Robard, primeiro olhando de relance para ele e inclinando a cabeça, esperando que ele fosse sensato o bastante para cooperar com a mentira.

— Pretendemos achar um navio para a Inglaterra. Nosso serviço obrigatório terminou — eu disse. Robard confirmou com a cabeça, entendendo a necessidade de um subterfúgio.

Maryam me olhou por um instante, como se não acreditasse totalmente em mim, porém não discutiu.

Agora que ela estava de pé, a cor estava aos poucos voltando ao seu rosto. Seus cabelos soltos caíam sobre os ombros, brilhando ao luar.

— Eu ajudei — Robard lembrou a ela.

Ela riu. A risada soou como música.

— Obrigada, arqueiro, embora tenha sido seu tiro que por sorte me acertou — ela provocou. Ela não parecia ressentida por ele tê-la ferido.

Robard estreitou os olhos. Não sabia direito o que pensar dela. Resmungou alguma coisa entre os dentes, mas só ouvi as palavras *sorte o meu rabo*.

— Como vocês nos acharam no mato? — perguntei.

Ela olhou para mim, depois desviou o rosto, não sabendo ou não querendo dizer.

— Não sei direito. Estávamos patrulhando. Ahmad, nosso líder, viu os rochedos e achou que talvez fosse um bom esconderijo para inimigos. Ele avistou vocês e mandou atacarmos — ela disse.

Nessa hora eu me perguntei se ela estaria mentindo. Aquela explicação não fazia sentido. Havia dezenas de elevações rochosas na área. Dentre todas, eles tinham esbarrado justamente na nossa? Será que tínhamos cometido algum erro? A resposta dela parecia vaga, e fiquei pensando se, sem querer, tínhamos nos revelado de algum modo. Será que ela esperava que cometêssemos o mesmo erro outra vez, levando seus comparsas direto para nós?

— Por que vocês estavam dormindo de dia? Por que viajar à noite? — ela perguntou.

— Achamos que seria mais seguro. Esta área é cheia de bandidos e patrulhas sarracenas. E de Assassinos, como descobrimos. Já que somos só nós dois, achamos melhor viajar à noite.

Ela aceitou minha explicação com um aceno da cabeça.

— Bem, vamos indo? — ela perguntou.

— Vamos indo? O que você quer dizer? — Robard perguntou.

— Para Tiro, é claro.

Robard tossiu e pediu para falar comigo em particular. Demos alguns passos para longe.

— Tristan, entendo você ter cuidado do machucado dela. Até entendo a carregarmos até um lugar seguro, mas não podemos confiar nela. Ela é uma *Assassina*, por Deus! E se estiver nos levando para uma armadilha? Ela parece estar bem o bastante para andar sozinha agora. Acho que devemos nos separar dela e achar o caminho para Tiro sozinhos – ele disse.

Fiquei em silêncio por um instante, tentando pensar. Talvez Robard tivesse razão. Era hora de nos despedirmos.

Voltamos até Maryam.

– Maryam, eu... nós agradecemos sua oferta, mas já que você parece estar bem o bastante para viajar, Robard e eu achamos que vamos continuar por nossa conta daqui em diante. Mas obrigado – eu disse.

Maryam nos encarou por um instante, então sorriu e deu risada. Robard ficou um pouco irritado.

– Qual é a graça? – ele perguntou.

– Nada. É só que agora vocês estão indo exatamente na direção contrária de Tiro. Se vocês se perderam tão fácil, por que acham que vão conseguir encontrar o caminho sozinhos?

Em meio a tantas emoções, eu tinha esquecido que Maryam nos informara que estávamos caminhando na direção errada.

As bochechas de Robard ficaram vermelhas.

– Nós sabíamos disso. Só estávamos tomando um caminho um pouco mais fácil porque tínhamos que carregar você – ele disse.

– Ahn. É mesmo? Porque parece que talvez precisem de alguém para guiar vocês até lá – disse ela.

– O quê? Por que você acha que precisamos de um guia? – ele cuspiu.

– Porque se vocês continuarem andando nesse sentido, vão trombar com alguns regimentos de sarracenos – ela disse.

Senti um aperto no estômago e um jorro momentâneo de pânico. Havia sarracenos por perto? Patrulhas, sim. Pequenas tropas, talvez, mas regimentos inteiros? Mesmo ali, tão ao leste?

— Como você sabe disso? — perguntei.

— Minha patrulha acampou com eles dois dias atrás. Se vocês querem evitá-los, precisam andar em direção à costa. Se ficarem tão perto da estrada, vão ser descobertos com certeza — ela disse.

— E por que você acha que eles vão nos descobrir? — Robard perguntou.

— Bem... nós descobrimos, não é? — ela disse. Do lugar onde eu estava, pude jurar que seus olhos brilharam quando ela disse isto.

Robard olhou para mim. Seu rosto estava rubro. Não de raiva, mas de vergonha.

— Tristan? Posso falar com você um instante? — Ele acenou com a cabeça para que eu o seguisse.

Outra vez nos afastamos para um lugar onde Maryam não pudesse escutar.

— Você acredita nela? — ele perguntou.

— Não sei.

— Mas e se ela estiver falando a verdade? Sobre os sarracenos? — ele disse.

Eu apenas dei de ombros.

— Se bem que ela também pode muito bem estar nos enganando — ele disse.

Havia muitas coisas a levar em consideração. Lembrei de conversas que escutara entre os cavaleiros em Acre. Eles passavam horas discutindo estratégia e tática. O rei Ricardo desejava manter as cidades costeiras. Dali pretendia seguir mais para dentro, retomando Jerusalém. Ele podia manter as linhas de abastecimento abertas enquanto avançava para o interior. No entanto, já tinha perdido Acre. O próximo passo de Saladino provavelmente seria avançar para Tiro. Seria um alvo lógico. Por isso, de fato, Maryam podia estar dizendo a verdade. Talvez houvesse regimentos sarracenos por perto.

— Acho que ela está falando a verdade — eu disse.

— Não sei se confio nela — disse Robard.

— Eu sei, mas ela conhece este lugar melhor do que nós. Imagino que possa estar nos levando para uma armadilha, mas pelo que conheço dos Assassinos, eles são guerreiros honrados. Ela deve ter uma dívida de honra conosco por ter salvo a vida dela — eu disse.

— Estaríamos correndo um grande risco — disse ele.

— Sim, mas se há tantos sarracenos por perto, então precisamos chegar a Tiro o mais rapidamente possível para avisar os templários de lá.

Robard não ficou satisfeito, mas concordou. Ele podia não amar o rei, mas ainda assim agia como um soldado. Cumpriria seu dever. Voltamos para Maryam.

— Aceitamos sua oferta. Vamos seguir você até Tiro. Você está bem o bastante para caminhar? — perguntei.

— Oh, não se preocupe comigo — ela disse, sorrindo.

— Então muito bem. Vamos indo. — Peguei a maca e tirei minha túnica dos troncos de árvore, jogando-os no mato.

Vestindo outra vez a túnica, amarrava a corda em volta da cintura quando Robard disse:

— Estão ouvindo isso?

Da escuridão vinha o som de cascos de cavalos se aproximando.

## 25

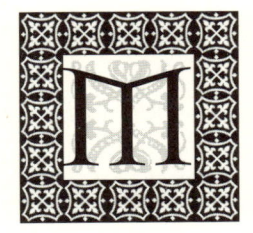

Maryam e eu congelamos. À nossa frente, Robard acenava freneticamente, gesticulando para voltarmos por onde tínhamos vindo. Sem nuvens e com a luz da lua crescente, enxergávamos bem o bastante para ver o caminho entre as árvores na trilha que acabáramos de percorrer. O som de cascos de cavalos ficou mais forte, mas era impossível saber quem estava prestes a nos alcançar. Podiam ser sarracenos ou cruzados. Precisávamos ficar invisíveis.

Robard voltou depressa até nós.

— Por aqui! Rápido! — ele sussurrou.

Nós seguimos Robard alguns passos até um pequeno amontoado de árvores. Os arbustos eram densos e rentes ao chão. A vegetação nos daria boa cobertura; nos embrenhamos no mato até ficarmos deitados no chão, voltados para a clareira que acabáramos de deixar.

Em pouco tempo, um grupo de cavaleiros surgiu em nossa visão. Sarracenos. Senti meu coração subir até a garganta. Parecia ser um único destacamento de dez homens. Eles pararam os cavalos e o líder do grupo começou a falar com o vice-comandante.

Ficamos deitados e imóveis, a menos de vinte metros de onde os homens pararam sem desmontar dos cavalos. Maryam estava entre Robard e eu, estudando os homens com atenção. Robard conseguira sacar uma flecha e encaixá-la no arco, que estava no chão diante dele. Estava pronto para se levantar e atirar num instante.

Avançando a mão até a espada em meu cinto, consegui sacá-la em silêncio, mantendo-a do meu lado. Mal tínhamos coragem de respirar.

— O que eles estão dizendo? — Robard perguntou num sussurro.

— O vice-comandante está explicando que ouviu vozes aqui — Maryam sussurrou de volta.

— Shh! — Eu queria que os dois ficassem quietos. Não era hora de conversar!

Observamos os patrulheiros conversarem, seus cavalos empinando e relinchando, impacientes para seguir caminho. Depois de um tempo, quatro dos homens apearam e começaram a estudar o terreno. Cada um deles se afastou do grupo numa direção diferente. Prendi a respiração. Se eles descobrissem nosso rastro, podiam segui-lo até o lugar onde estávamos escondidos no bosque. A lua crescente estava mais baixa no céu, pois a manhã se aproximava. Seria difícil, mas não impossível, encontrar nossas pegadas. Os homens foram andando sem pressa, afastando-se da patrulha principal, que ficou montada na clareira.

Virei a cabeça para baixo no chão para que a lua não refletisse em meu rosto, mas tentei ainda ficar de olho na patrulha. Os quatro homens a pé estavam examinando os arbustos. Para minha angústia, um deles veio direto em nossa direção. Ele andava devagar, olhando atentamente para o chão, com a mão na cimitarra que pendia de seu cinto. Seus olhos vasculhavam a vegetação rasteira, e a cada passo ele chegava mais perto do lugar onde estávamos.

Robard e Maryam estavam em silêncio total. O som de meu próprio sangue retumbava em meus ouvidos. Em mais alguns segundos o sarraceno nos alcançaria. Apertei o punho da espada, certo de que ele estava ouvindo as batidas do meu coração.

Devagar, ele veio andando em nossa direção. Então, quando estava tão perto que eu podia estender a mão e agarrar seu tornozelo, ouvi um zumbido fraco, o mesmo que me despertara quando Maryam e os Assassinos nos atacaram nas pedras. O ruído vinha muito leve de dentro da bolsa, que agora jazia no chão ao meu lado. Senti um enjoo crescente no estômago. Com certeza os sarracenos ouviriam aquele barulho e nos descobririam. Robard e Maryam estavam imóveis e silenciosos do meu lado. Com o canto do olho eu vi Maryam, e se ela estava ouvindo o barulho, pelo menos não demonstrou.

O sarraceno foi se aproximando. Ele estava parado a menos de trinta centímetros de mim. Com nossas roupas escuras e com o pouco luar que havia, nós nos misturávamos bem com a vegetação. Fiquei tenso, esperando sentir um golpe de cimitarra a qualquer momento.

O sarraceno ficou parado. Do ângulo em que estava eu não conseguia ver seu rosto, apenas seus pés. Com certeza ele devia estar olhando direto para nós. No entanto ele continuou imóvel, enquanto os segundos avançavam.

Ouvindo uma ordem ríspida em árabe dada pelo líder, o sarraceno girou nos calcanhares, voltando para a clareira. Após mais alguns minutos de conversa, os homens montaram outra vez e partiram.

Soltei a respiração, e achei que fosse desmaiar. Esperamos longos minutos para garantir que eles não voltariam. Quando tinha passado tempo suficiente, e os barulhos noturnos da floresta recomeçaram, saímos rastejando da vegetação. Robard devolveu a flecha à aljava, e eu embainhei minha espada. Esperei ali um instante, agachado com as mãos nos joelhos, tentando relaxar. Eu não fazia ideia de como o sarraceno não nos descobrira.

— Você ouviu aquilo? — perguntei, falando do zumbido que tinha vindo da bolsa.

— Ouvi o quê? — perguntou Robard.

— Aquele barulho... Parecia que... Esqueça — eu disse.

Era a segunda vez em que eu ouvira o barulho, ambas quando estava em perigo. Mas eu não queria explicar. Não podia revelar como viera a ter em mãos o que estava carregando. Perdera a vontade de falar daquilo, pelo menos por enquanto. Robard estava ocupado vigiando o mato, e pelo jeito nem lembrava mais da minha pergunta. Decidi esquecer o assunto por enquanto.

— Precisamos ir andando — disse Maryam, com uma expressão determinada no rosto.

Ela saiu andando ligeiro para o norte, em direção à costa. Fomos depressa atrás dela, sem falar. Em pouco tempo, o mato começou a rarear e eu senti um cheiro salgado no ar. O terreno ficou mais rochoso, retardando um pouco o nosso passo. Finalmente chegamos a uma elevação, e abaixo de nós estava o mar. A lua crescente agora mal se via no horizonte, e sua luz dava um brilho azulado à superfície da água. Era bonito, e se eu não estivesse tão preocupado com a presença de patrulhas sarracenas à nossa volta, talvez tivesse me demorado contemplando a paisagem.

Fazia um tempo que estávamos correndo, mas Maryam nem parou para assimilar a vista da água reluzente abaixo de nós. Ela imediatamente virou para o leste e continuou andando rápido ao longo da encosta.

Por fim, Robard gritou que precisávamos parar por um instante. Reunimo-nos junto a uma saliência rochosa e nos encostamos nas pedras, respirando depressa. O vento ficara mais forte, e o ar noturno era mais fresco perto da costa. Robard bebeu água do odre e o passou para mim.

— Não podemos descansar por muito tempo — disse Maryam. — Precisamos continuar andando.

— Por quê? — Robard perguntou, num tom de suspeita.

— Porque, meu caro arqueiro, onde tem uma patrulha sarracena, tem muitas. Nós quase fomos avistados uma vez. Nossa melhor chance de chegar a Tiro é continuar andando.

Maryam respirava com dificuldade, e o resto de luar revelava que seu rosto estava vermelho e suado.

— Maryam, você está bem? — perguntei.

— Estou — ela disse. — Mas precisamos ir.

— Você parece estar com bastante pressa — disse Robard. — Tem alguma coisa que você não está querendo nos contar?

— Robard... — eu disse.

Desta vez, porém, Maryam não respondeu, apenas me entregou o odre e saiu correndo outra vez ao longo da encosta.

Robard e eu fomos ligeiro atrás dela.

— Tem alguma coisa errada — ele disse. — Ela ouviu aqueles homens dizerem alguma coisa. Ela não está nos contando toda a verdade.

— Isso nós não sabemos, Robard. Ela talvez só esteja tentando nos levar para Tiro o mais rapidamente possível — eu disse.

— Ah, sim. Lembre-me disso outra vez, quando estivermos acorrentados na parede da prisão de Saladino — ele disse.

— Robard, você vê uma conspiração atrás de cada moita? O mundo inteiro está confabulando contra você? — eu perguntei.

— Não o mundo inteiro — respondeu Robard.

Alcançamos Maryam em pouco tempo e continuamos correndo em silêncio. A lua se pôs e o céu se iluminou a leste. Logo nasceria o sol.

— Acho que devíamos parar — eu disse. — Sem a proteção do escuro, estamos expostos demais. Devíamos achar um lugar para acampar durante o dia e continuar andando hoje à noite.

— Não há tempo de parar — disse Maryam. — Precisamos continuar andando.

Esta frase fez Robard e eu pararmos. Maryam continuou correndo.

— Espere — sibilei.

Ela parou e virou-se.

— Por quê? Por que não podemos parar? — eu perguntei. — Acho que você nos deve uma explicação.

Maryam fez uma pausa. Ela olhou para o chão por um instante. Então olhou para mim.

— Tristan, eu não prometi que levaria vocês dois em segurança até Tiro? — ela perguntou.

— Prometeu.

— Eu vou cumprir essa promessa, mas temos que continuar andando — ela disse.

— Mas por quê? O que você ouviu aqueles homens dizerem? — Robard perguntou.

Maryam parou por um instante, alternando o olhar entre nós dois. Deu um suspiro.

— Você tem razão, arqueiro. Eu realmente ouvi uma coisa. Eles estavam discutindo se deviam continuar nos procurando ou reagrupar as tropas — ela disse.

— E daí? — disse Robard.

— O comandante disse que eles tinham que voltar para o acampamento principal antes de começar o ataque — ela disse.

— Que ataque? Isso pode significar qualquer coisa. Há várias batalhas acontecendo a sul e a oeste — disse Robard.

Mas eu sabia de que ataque o comandante estava falando.

— Eles vão atacar Tiro — eu disse.

Maryam ficou em silêncio e Robard olhou para mim.

— O quê? Você não sabe disso! — ele disse.

O olhar no rosto de Maryam me dizia que eu estava certo.

— Não há somente regimento aqui perto — ela disse. — São mais de trinta. E mais outros chegando. Eles vão começar a marchar com as tropas em direção a Tiro de manhã.

Era exatamente o que eu temia. Saladino estava avançando depressa rumo a Tiro.

— Como vamos saber se ela está dizendo a verdade? — disse Robard. — Pare um minuto, Tristan. Talvez ela queira que pensemos que Tiro é o alvo enquanto o ataque de verdade acontece em outro lugar.

— Não podemos arriscar para saber se é verdade ou não. Os cavaleiros em Acre discutiram isto muitas vezes. Se Saladino tomar Tiro, a estrada principal para Jerusalém e o interior estará perdida. O rei Ricardo será forçado a recuar ainda mais para leste e não poderá reabastecer as tropas nas planícies. Maryam tem razão. Não podemos esperar. Precisamos chegar a Tiro e encontrar a comendadoria dos Templários. Precisamos avisá-los — respondi.

— Já lhe ocorreu que talvez ela seja parte do esquema?

Maryam deu risada.

— Vamos ver se eu entendi, arqueiro. Segundo seu raciocínio eu sou uma espiã, e estou por dentro de todos os planos de Saladino. Para fazer com que este elaborado esquema funcionasse, eu e meus irmãos Hashshashin saímos de nosso acampamento e encontramos vocês no mato. Durante o ataque eu consigo me ferir gravemente, sabendo de antemão que minhas pretensas vítimas vão cuidar de mim até eu me recuperar. Quando estou bem o suficiente, prometo pagar minha dívida a vocês e ajudá-los a atravessar as linhas sarracenas em segurança até Tiro, mas na verdade é tudo um truque para passar informações falsas para os comandantes cristãos na cidade, e depois entregar vocês como prisioneiros para o próprio Saladino. É mais ou menos isso que você pensou? — Ela olhou para Robard, e seus olhos de obsidiana brilharam à luz da lua.

O rosto de Robard se turvou, e ele avançou até seu rosto ficar a uns poucos centímetros do dela. Ela não vacilou.

— Desculpe-me por ofender sua delicada sensibilidade, mas acabamos de conhecer você. Você tentou nos matar. E eu acertei você — ele lembrou a ela. — Você podia estar armando para cima de nós...

A raiva de Maryam despontou em seu rosto.

— Foi sorte você ter me acertado! — ela disse.

— Não foi sorte! — ele gritou.

— Robard, isso não importa mais — intercedi. — Tem sarracenos a uns poucos dias de Tiro. Se queremos voltar para casa, precisamos chegar lá depressa e encontrar um navio antes de ficarmos presos.

— Ainda acho que ela está mentindo sobre alguma coisa — ele disse.

— Não está — eu disse. — Vamos.

Maryam me olhou com gratidão. Entendi o que ela tinha feito. Ela prometera nos levar em segurança até Tiro. Com a cidade sitiada, ela sabia que não conseguiríamos voltar para casa. Havia demonstrado que seu juramento tinha importância para ela.

Enquanto corríamos, pensei como fazia pouco tempo que estivéramos escondidos no mato, a uns poucos metros de distância do destacamento de sarracenos. Deitados ali, expostos, em desvantagem numérica, sem ter para onde fugir se fôssemos descobertos. Ela podia facilmente ter nos traído, porém tinha mantido a palavra.

Pelo menos por enquanto.

# A cidade de Tiro

# 26

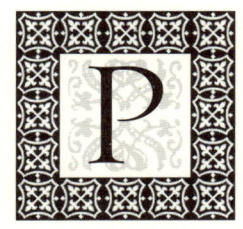

Passamos o resto da madrugada correndo. Quando a manhã se aproximou, o sol surgiu devagar no céu oriental, como se relutasse em começar o dia. Seguimos nossa jornada sempre rente à costa, e enquanto corríamos, ainda vislumbrávamos o mar abaixo de nós. Aves pernaltas brancas começaram seus rituais matutinos, mergulhando e flutuando sobre as ondas suaves que morriam na praia. Nas lufadas de vento, eu às vezes ouvia seu canto conforme elas brincavam e pulavam na água. Era como se eu estivesse atravessando o próprio Jardim do Éden. Olhando a bela terra diante de mim, a água de um azul deslumbrante contra o céu da manhã, os penhascos em sua beleza crua, mal podia acreditar que aquele lugar presenciara tantos séculos de guerras e conflitos. Era de uma paz sem comparação.

Muitas vezes me perguntara naqueles últimos meses se guerras, matanças e destruição tinham valido a pena. Reis haviam nascido e morrido ali. Exércitos tinham se enfrentado ali centenas de anos atrás e lutavam outra vez hoje. Campos de batalha tinham sido tomados e perdidos. Apesar de tudo o que acontecera naquele lugar, a própria terra permanecia intacta. Continuava pacífica e bela, como se pudesse falar conosco. Como se dissesse: "Lutem o quanto quiserem. Eu não vou mudar. Eu sou constante."

Dois dias de correria quase sem parar nos levaram cada vez mais perto de Tiro. Como Maryam insistiu, corríamos durante o dia, e a cada manhã, quando o sol estava forte e a temperatura subia, eu me sentia exposto, pois estávamos viajando descobertos. Argumentei que devíamos avançar para o interior se fôssemos continuar naquele caminho. Maryam discordou, lembrando que os bosques estavam cheios de sarracenos andando de um lado para o outro; podíamos trombar com uma patrulha ou um acampamento a qualquer momento. Correndo ao longo da costa, pelo menos veríamos qualquer pessoa, até de bem longe. Então podíamos descer até a costa abaixo de nós e nos esconder entre as pedras. Desta vez, Robard concordou com Maryam.

Então corremos e corremos. Eu não fazia ideia do quão perto de Tiro estávamos, mas senti que não podia ser muito mais longe. Se estivéssemos indo pela estrada, acho que teríamos começado a ver mercadores, comerciantes e outros viajantes rumando para a cidade. Ou talvez a estrada estivesse cheia de sarracenos. Correndo no litoral descoberto, era como se fôssemos as únicas pessoas no mundo. Eu sabia que quanto mais nos aproximávamos de Tiro, mais perto a estrada principal chegaria da praia, pois a cidade ficava bem na costa. Nesse ponto, quem sabe tentaríamos nos misturar com os viajantes na estrada e chegar à cidade sem sermos notados.

Sem saber o que estava à minha frente, sugeri pararmos por um instante para conferir nossas armas. Robard cuidou de seu arco enquanto eu examinava minhas espadas. Considerando que Maryam permanecera leal até agora, decidi devolver suas adagas. Quando as tirei de meu saco de dormir, percebi como eram bonitas. As lâminas brilhavam, e os punhos eram feitos de ouro com joias encravadas. Deviam ser bem valiosas.

Entreguei-as a Maryam pelo punho. Ela as olhou por um instante e então, quase sem que eu percebesse, virou-as do outro lado e as escondeu nas mangas da túnica. Robard olhou para mim com olhos arregalados. Fiquei contente que Maryam estivesse do nosso lado. Pelo menos por enquanto.

Bem depois do meio-dia atravessamos outra serra, e ali ao longe vimos Tiro. O céu estava claro como cristal, e eu distinguia a fumaça de fogueiras, navios entrando e saindo do porto, e todos os outros sinais de vida numa cidade. Estávamos a uns quinze quilômetros de distância, e de fato a estrada principal brotava das colinas ao sul, levando direto para os portões da cidade.

Sugeri avançarmos para dentro até a estrada. Era menos provável que nos notassem ali do que se chegássemos à cidade pela praia. Robard e Maryam concordaram e seguimos para o sul. Em pouco tempo tínhamos voltado para o mato e logo avistamos a estrada. Paramos, escondendo-nos na vegetação rasteira para observar o que se passava antes de continuarmos. Afinal, Tiro podia muito bem já estar sob o controle de Saladino.

Durante uma hora observamos. Comerciantes e mercadores passavam. Pastores de cabras e ovelhas com seus rebanhos avançavam pela estrada. Quando finalmente um esquadrão de soldados passou a cavalo, claramente membros do Exército do Rei, sabíamos que estávamos em segurança, pelo menos por enquanto. Quando estávamos chegando mais perto de Tiro, Maryam colocara de volta o véu e o turbante. Saindo de nosso esconderijo, ela os tirou. Seus longos cabelos pretos agora caíam soltos por seus ombros e costas. Robard e eu ficamos surpresos ao vê-la assim outra vez.

— Acho que Al Hashshashin talvez não sejam bem-vindos em Tiro — ela disse. — É melhor eu parecer uma simples menina camponesa a caminho do mercado. Vocês não acham?

Ela escondeu o capuz da túnica para que não aparecesse. Sem capuz, turbante nem véu, sua túnica não mais parecia a de uma Hashshashin, e ela se mostrava muito menos perigosa do que era na verdade.

— Uma simples menina camponesa com duas adagas Hashshashin escondidas nas mangas, que na verdade também é uma matadora implacável. Com certeza — disse Robard.

Achei que Maryam fosse ficar brava, mas em vez disso ela riu. Novamente, sua risada era tão alegre quanto da primeira vez em que eu ouvira.

Saímos com cuidado do esconderijo e avançamos para a estrada. Sem ninguém muito perto, começamos a andar depressa na direção da cidade, entrando em Tiro pouco tempo depois sem nenhum incidente.

Tiro era movimentada e barulhenta, lembrando-me um pouco Dover. Mas o mercado era maior e mais apinhado de gente, com uma curiosa mistura de novos aromas: carne assada, o mar, especiarias e incenso, o cheiro terroso de camelos e mil outras fragrâncias que eu não sabia identificar. Estava quente ao sol da tarde, e os mercadores e lojistas faziam tudo o que podiam para ficar à sombra.

— E agora? — perguntou Robard.

— Preciso encontrar a comendadoria dos Templários imediatamente — eu respondi. — Então localizar o marechal e entreg... e falar com ele sobre o que vimos. — Olhei de relance para Maryam, com medo de ter revelado alguma coisa sem querer, mas a expressão dela era indiferente. Embora eu sentisse que àquela altura podia confiar nela, não queria provocar sua natureza Hashshashin.

— Bem, como encontramos a comendadoria? — perguntou Robard.

— Não sei. Deve ser fácil de identificar pelo estandarte pendurado. Supostamente haverá uma grande quantidade de tropas aqui. Talvez devêssemos nos dividir...

Maryam me interrompeu.

— Oh, pelo amor de Alá — ela disse. — Por que vocês não perguntam para alguém?

Revirando os olhos, ela andou até um vendedor numa barraca ali perto, falando com ele em árabe. Ele respondeu, apontando por cima do ombro.

— Por aqui — ela disse.

— Espere, Maryam — eu disse. — Você nos guiou em segurança até Tiro como tinha prometido. Cumpriu sua promessa. Robard e eu podemos seguir daqui em diante.

Maryam olhou para mim e depois para Robard. Ela estudou o rosto dele por vários segundos.

— Bem, eu posso acompanhar vocês até a comendadoria pelo menos. Não me importo. Além disso, vocês talvez precisassem de mim para traduzir caso vocês se percam — ela disse.

Sem tempo para discutir, concordei.

O mercado de Tiro era um labirinto. Os caminhos que o cruzavam eram cheios de curvas e bifurcações, trançando-se entre os mercadores de tapetes, vendedores de comida e outras barracas e lojas. Em cada lugar, alguém gritava conosco para comprar alguma coisa. Parei num ponto e comprei para cada um de nós um espetinho de carneiro, que um homem vendia tirados direto do fogo. Nós devoramos a carne num instante, pois mal tínhamos tido tempo de comer nos últimos dois dias.

Continuando a andar, tentei organizar minhas ideias. Precisava informar os Templários do ataque iminente. Eles contatariam os assessores militares do rei e formulariam uma estratégia. Eu também os informaria sobre a queda de Acre, caso ainda não tivessem recebido a notícia. Depois precisava encontrar uma vaga num navio para a Inglaterra. Mas tinha que tomar cuidado. Sir Thomas me advertira de que mesmo os cavaleiros do Templo tinham quase enlouquecido tentando se apoderar do Graal.

Atravessando o mercado, achamos uma rua pavimentada com pedrinhas, levando rumo à borda leste da cidade. Maryam disse que a comendadoria agora não ficava muito longe, e por algum motivo, quanto mais perto chegávamos, mais nervoso eu ficava. Quando passamos por um beco entre dois prédios grandes, tive uma ideia.

— Será que vocês dois podem esperar aqui um instante? — perguntei. — Preciso achar um lugar para, enfim...

Robard deu risada, e ele e Maryam assentiram com a cabeça. Entrei no beco. Não era reto, serpenteando conforme avançava. Finalmente cheguei a um lugar tranquilo, olhando em volta e não vendo ninguém por perto. Acima de mim, roupas secavam ao sol num varal amarrado entre os dois prédios. Uns poucos barris vazios estavam empilhados junto a uma porta que dava nos fundos de um dos prédios. Um pequeno cachorro amarelo estava deitado à sombra de uma porta, mas seus olhos estavam quase fechados enquanto ele dormitava no calor do sol da tarde. Até ali tudo bem.

Continuando pelo beco, me afastando vários metros da porta, encontrei um bom lugar. Ajoelhando no chão, usei a pequena faca que tinha na bolsa para fazer um pequeno arranhão na parede do prédio, muito perto do chão. Esfreguei um punhado de areia na marca, para que ainda ficasse visível mas não parecesse recém feita. Com a faca abri um buraco na areia bem abaixo da marca na parede.

Hesitei por um instante, perguntando-me se devia levar a carta de Sir Thomas comigo para a comendadoria; talvez precisasse dela para provar minha identidade. Mas por fim decidi que era mais seguro guardá-la para algum momento futuro de minha jornada. Não devia ser tão difícil convencer a comendadoria local da minha identidade.

Coloquei a carta e o anel de Sir Thomas no fundo, e após retirar todos os outros objetos da bolsa, e conferir duas vezes para garantir que não estava sendo observado, tirei o Graal e o coloquei com cuidado no buraco. Então cobri tudo com areia, alisando com as mãos. Guardei de volta meus objetos e fiquei de pé, andando de um lado para o outro por cima do ponto várias vezes, apertando com os pés. Quando terminei, não parecia que um buraco tinha sido cavado ali.

Quando me virei outra vez, o cachorrinho ergueu a cabeça para me olhar. Ele deu um bocejo, se espreguiçando quando passei, e eu estendi a mão para coçá-lo atrás das orelhas. Era uma cadela mirrada, parecendo não ter comido muito recentemente. Dentro da bolsa eu tinha algumas tâmaras que guardara, e piquei uma em pedacinhos, estendendo-as para a cachorra examinar. Faminta, ela abocanhou os pedaços. Eu lhe dei o resto do que tinha, e a pequena vira-lata lambeu minha mão antes de baixar outra vez a cabeça e cair no sono.

Maryam e Robard estavam parados onde eu os deixara, inquietos. Eu tinha certeza de que eles não tinham dito nada um ao outro desde que eu saíra. Robard estava fazendo o possível para olhar para qualquer coisa, menos Maryam.

— Obrigado — eu disse. — Vamos lá.

Continuamos descendo a rua, e em pouco tempo a comendadoria apareceu, com um estandarte dos Templários pendurado no alto. Aquilo foi reconfortante. Fiquei aliviado ao ver uma imagem tão familiar. O portão da frente era guardado por um único sargento. Seu rosto estava coberto de pó, e ele suava no calor. Sua expressão dizia que ele preferiria estar em qualquer outro lugar que não ali, montando guarda.

— Maryam — eu disse. — Acho que é aqui que devemos nos despedir.

A tristeza perpassou seu rosto, mas depois ela concordou com a cabeça.

— Obrigado por nos guiar até aqui. Espero que você chegue em segurança ao lugar para onde está indo agora — eu disse.

— Obrigada, Tristan. Obrigada, arqueiro. Espero que nossos caminhos se cruzem outra vez algum dia — ela disse.

Senti que devia dizer mais alguma coisa, mas não fazia ideia do quê. Ela olhou para mim cheia de expectativa, mas depois virou o olhar para Robard. Fosse o que fosse, eu não mais a considerava uma inimiga. E acho que Robard também não, embora ele provavelmente odiaria admitir.

— Sim. Bem. Adeus. Foi bom conhecer você. Obrigado por não nos matar enquanto estávamos de costas — ele disse.

Para minha surpresa, Maryam riu. Ela estendeu a mão, e apertou o braço de Robard por um instante. O rosto de Robard ficou vermelho com o toque dela, e ele de repente foi tomado por um acesso de tosse.

Com um sorriso, Maryam se virou e foi descendo a rua.

Robard e eu a observamos ir embora, então nos viramos para o guarda.

— Digam o que querem — ele ordenou quando nos aproximamos.

— Eu sou Tristan de St. Alban, escudeiro do irmão cavaleiro Sir Thomas Leux da comendadoria de Dover, recentemente a serviço em Acre. Tenho um relatório para o marechal — respondi.

— Eu conheço Sir Thomas, mas não conheço você. Você tem prova do que está dizendo? — ele perguntou.

— Tenho. Trago a espada dele — disse, virando para que o sargento pudesse ver a espada de batalha que eu carregava nas costas. Eu também lhe mostrei o selo dos Templários gravado no punho de minha espada curta. O sargento confirmou com a cabeça, mas não ficou totalmente satisfeito.

— Quem é este? — ele perguntou, apontando para Robard.

— Este é Robard Hode, ex-integrante dos arqueiros do rei. Ele me acompanhou desde Acre. Por favor, sargento, nós vimos patrulhas sarracenas a menos de um dia de distância. Tenho notícias urgentes para o marechal. Podemos entrar?

Seus olhos se arregalaram quando eu mencionei os sarracenos próximos. Ele nos examinou mais um instante, então deu um passo ao lado e abriu o portão.

— Vocês vão encontrar o marechal no escritório perto da sala de reuniões, no saguão principal — ele disse.

Aquela comendadoria era bem parecida com a de Dover, com apenas diferenças pequenas na construção dos prédios. Era feita de tijolos de barro e tinha cheiro de terra molhada, porém o desenho era quase idêntico.

Entrando no saguão principal, o lugar parecia estranhamente tranquilo. Eu estava acostumado com o burburinho das casernas da comendadoria de Acre, mas talvez os cavaleiros tivessem saído para patrulhar ou cumprir outras tarefas. Um escudeiro sentado numa mesa consertando um arnês nos indicou o caminho até o marechal.

Ele apontou para a esquerda, onde um corredor partia do saguão principal.

Havia uma pequena sala no final do corredor, e conforme nos aproximamos, vi pela porta um homem vestindo uma túnica de marechal, sentado numa mesa de madeira, escrevendo num pergaminho. Um sargento estava parado ao lado dele segurando várias outras folhas, esperando a assinatura do oficial.

Bati à porta na soleira.

— Senhor, peço desculpas por interromper, mas trago notícias de Acre e dos cavaleiros de lá — eu disse.

Ambos os homens ergueram o rosto. O marechal me estudou por um instante. Era um homem pequeno, meio calvo e de rosto redondo. Seus olhos eram escuros, e sua testa parecia permanentemente franzida. Enquanto ele me olhava, seu rosto não tinha expressão, porém eu via astúcia em seus olhos. Algo me disse para tomar cuidado com o que dissesse.

— Podem entrar — ele retrucou.

Andando até a escrivaninha, eu estava prestes a começar meu relatório quando uma voz vinda do canto da sala me interrompeu.

— Eu já estava me perguntando quando você ia aparecer.

Era uma voz carregada de desprezo e ódio, que eu reconheceria em qualquer lugar. Meus joelhos tremeram e o sangue jorrou para meus ouvidos, e por um instante achei que fosse desmaiar.

Meus olhos tinham que ver para garantir que meus ouvidos não estavam mentindo, por isso me virei para olhar e lá estava ele, parado no canto, perto de uma janela que banhava a sala numa luz fraca.

Sir Hugh.

# 27

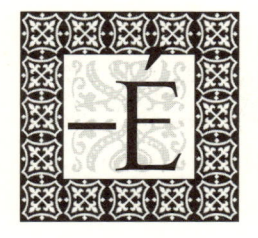

**É** deste aqui que eu estava falando, marechal Curesco — disse Sir Hugh. Seu sorriso me dizia tudo o que eu precisava saber. Era o sorriso de uma aranha, caso uma aranha fosse capaz de sorrir. Ele mal conseguia conter sua alegria por me ver ali. Mas como era possível? Como ele podia ter escapado de Acre? E mais importante, será que ele sabia o que eu tinha levado para lá?

A túnica de Sir Hugh parecia recém-limpa. Ele mostrava estar em boa forma, descansado. Era verdade que não lutara muito em Acre, mas agora, vendo-o bem de perto, fiquei surpreso ao ver que ele não tinha sinal algum de ter participado de uma batalha. Não havia ferimentos nem cicatrizes. Nem mesmo um hematoma. Apenas seu rosto enrugado e a mesma barba malcuidada.

O marechal olhou para Sir Hugh, depois para mim.

— É mesmo? — ele disse.

— Este aí só nos causou problemas desde que entrou para a ordem. Com certeza desertou seu posto em Acre, e parece ter roubado propriedade dos Templários.

— O quê? Eu não roubei nada! — protestei em voz alta.

— Então como você explica esta espada? — Sir Hugh cruzou a sala a passos largos, sacando a arma que estava em minhas costas. — Esta espada pertencia a Sir Thomas Leux, do meu regimento. Gostaria de saber como este garoto se apoderou dela — ele disse.

O marechal Curesco olhou para mim, esperando uma resposta.

— Esta é a espada de Sir Thomas, de fato. Mas ele a deu para mim quando parti de Acre. Cumprindo ordens dele. — Virei-me, olhando diretamente para Sir Hugh enquanto falava. Ele desviou o olhar, contornando a mesa e ficando do lado do marechal Curesco, de frente para o outro cavaleiro.

— E por que ele mandou você partir de Acre, exatamente? — perguntou o marechal.

— As tropas de Saladino invadiram as muralhas da cidade. Nós lutamos corpo a corpo na cidade inteira. Os cavaleiros se prepararam para montar uma última defesa no Palácio dos Cruzados. Tem uma passagem secreta ali. Sir Thomas me enviou por ela com ordem de viajar para Tiro o mais depressa possível e transmitir a notícia. Eu encontrei Robard a alguns dias de jornada de Tiro, e viajamos juntos para cá — eu contei.

Os olhos do marechal se estreitaram e ele se recostou na cadeira, tentando assimilar tudo.

— Quando você partiu de Acre? — ele perguntou.

— Há mais de uma semana. Sir Thomas me deu instruções rigorosas de viajar apenas à noite. Por isso demorei. Tivemos alguns encontros com bandidos, mas conseguimos afugentá-los. — Eu não mencionei os Assassinos. Não fazia sentido revelar detalhes demais.

— Isso é absurdo! — exclamou Sir Hugh. — Ele obviamente é um mentiroso e um ladrão. Devíamos jogá-lo agora mesmo na cadeia!

O marechal Curesco ergueu a mão para que Sir Hugh se calasse.

— Você tem alguma coisa que prove sua história? — perguntou o marechal Curesco.

Por um instante me arrependi de ter deixado o anel e a carta de Sir Thomas escondidos junto com o Graal. Porém eu seguira meu instinto, e sem dúvida Sir Hugh teria me acusado de roubar o anel também.

— Apenas isto. Se eu sou o ladrão que Sir Hugh pensa que sou, por que me daria ao trabalho de vir direto para a comendadoria e me apresentar ao senhor, com minha espada "roubada" bem à mostra? Por que eu não iria simplesmente sumir?

O marechal Curesco olhou de relance para Sir Hugh, e pareceu quase propenso a considerar meu argumento.

— E tem mais uma coisa, outro motivo pelo qual eu vim imediatamente para cá. Uns poucos dias atrás, escapamos por pouco de ser detectados por uma patrulha de sarracenos.

O marechal Curesco ficou de pé num pulo.

— Sarracenos? Tem certeza? — ele perguntou.

Durante toda a conversa, Robard ficara em silêncio no corredor atrás de mim. Ele decidiu que agora era hora de abrir a boca.

— É claro que temos certeza. Faz dois anos que estamos lutando sem parar. Acho que eu sei como é a cara de um sarraceno — ele afirmou. E para criar mais efeito ele encarou Sir Hugh, como se sentisse sua covardia natural, e disse: — E você, sabe?

Sir Hugh olhou feio para Robard, porém não disse nada.

— E onde vocês estavam, exatamente? — perguntou o marechal.

— A menos de duzentos quilômetros a oeste da cidade. Ouvimos uma patrulha se aproximando e conseguimos nos esconder nos arbustos. Eles nos procuraram por um tempo, mas depois desistiram quando o comandante ordenou que eles remontassem.

Ele falou que eles precisavam voltar ao acampamento e se preparar para o ataque a Tiro — eu disse.

— E como você sabe o que um comandante sarraceno falou? — Sir Hugh se intrometeu.

Percebi que tinha cometido um erro. Não podia contar a eles sobre Maryam. Se contasse, eles nunca acreditariam. Precisava de uma mentira convincente.

— Estávamos acampando junto com um comerciante que viajava para Tiro. Ele falava árabe e entendeu o que o sarraceno dissera. — Cada vez que eu contava uma mentira, o rosto do abade surgia na minha cabeça. Ele ficaria decepcionado comigo por todas as mentiras que eu aprendera a contar com tanta facilidade. Uma pequena gota de suor escorreu de minha testa pela bochecha. Era impossível ler a expressão no rosto do marechal. Será que ele estava acreditando em mim?

— Marechal Curesco, ele está mentindo. Está tentando fabricar alguma história de ataque para encobrir seus crimes! Eu exijo que o joguemos na cadeia agora mesmo! — Sir Hugh obviamente estava entusiasmado com a ideia de me ver acorrentado.

O marechal Curesco virou para o sargento postado ao seu lado.

— Irmão Lewis, por favor chame uns poucos soldados e escolte esses rapazes até a cadeia. Segurem-nos até eu voltar do quartel-general do rei. Vamos resolver isto depois. Se de fato há sarracenos por perto, vamos precisar discutir nossa estratégia — ele disse.

O irmão Lewis gritou um comando, e eu ouvi o corredor atrás de mim se encher de soldados.

— O quê? — berrou Robard. — Vocês não vão me prender!

Ele começou a abrir caminho pelo corredor, porém os soldados o bloquearam.

Eu me voltei para o marechal Curesco.

— Marechal Curesco! O senhor não pode fazer isto. Estou dizendo a verdade! Por favor! — implorei.

— Talvez esteja. Mas não posso desconsiderar a palavra de outro marechal da Ordem. Prometo que você será mantido aqui só até eu voltar da conferência com o rei. Precisamos tratar dessa notícia sobre os sarracenos. Depois vamos discutir os fatos de sua história — ele disse.

Sir Hugh olhou feio para mim, mas seus lábios se curvaram num sorriso de contentamento. Eu sabia que nunca veria o marechal Curesco outra vez se Sir Hugh conseguisse o que queria.

Os soldados levaram Robard embora pelo corredor. Eles tinham apreendido seu arco e sua aljava. Dois outros entraram na sala e pegaram minha espada curta, cada um me segurando por um braço e me conduzindo em direção ao corredor.

— Senhor, por favor! — gritei, lutando para me soltar. Porém o marechal Curesco já estava entretido numa conversa com o irmão Lewis. Ele me dispensou com um gesto.

Fomos conduzidos para fora do saguão principal e dos portões da comendadoria, passando pelo guarda assustado que nos deixara entrar alguns momentos antes. Robard gritava e xingava, causando um grande tumulto, mas sem armas não havia nada que ele pudesse fazer. Os soldados o ignoraram.

— Então, parece que seu protetor abandonou você — Sir Hugh disse, num tom de provocação.

— Sir Thomas deve ter sofrido uma morte de herói, lutando com seus camaradas até o fim. Diferentemente de você, que parece ter dado um jeitinho de escapar de uma cidade sitiada e invadida. Como você conseguiu? Como fugiu de Acre? — perguntei.

— Minhas atividades não são da sua conta — ele disse. — Nem consigo expressar o quanto me agrada ver você cair. Sir Thomas era um tolo servil e pomposo. Contrariando minhas ordens na frente dos homens, fazendo tudo o que podia para sabotar minha autoridade e me envergonhar...

— Você não precisa da ajuda de ninguém para se envergonhar... — interrompi. Sir Hugh reagiu me empurrando com raiva para a rua. Cambaleei, mas não caí.

— Bem, parece que ele errou ao confiar em você. Olhe seu estado. Um fracassado, fácil de capturar e que provavelmente será enforcado, se minha opinião contar. E vai contar — ele disse.

Não respondi, embora com certeza teria votado contra ser enforcado.

Enquanto éramos arrastados em direção à cadeia, uma pequena multidão se formou nas ruas para nos ver passar. Por um instante, achei ter visto Maryam. Vi umas túnicas pretas espalhadas aqui e ali, porém não tive certeza. Podia ter sido qualquer pessoa.

A cadeia ficava a talvez uns dois, três quilômetros da comendadoria, e em pouco tempo entramos numa grande construção de terra. Dentro havia um único cômodo com uma mesa e um banco junto à parede da direita. Ao longo da parede dos fundos ficavam as celas — três cubículos construídos feito jaulas, cada uma fechada por barras de ferro, com uma pequena janela também com barras.

Nossas armas foram dispostas na mesa. Robard foi levado até a cela da esquerda. Os soldados o empurraram para dentro, fechando a porta com um estrondo. Robard se virou, cuspindo na direção deles, despejando xingamentos muito específicos, dizendo o que achava deles e de suas respectivas mães, mas ninguém lhe deu atenção.

— Agora, jovem escudeiro, você vai responder minhas perguntas, senão vai passar o resto dos seus dias ali dentro — disse Sir Hugh, apontando para a cela ao lado da de Robard. — Onde está? Ele está com você?

— Onde está o quê? — perguntei.

— Não brinque comigo, escudeiro — disse Sir Hugh. — Admiro sua coragem, mas agora me conte! — Ele arrancou o cobertor e a bolsa que estavam pendurados em meu ombro. Então andou até a mesa no meio da sala, sacudindo o cobertor e despejando na mesa o que havia dentro da bolsa.

— Onde está? — ele rosnou.

— Não faço ideia do que você está falando — respondi.

— Você acha que estou brincando, escudeiro? — ele disse, em tom de zombaria. Então fechou o punho e me acertou em cheio no rosto. Senti gosto de sangue na boca, mas não gritei.

Limpando o lábio, jurei não permitir que ele ganhasse nenhuma vantagem sobre mim.

— O que eu *acho* é que até uma freira bate mais forte que você. Tirando isso, não faço ideia do que você está falando. — Ver Sir Hugh reacendera um fogo dentro de mim. Pensei em Sir Thomas morrendo em seu posto. Então vi aquele covarde parado na minha frente. Ele tinha dado o fora antes de a última luta começar, provavelmente. Aquilo era demais para mim. Quincy e Sir Basil, dois dos homens mais corajosos que eu conhecera, provavelmente estavam mortos, e aquele verme achava que podia me vencer? Jurei que, não importando o que ele fizesse comigo, jamais contaria nada àquele homem.

Os olhos de Sir Hugh me perfuraram, mas eu continuei encarando-o firme, decidido a não piscar.

— Você vai me contar onde ele está. Agora — ele disse.

— Sir Hugh, Sir Thomas me mandou aqui para avisar a comendadoria que Acre tinha caído. Como eu expliquei ao marechal...

Sir Hugh me agarrou pela túnica, puxando meu rosto para perto do dele. Sua voz era um sussurro de raiva que ele mal conseguia conter.

— Você está com ele. Com o Graal. Sir Thomas estava com ele. Ele não teria deixado aquilo em Acre. Então deve ter dado a você. Estou falando para que você entenda. *Eu* vou ficar com ele! Agora você vai me contar onde ele está, ouviu?

— Sinto muito, o que você disse? — perguntei a Sir Hugh, meu rosto a uns poucos centímetros de sua boca. Ele fechou o punho outra vez, porém se conteve, me soltando como se alguma força externa de repente o tivesse feito recuperar a compostura. Esfregou as mãos no rosto, dando mais alguns passos de um lado para o outro.

— Está bem, escudeiro. Você venceu. Você tem o que eu quero. Mas acho que eu possuo uma coisa que você vai achar muito mais valiosa que o Graal.

— Você não tem nada de que eu precise, Sir Hugh — retruquei.

— Não faça um julgamento tão apressado, rapaz — disse ele.

Ele olhou para mim, seu rosto quase radiante, deliciando-se muito em prolongar aquele momento. Esperei em silêncio, decidido a não morder a isca.

— Eu sei quem você é, onde você nasceu, quem são seus pais, eu sei tudo.

Tentei não deixar que meu rosto demonstrasse nada, porém não consegui. Foi como se eu tivesse levado um soco forte no estômago. Minha visão se estreitou, e de repente achei difícil respirar. Então lembrei com quem eu estava lidando.

— Mentira. Você está mentindo — eu disse.

— Não, não estou mesmo — ele retrucou, numa voz tão baixa que só eu conseguia ouvi-lo. — Eu sei de tudo, pois é. Nós suspeitávamos de que você tinha sido deixado numa abadia ou num convento quando era bebê, mas não sabíamos direito qual. Procuramos você sem parar durante meses após seu nascimento, mas os monges conseguiram mantê-lo escondido. Não é fantástico eu ter trombado com você, por acaso, quinze anos depois? Foi Sir Thomas quem insistiu para pararmos em St. Alban naquela noite enquanto cavalgávamos para Dover. A princípio não achei nada incomum, mas quando você machucou meu cavalo e ele se interessou tão imediatamente por você, isso despertou minhas suspeitas.

— Está interessado agora? — ele perguntou, seu rosto ainda a poucos centímetros do meu.

Eu não disse nada.

— Demorou um pouco, mas consegui juntar todas as peças. Segui você até o estábulo naquela noite pretendendo lhe dar a surra que você merecia. Mas aquele monge imbecil apareceu. Sorte sua. Então Sir Thomas convidou você a vir conosco e eu soube que havia algo além do que meus olhos estavam vendo. Sir Thomas nunca aceitaria um escudeiro tão burro e incompetente.

— No dia seguinte mandei alguns homens a cavalo até a abadia. E descobri coisas interessantes — ele bravateou.

Lembrei então de quando vi Sir Hugh junto com os guardas do rei, em frente aos portões da comendadoria. Ele tinha mandado seus homens até a abadia? Com que intenção?

— Descobri muitas coisas. Os homens contam coisas interessantes quando seus dedos estão sendo quebrados. Agora eu sei de tudo, e vou lhe contar tudo. Basta você me contar onde escondeu o Graal. O cavaleiro a quem você jurou aliança fez você de bobo.

Eu estava tonto, desorientado. Não conseguia respirar. Sir Hugh tinha enviado homens até a abadia para torturar os monges e interrogá-los sobre mim? Por quê? Como era possível que eu fosse tão importante? Agora ele alegava ter informações sobre a única coisa que eu desejara saber minha vida inteira. Então as palavras de Sir Thomas voltaram a mim, e eu lembrei quem era o cretino que estava parado na minha frente. Um mentiroso, um covarde e um trapaceiro. Mesmo se eu contasse o que ele queria, ele me mataria de qualquer modo. Precisaria encontrar respostas em outro lugar. Ele provavelmente estava mentindo a respeito de tudo.

— Não — disse. — Vim aqui trazendo notícias de Acre...

Antes que eu terminasse de falar, Sir Hugh berrou de raiva, agarrando minha túnica e se preparando para me esmurrar com a outra mão. Nesse exato instante outro soldado entrou correndo na sala, me salvando de outro golpe.

— Sir Hugh, o marechal Curesco solicita sua presença no quartel-general do rei. Temos outros relatos confirmando que há patrulhas sarracenas no campo ao redor. Agora mesmo estão sendo traçadas ordens de batalha! — ele disse.

O rosto de Sir Hugh ficou pálido quando ele ouviu a menção a patrulhas sarracenas, revelando outra vez sua covardia.

— Não se preocupe, Sir Hugh — eu disse. — Ainda há bastante tempo para você fugir antes de a luta começar.

Sir Hugh rosnou outra vez, me arrastando pelo chão da cadeia, depois me jogando na cela ao lado da de Robard. Ele olhou feio para mim e então se aprumou.

— É claro — ele disse ao homem recém-chegado. Apontou para os dois outros guardas na sala. — Vocês fiquem aqui o tempo todo. Ninguém pode visitar nenhum dos dois. Ninguém pode nem entrar aqui sem ordens minhas. Entendido?

Dizendo isso, Sir Hugh e seus homens partiram, deixando apenas os dois guardas tomando conta de Robard e de mim. Eu não fazia ideia de como nos tirar daquele apuro.

O estado de Robard era indescritível. Ele andava de lá para cá na cela feito uma fera enjaulada, resmungando e xingando. Finalmente ficou em silêncio enquanto olhava primeiro para mim, depois para os soldados sentados do outro lado da sala.

— Você quer explicar? — ele perguntou, em voz baixa.

Fiz a Robard um breve relato de meu histórico com Sir Hugh.

— O que eu não entendo é como ele escapou de Acre. A cidade estava sitiada, sendo invadida. Os cavaleiros montavam uma última defesa no Palácio dos Cruzados — eu disse. Eu não falei a Robard sobre nada do que Sir Hugh oferecera me contar. Não era preciso complicar as coisas. Além disso, tinha certeza de que ele estava mentindo, de qualquer modo.

— Bem, eu com certeza não imaginava que iria parar na cadeia quando conheci você no bosque. Não estou gostando disso. Não estou gostando nem um pouco — disse. Ele estava irado. Acenei para que ele falasse mais baixo, apontando com a cabeça para os guardas sentados no banco, encostados na parede oposta. Eles pareciam entediados e desinteressados, mas eu não tinha dúvidas de que haviam sido instruídos por Sir Hugh a ficar atentos a qualquer conversa entre nós dois.

— Robard, sinto muito por ter envolvido você nisto — disse. — Jamais esperei encontrar Sir Hugh aqui vivo. Se os Templários pereceram defendendo Acre, ele deveria estar morto. E, no entanto, cá está ele. Deve ter dado um jeito de fugir escondido da cidade, ou então veio pelo mesmo caminho que eu.

Mas eu sabia por que Sir Hugh estava ali. Ele queria o Graal, pura e simplesmente. O que ainda não conseguia entender era como ele sabia que eu estava com o artefato. Sir Thomas disse que só uns poucos cavaleiros em toda a Ordem sabiam sobre o Graal, e eu não conseguia aceitar que ele houvesse revelado essa informação a Sir Hugh, por quem tinha tão pouca estima. A não ser que Sir Hugh soubesse do Graal antes de Sir Thomas. Ou de algum outro jeito tivesse sabido de sua existência, e que era Sir Thomas quem o guardava.

Algo me dizia que não era o caso. Não conseguia imaginar que um segredo sobre algo tão valioso e raro tivesse sido confiado a um mentiroso e trapaceiro como ele. Por meios certamente escusos, Sir Hugh seguira o rastro que levava até mim. Agora mais do que nunca precisava dar um jeito de transportar o Graal para um lugar seguro.

Robard continuou andando de um lado para o outro. Avancei até o canto da cela e sentei-me torto, apoiado na parede. Logo as sombras ficaram mais escuras e o crepúsculo invadiu as janelas. Quando a escuridão chegou, um dos soldados acendeu uma lamparina que estava sobre a mesa, preenchendo a sala com uma luz fraca. Robard e eu ficamos em silêncio por um bom tempo, pensando.

— Na rua, enquanto estávamos sendo trazidos para cá, achei ter visto Maryam olhando. Quem sabe ela vai...

— Nem mencione o nome dela — interrompeu Robard. — Ela não tem mais obrigação alguma de nos ajudar, de qualquer modo. Ela já foi embora faz tempo. Se vamos dar o fora daqui, teremos que fazer isso sozinhos. Nunca mais veremos a Assassina.

Bem na hora certa, o rosto de Maryam apareceu na janela da cela de Robard e ela disse num sussurro:

— Olá, arqueiro. Sentiu minha falta?

## 28

O brilho fraco da lamparina nos fornecia apenas luz suficiente para distinguir o vago contorno do rosto de Maryam na janela. Quedei-me quase sem palavras, e Robard ficou petrificado como se tivesse visto um fantasma.

— Não pare de se mexer, seu idiota! Continue andando de um lado para o outro como estava fazendo antes, senão os guardas vão desconfiar — ela sibilou.

Embora assustado, Robard voltou a andar de um lado para o outro, resmungando entre os dentes. Ele ainda soltou uns poucos xingamentos e reclamações para os guardas.

— Tristan, estou prestes a distrair os guardas. Fique pronto! — ela sussurrou.

— O quê? Espere... O que você vai...? — Mas ela sumira antes que as palavras saíssem de minha boca.

Durante longos minutos nada aconteceu. Robard continuou andando de um lado para o outro, e eu permaneci sentado no canto da cela como se estivesse prestes a cair no sono. Os guardas ainda estavam sentados no banco do outro lado da sala, falando em voz baixa.

A entrada da cadeia não tinha porta ou tinha sido arrancada, ou então não tinha conserto e fora removida. Uns poucos minutos após Maryam ter surgido em nossa janela, vimos um maço fumegante de juncos secos surgir voando pela entrada, aterrissando no meio da sala. Os juncos deviam estar cobertos de sebo e embebidos em água ou lama, pois em vez de ser devorados pelas chamas só faziam fumaça, que começou a preencher a sala.

Os guardas ficaram de pé num pulo, gritando. Um correu até o meio da sala, pisoteando o maço numa tentativa de apagar as chamas, que cuspiam faíscas. A fumaça continuou brotando dos juncos e o homem começou a tossir. Então mais duas tochas entraram voando, caindo aos pés dele. A fumaça subia em tranças à sua volta, e mesmo à luz fraca da lamparina ele estava quase invisível.

Agora ambos os homens estavam berrando, enquanto a fumaça engrossava. Aquilo logo chegaria à nossa cela e não conseguiríamos respirar. A lamparina na mesa de repente se apagou, deixando a sala no escuro, exceto por umas poucas sombras trêmulas projetadas pelas chamas. Ouvi um xingamento em voz baixa, e depois um dos guardas soltar um grito de dor. Ouvi uma espada sendo sacada, então um som de aço batendo, seguido de mais xingamentos e gritos.

Em meio àquela confusão e todo o barulho, uma figura envolta em sombras surgiu na porta da minha cela, e alguns segundos depois a abriu. A figura avançou até a cela de Robard e a porta dele abriu-se também.

— Venham! — gritou Maryam. — Por aqui!

— Espere! — gritei atrás dela. Precisava pegar a bolsa e as espadas.

A fumaça era desnorteante, mas eu tinha uma noção geral de qual era a direção certa. Não estava vendo Maryam nem Robard, mas ouvi os dois avançando em direção à entrada. Rapidamente atravessei a sala até a mesa onde estavam nossas armas e os suprimentos. A meio caminho de onde eu achava que a mesa estaria, tropecei em alguma coisa, caindo direto no chão. Era um dos guardas. Ele não se mexeu, e por um instante temi que Maryam o tivesse matado. Porém um gemido brotou de seus lábios e eu percebi que ele só estava zonzo. Consegui ficar de pé, mancando o resto do caminho até a mesa. Tateando, agarrei a bolsa, jogando-a depressa por cima do ombro.

Passei as mãos pela mesa, encontrando e recolhendo minhas espadas. Comecei a avançar em direção à saída, então lembrei do arco e da aljava de Robard. Pegando-os, e também nossos sacos de dormir, fui seguindo com o ombro encostado na parede até alcançar a entrada.

Robard e Maryam estavam esperando logo em frente à passagem. Era bom respirar o ar fresco da noite. Entreguei a Robard o arco e as flechas, e saímos correndo sem perder tempo.

Avançando apenas uns poucos metros na rua, ouvimos os gritos dos guardas que saíam da cadeia fumegante. Deram berros altos, soando o alarme, e corremos mais depressa. Maryam nos conduziu seguindo a rua, virando no primeiro cruzamento. Disparando até chegarmos ao beco seguinte, corremos por ele e depois por outro, até que os gritos dos guardas tivessem sumido. Chegando perto da entrada de outra rua, espiamos com cuidado uma via principal iluminada por tochas a cada poucos metros. Uns poucos fogos ainda ardiam nos fornos e nas chaminés de barro que havia em frente às casas que ladeavam a via. Não vimos ninguém em nenhuma direção.

Prendendo nas costas a espada de batalha de Sir Thomas, pendurei a espada curta no cinto.

— Robard, sinto muito pelo que aconteceu. Eu nunca esperava encontrar Sir Hugh em Tiro — eu disse.

— Depois discutimos isso. Primeiro vamos escapar — ele disse.

— Concordo. Vamos direto para as docas. Deve haver tavernas lá, e onde há tavernas há marinheiros. Devemos conseguir encontrar lugar num navio. Sir Thomas me deixou algum dinheiro, o bastante para voltarmos para a Inglaterra. Maryam, você pode nos guiar até lá? — eu pedi.

— Sim, mas precisamos ir depressa. Estes guardas vão voltar para a comendadoria e trazer ajuda. As docas são o primeiro lugar onde eles vão procurar. Os portões da cidade ficam fechados à noite, por isso não podemos sair por lá a não ser que escalemos as muralhas, que são vigiadas. Vamos — ela disse.

Maryam começou a correr pela rua.

— Espere! — gritei.

Ela parou.

— Antes preciso pegar uma coisa. Hoje à tarde enterrei algo no beco. É muito valiosa e preciso recuperá-la. Você pode nos guiar até lá primeiro?

À luz fraca das tochas e fornos, vi os olhos de Robard se estreitarem.

— Achei que você tinha dito que trazia mensagens e ordens para os Templários em Tiro — ele disse.

— Eu disse. Eu trouxe. Estou trazendo. Ou estava — repliquei. Tinha torcido para ele não fazer aquelas perguntas.

— Você não deu nada para o marechal. Você enterrou as ordens? O que você tinha que não queria que os Templários daqui vissem? — ele perguntou.

— É uma longa história. Cheia de intriga, com muitos desdobramentos — exagerei. — Por enquanto, digamos apenas que eu estava cumprindo ordens. Assim que for possível vou explicar tudo.

Agora, no entanto, sugiro que continuemos fugindo. — Torcia para estar sendo convincente, mas também para que Robard esquecesse minha promessa de explicar depois. Eu jurara a Sir Thomas que não contaria a ninguém.

O rosto de Robard continuou confuso, mas então ele deu de ombros.

— Não sei se eu já disse isso, mas precisamos correr! — Maryam interrompeu. — Se você quer voltar àquele beco, é por aqui.

Partimos a passos acelerados. Correr só ia chamar atenção, e queríamos ser invisíveis. Cruzando outra vez o mercado, agora quase deserto, logo reconheci a rua que tínhamos percorrido mais cedo a caminho da comendadoria. Andamos com cuidado entre as barracas e carroças, parando de vez em quando para garantir que não havia soldados nem guardas na área. Tudo estava em silêncio.

Uns poucos minutos depois, estávamos bem na entrada do beco.

— É aqui — disse Maryam.

O beco ficava entre dois grandes prédios de pedra. Presa à parede de cada prédio havia uma tocha acesa, iluminando a rua onde estávamos. Peguei uma das tochas e, segurando-a bem alto à minha frente, comecei a avançar pelo beco.

Tudo parecia diferente no escuro. A tocha lançava sombras bruxuleantes nas paredes, e por um instante fiquei convencido de que estava no lugar errado. Por fim avistei a marca que fizera na parede. Ajoelhei-me, cravando no chão a ponta da tocha, cavando a areia com as mãos.

Uns poucos centímetros abaixo da superfície, encontrei o anel e a carta de Sir Thomas. Enfiei-os na bolsa e continuei cavando. Enquanto eu ia tirando mais areia, depois mais ainda, uma vertigem começou a crescer no meio de minha barriga. Fui cavando a areia freneticamente, até acabar abrindo um buraco enorme. O Graal tinha sumido.

Sentado, senti enjoo e tontura. Por mais impossível que parecesse, alguém tinha descoberto onde eu escondera o Graal. Mas não fazia sentido. Se a pessoa tinha levado o Graal, se o considerara valioso, por que não pegar também o anel? Ele também renderia um bom dinheiro. Tinha certeza de que colocara o Graal em cima do anel e da carta. Mas será que tinha mesmo? Alucinado, cavei um pouco mais o buraco, mas era inútil. O Graal não estava mais lá.

Fiquei ali, abismado demais para me mexer, dando-me conta de que alguém devia ter me seguido. Ou então alguém me avistara no beco. De um jeito ou de outro, alguém tinha me visto enterrar o Graal, tinha-o desenterrado e levado embora para sempre. Eu falhara. Fizera uma promessa a Sir Thomas e falhara.

Então ouvi um rosnado atrás de mim. Era um ruído baixo, e me assustou. Agarrei a tocha e fiquei de pé num pulo. Minha outra mão voou até a espada no cinto. Virei-me para ver o que mais podia dar errado naquele dia especialmente ruim.

Uma cadela, a que eu tinha visto naquela tarde, pequena e dourada, estava ali no beco. Na boca ela trazia o Graal ainda embrulhado no linho. Quando estendi a mão para pegá-lo, a cadela recuou, rosnando.

— Boa menina. Cachorrinha linda. Pode me dar o Graal, por favor? – implorei. Estendi a mão outra vez, e a cadela deu mais uns passos para trás. Meu tempo estava acabando. Por mais que eu tentasse, o animal se recusava a abrir mão de seu prêmio. Desesperado, pus a mão dentro da bolsa. No fundo encontrei um pedaço de tâmara que não tinha visto antes quando alimentara a cadela. Eu tirei o pedaço e o ofereci a ela.

Devagar, ela deu um passo à frente e soltou o Graal com cuidado aos meus pés, engolindo a tâmara de uma só vez.

# 29

Fui tomado de alívio ao me agachar e agarrar o Graal com as duas mãos. A cadela lentamente deitou de costas, com as patas no ar, dando um gemido fraco. Eu estava quase chorando, mas fiz um bom carinho em sua barriga. Desembrulhei o linho para conferir se era o mesmo Graal que eu tinha visto algumas noites atrás, e fiz uma prece de agradecimento.

— Boa menina — disse. A cadela começou a bufar, mas claramente estava adorando o carinho na barriga. — Boa menina.

Ela lambeu minha mão, depois encarou-me com um olhar de expectativa.

Despejando o que havia dentro da bolsa, coloquei o Graal no compartimento secreto. Jogando tudo de volta lá dentro, agarrei a tocha, voltando por onde tinha vindo. A cadela veio acompanhando do meu lado. Eu parei.

— Fique aí, menina. Você não pode vir comigo.

O animal sentou-se, olhando-me cheio de expectativa. Seu rosto era uma massa de pelos dourados e fofos. Seus olhos de ternura e inteligência eram castanho-escuros, e nunca se esquivavam ao meu olhar.

— Não posso levar você junto, cachorrinha — eu disse.

Comecei a subir o beco e mais uma vez a cadela veio andando bem do meu lado. Parei de novo e ela sentou-se na mesma hora. Recomecei a andar. A cachorra recomeçou também.

— Menina, fique aí! — eu disse, tentando falar baixo, mas já meio impaciente.

Comecei a subir o beco depressa e ela outra vez veio seguindo ao meu lado. Nada que eu tentei deu certo. Parecia que eu ganhara outra companheira.

Robard e Maryam estavam bem onde eu os deixara, parados um de cada lado do beco, de olho na rua. Ambos me observaram conforme eu me aproximei da entrada do beco. Robard notou a cadela primeiro.

— O que é isso? — ele perguntou.

— Uma cadela.

— Isso eu estou vendo! O que você está fazendo com ela? — ele disse.

— Acho que a questão é o que ela está fazendo comigo — respondi. — Tentei fazê-la ficar, mas ela parece teimar que precisa vir conosco.

Robard bufou de desprezo, mas Maryam se ajoelhou, coçando atrás das orelhas da vira-lata e rindo quando a cadela pulou em cima dela, lambendo-lhe seu rosto. Era a primeira vez que eu ouvia Maryam dar aquela risada marota.

— Algum sinal dos homens de Sir Hugh? — perguntei.

— Nenhum — respondeu Robard.

— Vamos andando. Precisamos chegar às docas — eu disse.

Maryam ficou de pé, e sem ninguém à vista saímos do beco. Ela nos guiou por um caminho pavimentado com pedrinhas, onde cruzamos outro beco. Cortando de um lado para o outro, cruzando aquelas ruas tortas, sinuosas, não demorou muito até eu estar totalmente perdido. A cadela veio trotando ao nosso lado o tempo todo, parecendo muito contente com nossa companhia.

A cidade estava tranquila à noite, mas eu ouvia barulhos de gente conforme passávamos por tavernas e casas. Risadas e gritos vazavam no escuro, mesclando-se aos cheiros picantes dos fogões e fornos. Era um agradável contraste com a atividade incessante das horas diurnas.

Por fim, saímos de um beco e diante de nós estava o porto. Era um lugar de aparência precária, com uns poucos prédios decrépitos se estendendo ao longo da praia. Um cais comprido de madeira avançava para dentro da água, perpendicular à rua. Uma única chalupa estava amarrada a ele. Na baía eu vi vários navios ancorados, flutuando de leve nas ondas iluminadas pelo luar.

Lembrando de minha primeira viagem marítima para o Ultramar, não tinha vontade de embarcar num navio outra vez. Meu estômago se revirou só com a ideia. Porém um navio me levaria mais rápido para casa e tiraria o Graal de minhas mãos. Tomar a rota terrestre levaria meses e seria bem perigoso. Além disso, não saberia nem mesmo como encontrar a rota terrestre, e minhas opções eram limitadas. Eu precisava de um navio.

— E agora? — perguntou Maryam.

Na verdade, eu não fazia ideia. Meu plano tinha sido chegar ao porto durante o dia. De dia eu poderia dar uma boa olhada nos navios ancorados e perguntar às pessoas nas docas quem podia nos fornecer um bom barco por um preço justo. Agora nossa situação era mais desesperadora. Sem dúvida, Sir Hugh e seus soldados estavam vasculhando a cidade à nossa procura. O único jeito era encontrar um navio que pudesse partir imediatamente.

— Precisamos achar um capitão. Sugiro procurarmos primeiro ali. — Apontei para uma velha construção arruinada e malcuidada, que ficava a pouca distância. Vazava luz pelas janelas, e ouvi o burburinho de vozes exaltadas lá dentro. Uma placa pendurada acima da porta dizia "O Figo Dançante" em inglês, com algumas palavras em árabe escritas embaixo. O lugar não parecia nada convidativo. A porta se abriu de repente e um homem saiu cambaleando, tropeçando alguns passos antes de cair de cara no chão de terra. Ficou ali jogado, gemendo por um tempo, depois conseguiu ficar de pé. Soltando um poderoso arroto, foi seguindo a rua.

Robard e Maryam olharam para a taverna, depois um para o outro, depois para mim. A cadela deu um gemido baixo e se estendeu no chão, ganindo e rosnando.

— Você vai entrar aí? — Robard perguntou.

— Vou.

Robard balançou a cabeça e deu um risinho abafado.

— Não dê risada. Você vai comigo. — Eu não pretendia entrar naquele lugar sem alguém que me desse cobertura.

— Oh, não se preocupe. Eu não perderia isso por nada neste mundo — ele disse.

— Maryam, será que você pode esperar aqui e ficar de vigia? Dê um grito se alguém aparecer. Além disso, não acho que o "Figo Dançante" seja lugar para uma... bem... digamos que provavelmente é melhor Robard e eu entrarmos sozinhos.

Maryam sorriu e concordou em esperar. Dando uns passos para longe, ela se postou sob o batente de uma porta, assim tendo uma boa visão da rua em ambas as direções. A cadela foi atrás e se aninhou aos pés dela.

Entreguei a Robard minha espada curta.

— De perto, isso vai ser mais útil que um arco ou uma adaga — disse a ele.

Ele segurou a espada diante de si, como se eu tivesse lhe dado um buquê de flores ou um gatinho.

— O que você vai usar?

— Ainda tenho a espada de batalha. — Ajustei-a para que ficasse num ângulo melhor em minhas costas, mais fácil de desembanhar.

Robard entendeu minha sugestão e afivelou a espada curta ao redor da cintura.

— Vamos? — perguntei.

Entrando no "Figo Dançante", descobrimos que por dentro era ainda pior que por fora. O cheiro nos atingiu feito um soco no rosto, uma combinação nojenta de cerveja derramada, carne queimada e homens sem tomar banho. Meus olhos começaram a marejar, e abanei com a mão na frente do rosto por alguns instantes até me acostumar com o fedor.

Estava meio escuro lá dentro, com a luz de umas poucas lamparinas espalhadas aqui e ali ao longo das paredes. Algumas velas estavam acesas, postas nas poucas mesas que ocupavam a parte principal do salão. Na parede de trás, havia um balcão de madeira com uma porta aberta atrás dele. Um homem de cabelos escuros estava parado atrás do balcão, e nos examinou quando entramos.

As mesas estavam quase todas ocupadas. Umas poucas tinham um único homem bebendo sozinho. Algumas estavam rodeadas de pequenos grupos conversando em voz alta. Ninguém, exceto o homem atrás do balcão, prestou atenção em nós.

— E agora? — sussurrou Robard.

Eu não respondi, atravessando o salão até o balcão do bar. Robard ficou do lado da porta, sem tirar os olhos dos ocupantes do salão principal.

O homem ficou olhando eu me aproximar, porém sua expressão não se alterou em momento algum. Suas pálpebras eram pesadas, e ele parecia cansado, sem nenhum interesse em qualquer coisa que eu tivesse a dizer. A não ser que eu quisesse comprar cerveja, ele não parecia ter vontade alguma de conversar comigo.

— Com licença, senhor. Estou procurando vaga num navio que parta de Tiro, se possível para a Inglaterra. O senhor conhece alguém que possa me ajudar?

O homem olhou para mim, depois para Robard ainda parado junto à porta, e não disse nada.

— Com licença. Estou procurando um navio — falei mais alto desta vez.

Ainda nada.

Uma ideia me ocorreu. Pus a mão na bolsa, procurando o saco de moedas que Sir Thomas me dera. Encontrei uma moeda pequena e a pus no balcão na minha frente.

A mão do homem abocanhou a moeda feito uma naja, mas eu segurei o pulso dele enquanto seus dedos agarravam o dinheiro. O homem olhou feio para mim, apertando os olhos, mas eu continuei encarando.

— Um navio?

Ele apontou com a cabeça para um homem sentado numa mesa pequena, perto da parede oposta. Soltei o pulso dele, e ele guardou a moeda depressa em algum lugar atrás do balcão.

— Obrigado — eu disse.

Apertando-me entre as mesas e cadeiras, avancei até o homem que estava sentado na mesa da parede. Ele era velho, de cabelos brancos, ou cabelos que talvez tivessem sido brancos um dia, mas agora estavam cobertos de terra e sujeira. Ele vestia uma camisa simples e calças de lã, porém era impossível dizer qual a cor de suas roupas, de tão gastas e sujas que estavam. Ele fedia como se já tivesse entornado um bom tanto de cerveja, e de fato havia uma jarra escura junto a um pequeno copo na mesa diante dele.

Ele ergueu o rosto quando cheguei à mesa, descendo uma das pálpebras enquanto tentava focalizar seu olhar em mim.

— Quem é você? — ele perguntou.

— Disseram-me que você tem um navio. Estou à procura de transporte para mim e meu amigo. Posso pagar. Porém precisamos partir agora mesmo. Ainda esta noite, se possível, no máximo de manhãzinha. Você pode me ajudar?

— Um navio, é? Sim, eu tenho um navio. E um belo navio, pois é. E vou partir amanhã. Amanhã sem falta. Você tem dinheiro? — Ele apertou os olhos outra vez.

— Sim, tenho dinheiro para nós dois. Quanto vai custar?

Ele me disse o preço e eu dei risada. Ele queria uma quantia absurda. Tentou outra vez ajustar o foco com o outro olho, mas este parecia não estar funcionando direito, por isso ele apertou os dois olhos de novo.

— Obrigado. Acho que vou perguntar em outro lugar. — Virei-me como se pretendesse ir embora.

— Espere aí, rapazola. Quem sabe dá para discutirmos o preço. Se você estiver disposto a colaborar nos remos quando o vento estiver fraco, ajudar o resto da tripulação a carregar e descarregar, podemos dar um jeito — ele disse.

Eu parei. Nunca fizera nada parecido com aquela negociação antes, mas sabia que não devia ceder fácil.

— Se fizermos como você diz, então quanto? — eu perguntei. Ele disse.

— Esse preço é absurdo. Vou procurar em outro lugar, obrigado.

— Espere! Está bem. Certo! Se você me pagar adiantado podemos fazer um acordo — disse ele.

— Eu pago metade agora, o restante quando chegarmos ao nosso destino — retruquei. — E dou cinco moedas a mais se formos para o navio agora, imediatamente, e içarmos âncora.

O homem, cujo nome ele me disse ser Denby, pensou por um minuto. Pelo menos achei que ele estava pensando. Podia muito bem estar dormindo, pelo tanto de cerveja que havia bebido. Ele então apontou para um grupo de homens sentados numa mesa no canto, tão imundos quanto ele.

— Essa é a tripulação — ele disse. — Vou ter que convencer todo mundo.

— Faça isso — eu disse. — Diga a eles que há trinta regimentos de sarracenos prestes a atacar Tiro a qualquer momento. Depois disso a cidade fechará seus portões. Ninguém vai entrar nem sair.

A cabeça de Denby se endireitou, com seu único olho agora bem focalizado em mim.

— Isso é verdade? — ele perguntou.

— Sim, é verdade. Se vocês não partirem hoje, vão correr o risco de ficar presos numa cidade sitiada.

Denby se recostou na cadeira. Parecia doloroso para ele ter que se concentrar tanto.

— Então pode ser — disse pegando a jarra da mesa, primeiro sacudindo-a, depois virando-a sobre o copo. Não saiu nada. — Acabou minha cerveja e meu dinheiro.

Ele demorou um tempinho para ficar de pé, até garantir que estava equilibrado e não ia desmoronar. Então andou cambaleando até a mesa, falando com os homens em voz baixa. Houve alguns resmungos, e também xingamentos e uma breve troca de palavras acaloradas, mas após alguns instantes os três homens terminaram a bebida, ficaram de pé e avançaram até a porta.

Denby cambaleou de volta até mim.

— Se você e seu amigo estiverem prontos, podemos ir agora. Nossa chalupa está amarrada no cais lá fora. Pode me dar o dinheiro agora — ele disse.

— Eu dou o dinheiro quando estivermos em seu navio e a caminho, não antes disso — respondi.

Ele apertou os olhos de novo.

— Estou começando a achar que você não confia em mim.

— Vamos logo — respondi.

Denby atravessou o salão aos tropeços, mal conseguindo manter-se de pé até alcançar a porta. Saiu da taverna olhando só de relance para Robard, que me encarou com os olhos arregalados, como se imaginasse se eu era louco o bastante para contratar um capitão bêbado. Dada a condição de Denby, já dava para imaginar como seria o tal navio. Mas precisávamos partir, e não tínhamos muita opção.

— Por favor me diga que sabe o que está fazendo — Robard sussurrou para mim enquanto saíamos do "Figo Dançante".

— É claro. Está tudo sob controle. Acabo de conseguir vaga para nós num navio para a Inglaterra. Partimos ainda hoje — eu disse a ele.

— Não vou para nenhum lugar com esse bebum — ele respondeu.

— Robard, eu sei que não é perfeito. Mas precisamos fugir depressa. Venha comigo. Posso pagar pela viagem de nós dois. Se você ficar aqui, Sir Hugh pode capturar você, ou você vai levar meses para voltar para casa por terra. Com sorte podemos estar de volta à Inglaterra em umas poucas semanas.

Robard ficou imóvel. No cais, Denby e seus homens tinham embarcado na chalupa e estavam prontos para partir. Eu esperei, torcendo para ele concordar. Torcendo para não ter que implorar que ele viesse comigo.

Mas tomaram a decisão no lugar dele, pois nesse exato instante, Maryam veio correndo até nós.

— Os guardas! — ela disse. — Os guardas estão vindo!

# 30

Eles estão na outra ponta na rua, avançando devagar e vasculhando os becos. São pelo menos seis soldados. Vão estar aqui em minutos. — Aos pés dela, a cadela gemia, rodeando nossas pernas como se quisesse nos fazer seguir numa direção, qualquer direção, contanto que fosse para um lugar seguro.

— Robard? O que você diz? Você vem comigo? — perguntei.

— Bem, agora não tenho muita escolha — ele disse com um certo desgosto, começando a avançar pelo cais onde a chalupa estava amarrada.

— Você não vai dizer adeus? — Maryam gritou atrás dele.

Ele virou-se com uma expressão confusa no rosto.

— Eu já disse adeus uma vez. Boa sorte para você, Assassina. Obrigado por nos resgatar da cadeia — ele disse. — E por não nos matar.

— Adeus, arqueiro. Continue praticando com esse arco. Você não pode contar com a sorte toda vez — ela disse.

O rosto de Robard ficou vermelho, e ele resmungou algo que eu não escutei e foi seguindo pelo cais com passos duros, entrando no barco.

Maryam sorriu enquanto ele se afastava.

Fui atrás de Robard, e Maryam veio andando depressa ao meu lado. A cadela ainda rosnava e gemia conforme nos aproximávamos do barco.

— Bem, Maryam... Diferentemente da última vez, acho que agora é adeus mesmo. Obrigado por vir nos socorrer — eu disse. — Por favor, cuide-se. Espero que, enfim, algum dia quem sabe nos encontremos de novo.

— Adeus a você, misterioso Tristan dos Templários. Saiba que os Templários são muito temidos entre o meu povo. Torço para que você ainda dê muito orgulho à Ordem. Você é corajoso, porém, mais importante que isso, você é nobre. Acho que a luz de Alá ilumina você. Tome cuidado, amigo — ela disse.

Agora estávamos ao lado da chalupa, e de repente Maryam esticou os braços e me abraçou com força. Seus braços prendiam meus ombros e meu rosto ficou apertado contra os cabelos dela, que ainda cheiravam a sândalo. Fiquei zonzo e um pouco constrangido. Não sei quanto tempo ficamos parados ali, mas foi como se tivesse passado uma hora. Por fim, a tripulação e o capitão que estavam esperando no barco, e também Robard, começaram a dar umas tossidas de desconforto. Maryam me soltou, tocando meu rosto com a mão. Senti minhas bochechas arderem, parado ali sem palavras, sem saber o que fazer agora.

— Tristan — disse Robard. — Tristan... Tristan!

Finalmente despertei.

— Sim?

— O barco. Precisamos fugir. Os homens malvados estão atrás de nós, lembra? — Ele deu um sorrisinho afetado.

— Ah. Sim. É claro — respondi, embarcando na chalupa e sentando ao lado de Robard. A cachorra começou a ganir e por fim soltou vários latidos baixos. Ela avançou até a beira do cais, como se quisesse pular dentro do barco junto comigo.

— Não, menina. Fique aí — eu disse a ela. Mas ela apenas gemeu mais.

O capitão empurrou a chalupa com um remo. A tripulação começou a remar, e aos poucos ficamos paralelos ao cais. Maryam e a cadela nos acompanharam por um tempo.

Veio um grito lá do fim do cais.

— Pare! Não dê mais um passo — uma voz berrou do escuro. Eu logo reconheci a voz fina de Sir Hugh. Ouvi o som de pés correndo pelo cais. Maryam estava encurralada.

— Volte! — gritei para o capitão.

— Não, senhor — ele disse. — Não quero encrenca com esses soldados.

Olhei outra vez para o cais. Maryam estava paralisada, e a cadela pulava e latia conforme os homens se aproximavam.

— Robard, você precisa detê-los — eu disse.

Robard ficou de pé e empunhou o arco num único movimento. Em segundos ele tinha tirado uma flecha da aljava, então fez mira e disparou na direção dos soldados. A flecha caiu a cerca de um metro na frente de Sir Hugh, que pela primeira vez na vida estava liderando um ataque. Tudo bem que era um ataque a uma única garota e uma cachorrinha, mas ainda assim ele estava à frente.

Quando a flecha cravou-se no cais, ele parou derrapando.

— Parem imediatamente! Em nome dos Cavaleiros Templários eu exijo que vocês voltem agora mesmo! — ele gritou.

Robard respondeu com outra flecha, que foi cair ainda mais perto. Sir Hugh deu vários passos para trás e latiu uma ordem para seus homens.

— Balestras! — ele disse.

Agora estávamos em apuros.

Os soldados embainharam as espadas, sacando suas balestras de trás das costas. Começaram a carregar os tiros. Nosso tempo estava acabando. Nossa única vantagem era o fato de que as balestras são difíceis de carregar. Depois que elas soltam um tiro, pode levar um minuto ou mais para recarregar.

Maryam sacara suas adagas e estava agachada na ponta do cais, pronta para morrer lutando. A cadela latia, furiosa. A tripulação começara a remar com força de verdade, e fomos nos afastando do cais.

— Volte! — gritei outra vez para o capitão.

— Não, rapazola — ele disse.

Saquei minha espada e a encostei em seu pescoço. Ele engoliu em seco e seus homens pararam de remar.

— Dou dois segundos para você mudar de ideia — eu disse a ele.

— Inverter! Para o cais! — ele gritou para a tripulação.

Ele devia ter pago bem os homens, pois eles não hesitaram, invertendo os remos, e lentamente recuamos na direção do cais.

— Robard! Cuidado com as balestras! — Tentei manter um olho em Maryam e o outro no capitão, para o caso de ele mudar de ideia.

O primeiro tiro de balestra veio assobiando na direção do barco, acertando a lateral, mas sem causar estrago algum.

Robard disparou outra flecha, e um segundo depois ouvi um grito de um dos soldados e o vi cair de joelhos no cais. Ainda estávamos a uns três metros de Maryam.

— Maryam, estamos chegando! — gritei para ela.

Ela olhou para nós e depois para os homens, ainda a vários metros de distância mais adiante no cais. Sem dizer uma palavra recuou um pouco, saiu correndo e deu um grande salto, caindo dentro do barco.

— Cuidado! — o capitão berrou.

Maryam aterrissou em cima de Robard e de mim. Por sorte Robard não estava pronto para atirar, senão ela poderia ter sido atravessada por outra de suas flechas. Nós três fomos parar amontoados no chão da chalupa. O barco balançou de um lado para o outro, e por um instante achei que fôssemos emborcar, mas depois ele ficou estável.

— Vai! — eu gritei.

O capitão e a tripulação remavam furiosos. Sir Hugh e seus homens alcançaram a ponta do cais. Dois deles se ajoelharam depressa, fazendo mira com as balestras. Empurrei Maryam para o lado e nós dois nos agachamos atrás da amurada do barco.

Robard, no entanto, ficou de pé, sacou outra flecha da aljava e a disparou no cais. A flecha acertou uma estaca a uns quinze centímetros da cabeça de Sir Hugh. Maldito azar. Ele deu um grito, surpreso, e correu para trás dos soldados.

A cada segundo ganhávamos distância. Outro tiro de balestra veio assobiando em nossa direção, mas errou de novo, caindo na água além da proa.

Notei algo se mexendo na água perto do cais que chamou minha atenção. Era a cadela. Ela tinha pulado do cais e estava nadando em nossa direção.

Maryam também viu.

— Tristan, veja! — ela disse, apontando.

— Estou vendo — eu disse. — Capitão!

— Não vou voltar outra vez, não com essas balestras apontadas. Pode me matar se quiser, mas não vou arriscar minha vida e minha tripulação por um vira-lata! — ele disse.

A cadela vinha boiando na água, lutando com todas as forças para nos alcançar.

Estávamos quase fora do alcance das balestras.

Sem pensar, fiquei de pé, desafivelei a espada, soltei a bolsa no chão e mergulhei na água. Eu era um nadador razoável, tendo aprendido no rio perto da abadia, porém fazia um bom tempo que não nadava.

Fui avançando depressa, abrindo a água com os braços, tentando manter a cabeça erguida e a cadela em vista. Foi difícil e eu submergi algumas vezes para confundir os atiradores, mas aos poucos fui vencendo a distância.

Quando alcancei o animal, ele estava quase exausto. Agarrei-o num braço e virei na direção do barco. Estava ao alcance das balestras, e embora estivesse totalmente desnorteado na água, ouvia Sir Hugh gritando:

— Atirem nele! Atirem nele!

Os tiros passaram assobiando e caíram à minha volta na água, mas por milagre nenhum deles me acertou.

Fui remando com um dos braços, no outro prendendo bem firme a cadela, batendo furiosamente os pés. Meio longe, ouvi Robard gritando com o capitão, porém eu estava cansado e o barco se afastava cada vez mais.

Fui puxado para baixo d'água uma vez, depois outra. Cada vez eu voltava à tona, irrompia cuspindo água. Estava com câimbras nas pernas e não tinha mais força. Exausto e sem saber direito se ia conseguir, emergi a uns poucos metros de distância do barco. Com os últimos restos de minhas forças, agitei energicamente as pernas. Não foi suficiente.

Senti uma coisa dura me acertar no ombro. Levantando o braço, segurei num pedaço de madeira e fui arrastado pela água. Era Robard apoiado na amurada do barco, puxando-me com seu arco.

Mãos me ergueram e me passaram por cima da amurada. Desabei no chão, com Robard me segurando pelos ombros. Ele gritou para o capitão avançar logo, e Maryam tirou a cadela de meu braço. Ela a pôs no assento à nossa frente, e a cadela sacudiu a água dos pelos, olhando para mim e latindo feliz, abanando seu rabinho minúsculo. Pulou em meu colo, lambendo enlouquecida o meu rosto. Não consegui evitar uma risada.

Quando consegui levantar a cabeça, voltei o olhar para o cais e vi Sir Hugh andando de um lado para o outro, berrando para seus homens que "encontrem um barco!", mas eles ficavam cada vez menores conforme nos afastávamos do embarcadouro.

Estávamos salvos, afinal.

# No mar

# 31

A tripulação foi aumentando o ritmo conforme os remos cindiam a água. Passamos pelos navios ancorados, contornando diversas galés e barcas, até chegarmos ao último navio, o que estava ancorado mais longe da praia. Bom, pelo menos o capitão *chamava* aquilo de navio. A coisa mal parecia capaz de boiar. Tudo bem que a iluminação era ruim. A lua tinha baixado, e apenas uma pequena chama vinha da tocha que o capitão acendera. Conforme nos aproximamos, vi que era verdade. O navio era uma porcaria.

Para começar, era pequeno. Muito pequeno. Um quarto do tamanho de um navio templário, de muito baixo calado, por isso flutuando bem alto na água. Havia três remos de cada lado, e um único mastro sustentava uma vela esburacada. A grade da amurada estava quebrada em alguns pontos, e no geral parecia que o navio ia afundar a qualquer momento.

— Nós vamos viajar nesta coisa? — disse Robard numa voz incrédula.

— Pois é. Vamos. Mas as aparências enganam — respondi. Na verdade, achei que naquele caso as aparências talvez estivessem dizendo a verdade. Tive uma sensação horrível a respeito.

Quando a chalupa parou ao lado do navio, um dos tripulantes escalou a corda da âncora, e em poucos minutos uma rede de corda caiu pela lateral. E embarcamos. Subindo no convés do navio, percebi que era ainda pior do que eu pensara a princípio. Depois que o capitão acendeu diversas tochas para podermos enxergar, preferi que tivéssemos ficado no escuro.

O convés estava empenado e apodrecendo. Várias das tábuas eram recurvas nas pontas. A vela estava em péssimo estado. Parecia ter mais buracos do que tecido. E o navio fedia, uma combinação insólita de odores desagradáveis.

Enquanto a tripulação corria de um lado para o outro, preparando-se para partir, o capitão se aproximou.

— Pode guardar suas coisas lá embaixo, se quiser — ele disse. O cheiro do convés já me deixara com náusea, por isso não achei que nas cobertas seria muito melhor.

— Não, obrigado — eu respondi. — Acho que vamos dormir aqui no convés.

— Você é que sabe. Eu sei que o navio não tem uma cara muito boa, mas acredite em mim, ele vai chegar aonde você quer ir. Mesmo que demore. Contanto que você não esteja com pressa, vai dar tudo certo. Agora, você me deve dinheiro. Não esqueça que vai ter que pagar a mais pela cadela e pela menina. Acho que umas dez moedas a mais já bastam.

— Dou cinco moedas a mais e fique contente com isso — respondi.

O capitão começou a protestar, mas ouvindo o som de reprimenda de Robard, e vendo o veneno em seu rosto, decidiu não criar caso. Pus a mão dentro da bolsa e tateei até achar a bolsa de moedas. Virando de costas para o capitão, contei metade do preço prometido e entreguei a ele. Não havia por que deixar que ele soubesse quanto dinheiro eu tinha. Jurei naquela mesma hora que a bolsa nunca sairia do meu lado enquanto estivéssemos no navio. Os três tripulantes baixaram os remos compridos para dentro d'água, e aos poucos o navio começou a se mexer. O capitão também se posicionou em um dos remos. A cada remada, o pequeno navio ia se aproximando da boca do porto. O céu oriental estava começando a clarear, mas as estrelas ainda fulguravam, e por um instante fui cativado pela beleza do céu noturno.

A ideia de que Sir Hugh talvez conseguisse arranjar um navio para nos perseguir interrompeu meu devaneio, e comecei a andar de um lado para o outro no convés.

— Não dá para ir mais rápido? — perguntei ao capitão.

— A tripulação é pequena. Se você e esse seu amigo pegarem um remo cada um, podemos avançar mais depressa. Não podemos içar a vela antes de sairmos do porto — ele disse.

Robard, que estava parado junto ao mastro, deu um bufo de desprezo, puxando a vela surrada.

— Ah, é. Içar esta vela. Isso com certeza vai ajudar muito — ele disse.

— Além disso, se içarmos a vela agora, corremos o risco de o navio bater nos rochedos na saída do porto. Não queremos que isso aconteça. É melhor contornar os rochedos remando — disse o capitão.

Rochedos? Por que sempre havia coisas desagradáveis numa viagem de navio? Eu odiava navios.

Com um suspiro pesado, sentei atrás de um dos tripulantes e peguei um remo. Robard fez o mesmo, e agora todos os remos estavam sendo usados.

— Segure este remo aqui, mocinha — disse Denby. — Alguém precisa operar o leme agora. Fica complicado perto dos rochedos.

Maryam trocou de lugar com o capitão sem reclamar. Ele pegou o leme, e nos vários minutos seguintes só o que fizemos foi balançar de um lado para o outro ao ritmo dos remos. Algum tempo depois ele deu ordem de içar vela, e dois tripulantes levantaram a lona, amarrando a corda que prendia a vela à armação. Era uma vela pequena, pendendo apenas de uma verga presa ao topo do mastro, porém se estufou com a pouca brisa que havia e começamos a avançar mais depressa.

Durante o resto da madrugada, velejamos e remamos rumo a oeste. Fiquei de olho aberto para ver se aparecia alguém nos perseguindo, porém não vi ninguém, e aos poucos comecei a achar que finalmente tínhamos escapado de Sir Hugh. Se de fato patrulhas sarracenas tinham sido avistadas perto da cidade, como tínhamos ouvido falar na cadeia, talvez ele não conseguisse desviar homens e recursos para vir atrás de nós. Mas ele tentaria evitar a batalha, covarde do jeito que era, e fugir o mais rapidamente possível sem levantar suspeitas nem chamar a atenção para sua pouca honra. Provavelmente tentaria escapar por navio ou avançar mais para oeste a cavalo antes que a cidade fosse cercada, sob o pretexto de conseguir reforços ou alertar outras comendadorias dos Templários sobre o ataque iminente a Tiro.

No entanto, isso encobriria seu verdadeiro propósito. Ele pelo menos suspeitava que eu estava com o Santo Graal ou que sabia onde ele estava. Sir Hugh viria atrás de mim. Talvez não imediatamente, mas ele não desistiria. Eu precisava dar um jeito de chegar a Rosslyn antes dele.

A manhã nasceu sem outros navios à vista. Comemos um desjejum de biscoitos duros e um pouco de peixe seco. O peixe estava quase intragável para nós, mas a cadela pareceu gostar. Os suprimentos do navio eram escassos e nojentos. Havia a bordo vários barris de figos secos e tâmaras, por isso no mínimo podíamos sobreviver com aquilo.

A próxima questão era decidir o que fazer com Maryam. Cada lufada de vento nos levava cada vez mais longe da casa dela. Discutimos entre nós, e por fim concordamos em tentar nos afastar de Sir Hugh o máximo possível. Depois, quando chegasse a hora, encontraríamos uma cidade portuária e arranjaríamos transporte para Maryam num navio que fosse voltar à sua terra natal.

Passamos a manhã dormindo, achando um lugarzinho sem sol na sombra da vela, e nos revezamos para cochilar no convés. Eu não confiava no capitão nem na tripulação. E Maryam, Robard e eu chegamos à mesma conclusão tácita de que um de nós precisaria ficar de vigia o tempo todo.

Foi assim que passamos os primeiros três dias a bordo do navio. O capitão queria aportar em Chipre para ver se conseguia achar mais passageiros ou arranjar carga para transportar, porém cinco moedas a mais o convenceram a continuar navegando. Eu não queria parar tão perto de Tiro e dar a Sir Hugh a chance de nos alcançar. Todo tempo que gastássemos não avançando rumo à Inglaterra era tempo em que ele podia chegar mais perto. Em qualquer lugar que parássemos, as pessoas iam nos ver, deixando pistas que ele poderia seguir.

Perto do anoitecer do quarto dia, uma tempestade se armou no céu. A tripulação e o capitão agiram de modo estranho o dia inteiro. O capitão pegou o leme, olhando o tempo todo para o leste, estudando o céu que se enchia de nuvens escuras e agourentas. À tarde, ele mudou o curso e começamos a avançar quase direto para o norte. Já que estávamos no Mediterrâneo, era provável que avistássemos terra em breve se continuássemos indo naquela direção. O vento aumentou bastante e o pequeno navio disparou para a frente. O que antes eram ondas dóceis viraram vagas maiores, e o navio balançava e se chocava nelas.

Enquanto íamos avançando, o capitão várias vezes murmurou para si mesmo alguma coisa sobre "a cabeça feia". Achei que ele talvez estivesse louco, por isso perguntei a um dos tripulantes do que ele estava falando. Havia uma lenda, disse o tripulante, de um velho deus que decapitara seu inimigo e jogara a cabeça no mar, onde ela vagueava por toda a eternidade. A lenda dizia que se a cabeça estivesse virada para baixo, as águas ficariam calmas, mas quando a cabeça mostrasse seu rosto feio para o céu, então seguia-se uma terrível tempestade. A tripulação temia que em algum lugar do oceano a cabeça feia agora estivesse voltada para cima.

Robard bufou de desprezo ao ouvir isto, xingando-me por contratar um capitão que, além de bêbado, era maluco.

— A única cabeça feia aqui é a dele — disse Robard, apontando para o capitão.

Umas poucas horas antes do entardecer, os ventos diminuíram e as ondas acalmaram um pouco, porém foi apenas a calma antes da verdadeira tempestade. Conforme o pôr do sol se aproximou, sem aviso o céu ficou quase totalmente preto. Relâmpagos estouravam acima de nossas cabeças. De repente começou a chover forte, e em minutos estávamos ensopados. O vento rugia do leste, e o navio era jogado de um lado para o outro pelas ondas que se chocavam na proa.

O capitão Denby e um tripulante baixaram a vela, dando a cada um de nós um pedaço de corda.

— É bom vocês se amarrarem à grade. Para que a água não carregue vocês para fora do barco — ele gritou por cima do vento.

Sem discutir, enrolamos a corda na grade e em nossas cinturas, amarrando bem firme. A cadela começou a gemer. Não havia como amarrá-la a nada, por isso a recolhi nos braços, e ela se acalmou quando eu a segurei.

Os trovões e relâmpagos vieram outra vez e a chuva caiu mais forte. O capitão gritou ordens para a tripulação, mas ninguém parecia estar prestando atenção, e de fato não havia muito o que eles pudessem fazer. O navio estava à mercê da tempestade.

Subíamos e descíamos, jogados pelas ondas. Ainda bem que estávamos presos à grade, senão quase com certeza teríamos sido lançados para fora. A cadela começou a se inquietar em meus braços, por isso afrouxei a túnica e a enfiei ali. Ela ficou apertada contra o meu peito, com apenas a cara aparecendo.

Conferi minhas cordas e me segurei firme na grade. A bolsa estava em segurança em cima do meu ombro, mas pus a mão nela outra vez para ter certeza. Robard gritava e xingava a plenos pulmões, mandando a tempestade para um lugar que não estava no mapa. Maryam não dizia nada, mas eu vi a preocupação no rosto dela. Ela não tivera escolha senão vir conosco, pois tenho certeza de que Sir Hugh a mataria sem hesitação. Ela estava a quilômetros de distância de sua casa e de seu povo, com grandes chances de morrer afogada no mar.

Ouvi o poderoso estrondo de um trovão, e o vento soprou forte em minhas costas. Por toda parte havia trovões e relâmpagos. O ar à nossa volta ficou branco. Nesse instante um estalo bem forte sacudiu o navio, e erguendo o olhar eu vi que um relâmpago atingira a verga do mastro. A madeira tinha rachado, e agora só umas poucas lascas a seguravam no lugar. O vento fustigou a verga de um lado para o outro até ela finalmente ceder, desabando em nossa direção.

— Cuidado! — gritei por sobre o barulho e o vento.

Empurrando Maryam para a esquerda o máximo que a corda dela permitia, me apertei contra Robard na outra direção. A verga caiu bem na grade entre mim e Maryam. Pedaços dela voaram em todas as direções, e eu soltei um urro quando uma farpa enorme cravou-se em minha panturrilha. A cadela estava agitada, debatendo-se dentro da túnica, e eu pus o braço no peito tentando acalmá-la.

A grade se esfacelou, e apenas Robard continuou amarrado a ela. Nesse exato instante o navio se inclinou com violência, e eu vi a proa rasgar uma onda enorme. A frente do navio empinou até ficar quase apontada para o céu. Ouvi gritos da tripulação, porém o vento era tão forte, e a chuva castigava tanto meus olhos, que não consegui avistá-los em lugar algum.

Ouvi um berro atrás de mim e virei-me a tempo de ver Maryam mergulhar na água. Então a proa desceu outra vez, endireitando o navio. O vento me derrubou de joelhos e me arrastei pelo convés na mesma direção. Quando tentei ficar de pé, o navio de repente se inclinou de novo sob mim e o convés subiu outra vez, me derrubando de costas. Com o braço procurei a cadela, que tremia apavorada, mas ainda aninhada em segurança dentro da túnica.

— Tristan... a Maryam! Ela caiu do barco! — Robard gritou.

— Socorro! — a voz de Maryam mal se ouvia por sobre o gemido do vento.

Fiquei de quatro, olhei para a popa e vi Maryam agarrada a um pedaço da corda da âncora que ainda estava presa ao convés.

— Segure-se! — gritei para ela.

Cambaleando até Robard, entreguei a ele a cadela. Ele a tomou nos braços e a guardou em segurança dentro de sua túnica. Tentei engatinhar de volta até Maryam, porém o balanço do navio tornava isso quase impossível. Chegando mais perto aos poucos, vi que ela não conseguiria se segurar por muito tempo.

Por fim, com o vento uivando ao meu redor e a chuva fustigando meu rosto, consegui chegar à popa do navio. Maryam estava por pouco fora de meu alcance. Gritei para ela subir pela corda até que eu pudesse alcançá-la, mas ela estava sendo arrastada pela água, apavorada demais para soltar a corda mesmo por um segundo.

Olhei para Robard atrás de mim, longe demais para ajudar, e ainda não conseguia ver o capitão nem a tripulação. Talvez eles já estivessem mortos.

— Maryam! Você precisa subir pela corda! Suba até mais perto! — gritei.

Ela apenas continuou gritando e segurando a corda com mais força. O navio empinou-se outra vez, e Maryam sumiu embaixo d'água.

Então uma coisa estranha aconteceu. Por sobre o barulho do vento e da chuva, ouvi um som novo, porém familiar. Era um leve zumbido que eu ouvira duas vezes antes, ambas quando estava em perigo de vida. Era o som do Graal.

O tempo desacelerou. A proa do navio desceu outra vez, e Maryam emergiu da água. Estendi o braço tentando alcançá-la, mas ela ainda estava longe demais. Eu nunca acreditaria no que aconteceu depois disso, se não tivesse visto com meus próprios olhos. O Graal a salvou.

A tira da bolsa voou do meu ombro, descendo pelo braço até que eu pudesse segurá-la na mão. Enquanto eu segurava firme a tira, a bolsa, como se por vontade própria, deslizou para fora até chegar perto o bastante para que Maryam a segurasse. Ela soltou a corda, agarrando a bolsa com as duas mãos enquanto eu a puxava com toda a força que tinha. Num piscar de olhos ela estava no convés ao meu lado, cuspindo água.

A tira da bolsa estava torcida bem firme ao redor do meu pulso. Eu não tive tempo de pensar no que acabara de ver. O zumbido tinha parado, porém a tempestade ficara mais intensa.

— Voltem para cá! Depressa! Vocês precisam se amarrar! — Robard gritou do lugar onde ainda estava amarrado à grade do convés.

Maryam e eu conseguimos ficar de pé, mas fomos derrubados outra vez quando o navio mergulhou com violência no vale de uma onda. Batemos no convés, escorregando pela superfície molhada, e teríamos caído do navio outra vez se Robard não tivesse esticado o braço para nos apanhar quando passamos por ele.

Ele tinha um pedaço de corda comprido o bastante para amarrar Maryam pela cintura. Não havia nada para eu me amarrar. O vento uivava e a água castigava o navio enquanto subíamos e descíamos com as ondas. Robard e Maryam estavam bem presos, e eu segurei firme no último pedaço quebrado da grade enquanto ficávamos amontoados, rezando para que a tempestade acabasse. Temia que o capitão e os tripulantes estivessem mortos. Ou então estavam acovardados no porão, na esperança de aguentar ali até passar a tempestade. Fosse como fosse, eles não iam nos ajudar.

Durante alguns minutos, enquanto o navio era jogado de um lado para o outro, achei que talvez fôssemos sobreviver, até que uma onda especialmente grande avançou por cima da amurada e me fez soltar a grade. Saí tropeçando pelo convés e bati com força no mastro. O navio envergou na direção oposta, e tentei agarrar o mastro, porém não consegui, escorregando pelo convés para longe de Maryam e Robard.

— Tristan! — eu os ouvi gritar em uníssono. Não ouvi nada além disso, pois o navio mergulhou em outra onda e fui lançado por cima da amurada, caindo na água com um tranco. A água estava fria, e lutei para acompanhar as ondas e manter a cabeça acima da água. O navio envergou na direção oposta, mas veio outro estalo forte e vi o próprio mastro ceder. Ouvi um rangido forte conforme ele desabava, vindo direto em minha direção. Bati as pernas, mergulhando para sair da frente, porém enquanto o mastro caía, o convés do navio levantou e o mastro o atingiu na borda, quebrando-se em dois. O impacto estraçalhou o mastro, e pedaços dele voaram feito flechas disparadas por mil arcos.

A última coisa que eu lembro foi um grande pedaço de madeira do mastro sendo catapultado no ar, voando bem em minha direção. Tentei ficar embaixo d'água, mas senti a madeira acertar com força minha cabeça e meus ombros. Depois disso não lembro de quase nada. Nada além de um leve zumbido vindo de algum lugar que eu não sabia direito. Eu só sabia que era familiar e reconfortante.

Quando a água se fechou sobre mim, lembro de dizer a mim mesmo que eu havia tentado. Por favor me perdoe, Sir Thomas. Por favor me perdoe, pois eu tentei.

Então o mar me engoliu em seu abraço escuro.

Continua...

REINO DA INGLATERRA

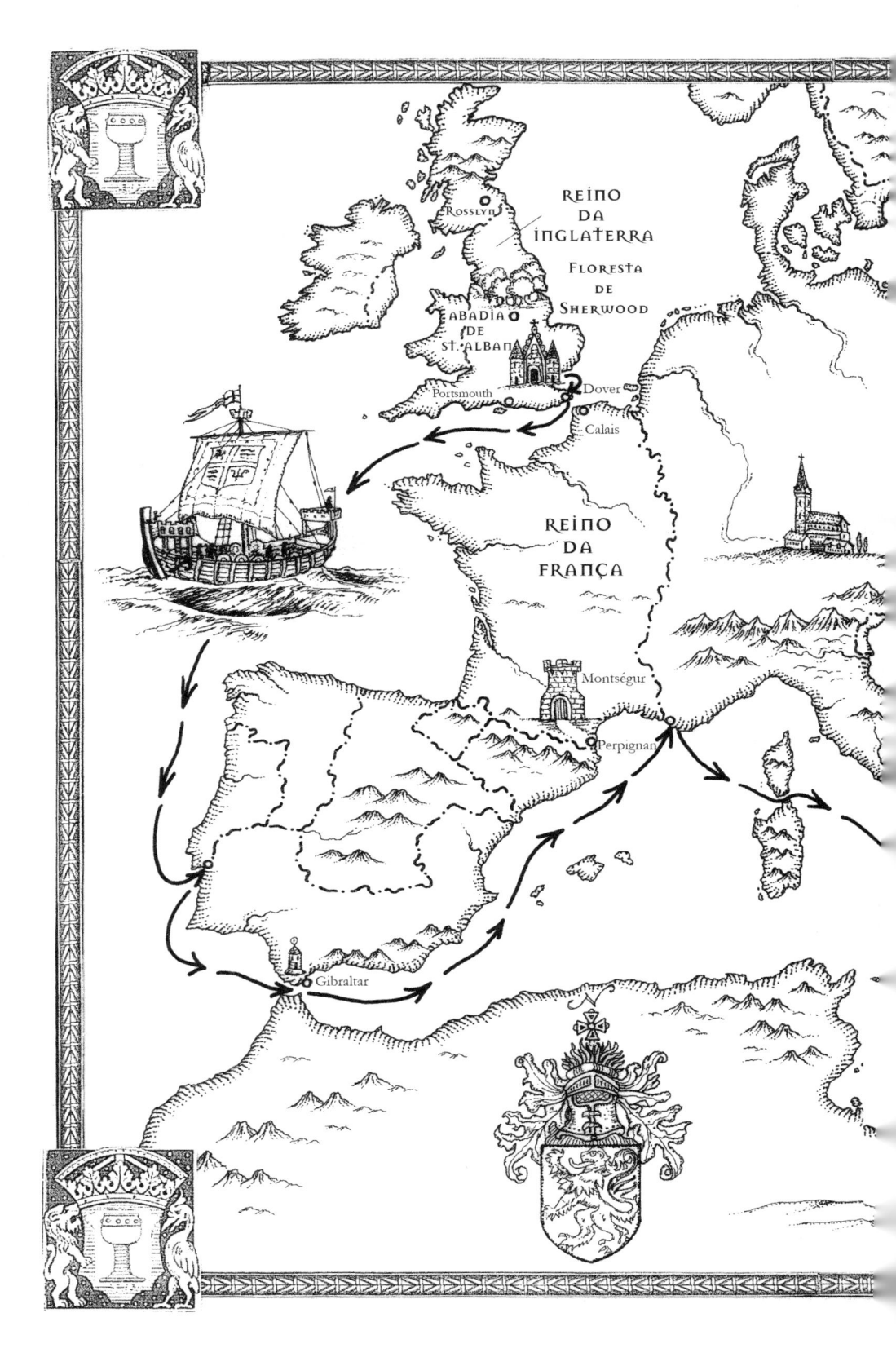

Rosslyn

FLORESTA DE SHERWOOD

ABADIA DE ST. ALBAN

Portsmouth    Dover
              Calais

REINO DA FRANÇA

Montségur

Perpignan

Gibraltar

# EUROPA E ULTRAMAR
## (A TERRA SANTA)
### CERCA DO ANO DOMINI 1191 D.C.

MAR MEDITERRÂNEO

REINO DE CHIPRE

Tiro
Acre
Jerusalém

DOMÍNIO DE SALADINO

Impressão e acabamento: Lisgráfica.